士

SAMURAI

泉秀樹

有隣堂

母に捧げる

士 SAMURAI ◎目次

見満街人都是聖人

王陽明『伝習録』より

第一章　本能寺

　しとしと雨が降りつのる六月一日の申《さる》の刻である。

　物頭衆《ものがしらしゅう》を亀山の城の二の丸に集合させると、すぐ京に向かって出発するゆえ直ちに支度せよという触《ふれ》が通達された。普段ならまだ明るい時刻だが、黒ずんだ鉛色の雲が低くたれこめて、すでに夕暮れ時のようにほの暗くなっていた。

　要所要所に篝火《かがりび》が焚かれ、蔵助《くらすけ》様こと斎藤内蔵助利三《くらのすけとしみつ》様から、上様が陣立《じんだて》の様子を観閲したいと仰《おお》せであるから用意が整い次第全軍即刻出動するという命令が発せられた。

　そして、その一刻《いっとき》後には一万三千の将兵が亀山城下の東の外れの野条《のじょう》の原に集結し、全軍が三組に編成された。

　本営は野条の原の西の外れの篠村八幡宮《しのむらはちまんぐう》に設けられていた。

　この篠村八幡宮は足利尊氏が源氏として戦勝を祈願した由緒ある神社である。

　馬廻《うままわり》の安田作兵衛国継《くにつぐ》は預かっている兵卒百人の点呼をしていると、伝令が走ってきてただちに篠村八幡宮社殿の本営へ出頭せよといわれた。

作兵衛は配下の日傭頭《ひようがしら》の一人であり、最も親しい友でもある苫野十蔵《とまのじゅうぞう》を伴い、急いで出頭した。

本営の社殿には明智日向守《ひゅうがのかみ》光秀と重臣筆頭である蔵助様をはじめ、溝尾庄兵衛《みぞおしょうべえ》茂朝《しげとも》や藤田伝五郎行正《ふじたでんごろうゆきまさ》、日向様の長女の夫で従兄弟である明智左馬助秀満《さまのすけひでみつ》と次右衛門光忠《みつただ》ら、明智家の五人の重役衆が揃っていた。

二人の顔を見るなり蔵助様がおう来たか、大事な話をしようといった。

藪《やぶ》から棒やが、これから本能寺へ討ち込むぞ。京の四条坊門西洞院《にしのとういん》の本能寺よ。ご苦労だが御主《おんしゃ》らに至急先駆けしてほしいだ。百騎ばか連れて、われらより先に本能寺へ駆け込む者がいたり待ち伏せらがいたら、片づけといてくりょう。

本能寺の門前に着いたら、そこで待機してわれらが到着とともに仕《つかまつ》ろうぞというと、蔵助様はいつもの癖で左目を閉じて声を出さずに片頬だけで笑ってみせた。

そして蔵助様は武勇の誉れを得れば、立身は疑いなしやからなとつけ加えた。

蔵助様に応じて日向様も傍らに置いてある兜《かぶと》の上に右手を載せたまま、小さくうなずいてつづけた。

敵はまさに本能寺にある織田信長だ。まあ、最大の敵は思いがけないところにいるちゅうことだわな。日向様が右手を置いた兜の三鈷杵《さんこしょ》から仁王の剣が直立している前立《まえだて》が蠟燭《ろうそく》の光を映して鈍く光っている。

なにかの間違いではと、愕《おどろ》いた作兵衛に蔵助様は当月はことのほか短夜《みじかよ》だわといった。

ここより五里の道すがらにて、ほのぼの明けには本能寺をひたひたと取り巻けよう。御主《おんしゃ》らの門前の待機はそれまでの辛抱だ。四半刻《しはんとき》か半刻ほどか。それ以上長くは待たせぬわ。町々の木戸の扉を押し開いて進むだ。道は一筋にこだわらんことだ。本能寺は森になっとるが、竹藪んなかに一本だけ図抜けて背の高い皀莢《さいかち》の木んあるで、それを目当てにせりゃあいい。

は、とこたえ、ここで作兵衛も十蔵もようやく日向様が上様を本気で討とうとしていることを、確かなことなのだなと捉えることができた。

以前から架空の話か冗談か外法話《でほばなし》としてそういうときがあるかもしれんで考えとけといわれてはいたけれど、いざ現実の、本当のことになると、あまりにもまさかというか、意想外の話でにわかにはとてものみこめなかった。

先発した作兵衛と十蔵は情況を偵察しながら用心深く進み、敵対行為する者や内通する者や怪しい者がいたらこれを始末しておくということで、本能寺へ攻め込むと同時に、ほかの者には目もくれずに徹頭徹尾上様弑逆《しいぎゃく》だけを目的に動くということだといいつけられたことを確認し合い、桂川を渡るころようやく納得できた。

上様の顔は御主《おんしゃ》らふたりともよおく見知りおろう。しかと頼んだぞと、日向様は蒼ざめた顔で念押しした。

それから来るときが来ただといいながら、日向様は胸を張り、身体《からだ》のなかで硬く固まっていた緊張の痼《しこり》を解きほぐすように信長が威を誇る日もじきに終わるというこんだわなといった。

一殺多生《いっせつたしょう》で天下静謐《せいひつ》を願う天意に従うということや。

天意などというものがあるはずもないが、要するに安土から上洛《じょうらく》して本能寺に宿泊している上様を討ち取るという単純明快な作戦であり、積極的であったか渋々であったかはわからないが、明智家の宿老《しゅくろう》五人はみな日向様の案に同意したのだろうと、十蔵は思った。

そして、不思議なことにこのときが来ると、心のどこかですでに予感していたことだったような気持ちになった。

備中《びっちゅう》高松城を水攻めにしている羽柴秀吉後援のためそちらへ向かう準備中という差し迫った状況下にありながら、上様を討ち果たして天下の主となるべく調儀《ちょうぎ》を究めて強襲を実行することに決したということだったが、但し、日向様は上様弑逆を打ち明けたこの五人の宿老をも心の底から信頼していなかった。

だから、本能寺攻撃計画を口外しない、日向様には叛《そむ》かないと起請文《きしょうもん》を書かせ、人質まで取ってさらに疑った。誰かが先駆けして密告する可能性があると疑い、それを防ぐために日向様は今この場からただちに京都へ進発せよと命じたのだ。作兵衛と十蔵の先発はこの五人の裏切りへの備えでもあったということである。

もっとも、ここに至るまで、織田家の重臣たちが今どうしているかを日向様と五人の宿老たちは繰り返し検討していた。

まず柴田勝家は北陸で上杉景勝《かげかつ》と対戦していた。

滝川一益《かずます》は上野の厩橋《まやはし》で北条氏康をおさえようと躍起になっている。

丹羽長秀は大坂で四国の長宗我部《ちょうそかべ》元親《もとちか》征討の準備に大わらわのはずだ。

羽柴秀吉は備中高松城を水攻めにしている最中で、毛利輝元・小早川隆景・吉川《きっかわ》元春らと対峙《たいじ》しているから動くことができない。

羽柴は四月二十七日に備前と備中の国境に築かれた毛利方七城のうち五城までを攻略し、二万五千の軍勢で高松城を取り囲んでいる。守将清水宗治《むねはる》の手勢は五千に過ぎなかったが、羽柴は四方を水堀や沼地や深田に囲まれた天然の要害に阻まれ、城兵たちの奮戦もあって、容易に攻略できなかった。

さらに毛利方の援軍が到着しつつあることを知った羽柴は高松城の西を流れる足守川《あしもりがわ》を堰《せ》き止めて水攻めにする戦術に切り替え、五月十九日には堤防を完成させ、高松城の周囲を水浸しにして上様の来援を請うていた。

したがって、この段階では毛利と羽柴の両軍は高松城を挟んで対峙したまま、戦況は膠《こう》着《ちゃく》状態になっていた。

日向様らはこれなら織田家の主立った将の誰もが早急に動きがとれない今だから大丈夫だろうと踏んだのだ。

亀山城下の東の鵜ノ川のむこうの山本にある山本城の脇の道からみすぎ山に登り、尾根伝いに椿谷の峠を越えて沓掛山《くつかけやま》へ進んで京の松尾の西芳寺《さいほうじ》へ下りてゆく。この山の稜線を越える唐櫃越《からとごえ》で本能寺をめざす三千の兵を先発させると、日向様は半刻後に本軍の進撃を開始させた。

一万の軍勢は亀山野条から東の老ノ坂《おいのさか》に向かった。

老ノ坂までは亀山の町から丹波街道を一里半の道のりであり、軍勢は幅の狭い老ノ坂を犇《ひし》めき下ってから、さらに東へ進んだ。

本来ならば老ノ坂を下り切ったところで右折し、三草《みくさ》越えで大山崎に出て備中へ向かうはずだった。

が、明智軍は頭上にかざした松明《たいまつ》を頼りに一気に丹波街道が京都の平野部に入ってゆく沓掛まで進み、そこで将兵は休憩して弁当を使った。

上様は七、八十名に守られていたとはいえまったく無防備で、素っ裸も同然であった。

広い野原の真ん中に据えた風呂桶に浸《つ》かっているようなものであり、日向様が狙ったのはこの完全に油断した空白の一瞬である。

こういう稀有《けう》な空白の一瞬の隙を狙わなければ上様は倒せる敵ではないことを、織田家の筆頭重臣である日向様は誰よりもよく心得ていた。

加えて、念には念を入れて配下の安田作兵衛と苫野十蔵を呼んで先発させたということだ。

日向様は弁当を使って沓掛を出た全軍が桂川を渡ると、兵がかついでいた鉄砲の火縄に火を点じさせ、新しい草鞋《わらじ》や足半《あしなか》に履き替えさせた。

戦闘態勢を整えたということである。

兵たちは戦闘ではなく上様に陣立てを見せるはずだと訝《いぶか》しんだが、その疑問はすぐ解けた。ここで日向様が新しい軍令を発したからだ。

それは、実は本能寺に滞在している徳川家康を討ち取るために京へ向かうという命令である。

日向様が攻撃目標は徳川家康だといい、上様の名を出さなかったのは、上様を討つというと兵に動揺が生じる可能性があると考えたからだった。末端の兵卒たちにとっても、織田信長という男は巨大な恐ろしい存在であったということである。

このとき梅雨《つゆ》の雨が降りしきり、夜空は深い墨色に塗りつぶされていた。

行く手には高くかざした松明の光がなければ目の前に白い紙を近づけても見えないほど

の濃い闇がたちこめていた。

京都千本七条に到着すると、先鋒《せんぽう》の蔵助様の軍が京都市中の町境の木戸を次々と開いて北へ進撃し、諸軍も同様に散らばって大路露地とを問わず四方八方から本能寺へ迫った。

可能な限り音をたてないように注意しながら一万三千の明智軍がこの本能寺を包囲し終えたのは、明け方の寅《とら》の刻である。

足軽衆が気勢をあげながら正門の扉に太い丸太を打ち込んで閂《かんぬき》を折った。

つづいて四、五人で掛矢《かけや》をぶちかますと、扉は簡単に破れた。

半刻ほど前に門前に到着して声を出さず、音をたてないようにして待っていた作兵衛と並んで先頭に立っていた十蔵にとっては、これがはじめての戦場だった。

気負い立って配下とともに境内《けいだい》へ雪崩《なだれ》込むと、三人の門番が逃げ、残った一人の門番が槍を構えた。

十蔵はおめきながら右手で薙刀を振り回し、その突き出された槍を叩き落として門番を首の付け根から左斜め下へ袈裟懸けに斬りおろした。

最初の獲物だ十《じゅう》。

御主《おんしゃ》の気合いよし。金一枚もんやぞと、うしろから作兵衛が褒めた。

意外なことに、ほかに兵はひとりもいなかった。

手強《てごわ》い抵抗にあうと予想していたが、暗い境内はがらんと空っぽで静まりかえっていた。

次のしゅんかん門から、あるいは築地塀《ついじべい》を乗り越えた日向様の兵が無言で乱入し、一挙に散開した。

本堂前の、まだ闇がたちこめている寺の境内はたちまちのうちに兵で埋められていき、打ち合わせ通り十蔵はただちに作兵衛たちとともに上様の御殿《ごてん》へ向かった。

兵たちの怒号と鉄砲の発射音が轟《とどろ》いたのはそのあとで、白刃《はくじん》や槍や薙刀が打ち合わされる音や叫び声や悲鳴が四方から聞こえてきた。つづいて一斉に鉄砲を撃ちかけた明智軍は木戸を破り、あるいは塀や土塁《どるい》を乗り越えて境内に雪崩込んだ。

攻め込んだ兵は主に丹波衆である。

御殿の寝所《しんじょ》にあってそれらの銃声や怒号で目をさました上様は床《とこ》から上体を起こし、誰やと尋ねた。

家中の誰かが喧嘩《けんか》しとるんか。

喧嘩にしちゃあえれえ大っきな音やなと傍らに侍《はべ》っている森蘭丸に訊いた。

森蘭が部屋から走り出し、桔梗紋《ききょうもん》の旗指物《はたさしもの》や状況を見て立ち帰ってこれは惟任《これとう》めが謀叛と見えますと言上《ごんじょう》した。

上様はほうか、明智か、それでいいだ、御主《おんしゃ》がやりたいことをやりゃあいいだといい、なら是非《ぜひ》に及ばざる次第やなとこたえた。

それからみずから弓を取って弦《つる》を推し張ると、それまで側《そば》につきそっていた女どもに女はくるしからず急ぎまかり出でよと命じ、上様自身も森蘭以下近習《きんじゅう》たちとともに広縁《ひろえん》に出た。

広縁から矢を射たが、しかし僅《わず》か二、三本矢を放つと弓の弦《つる》が切れたので、上様はすぐ槍をとって爪先でじわじわと詰め寄せる敵と戦った。

侵入した十蔵たちに向かって厩舎《きゅうしゃ》と台所から何人かが打ち出してきたが、大した戦いにならなかった。

十蔵たちは横一列に槍衾《やりぶすま》を構えて手向かう者たち四、五人をしごく簡単に突き殺し、斬殺した。

斬って出て全滅したのは厩舎の矢代勝介《やしろしょうすけ》と伴太郎左衛門《ばんたろうざえもん》らで、台所口もすぐ破った。

十蔵たちがじきに御殿の前に出ると、上様が外縁で白綸子《しろりんず》の寝間着《ねまき》のまま槍で戦っているのが目に入った。

幻か。

これは幻を見ているのか。

十蔵はおのれの目を疑ったが、それは作兵衛も同じことだった。

亀山を出発してから本能寺に至るまで、作兵衛は走る馬に鞭《むち》をくれながらおのれがのべつ砥石《といし》にかけて鋭くとぎすましている槍の穂先がその胸を深々と貫いて血がほとばしり、上様が苦痛に顔を歪《ゆが》めて膝を折りながら倒れてゆく場面を何度も目の底に思い描いた。

それは、日向様から命令されたときから昨夜来願い続け、何度も瞼《まぶた》に思い描いてきたことなのだが、とはいえ、しかし、今のいま、おのれの眼界《まなかい》に展開している光景をそのまま信じていいのか、本当に。

なんか、腑に落ちんかった。納得できないというか、合点《がてん》がいかなんだ。

外縁から地面に向かって階段を駆け下りながら槍の尻を握ってぶんまわしている森蘭が視認できた。

そのぶんまわしに何人かの兵が傷を負い、作兵衛がその森蘭に立ち向かった。

森蘭はなかなか手強《てごわ》く、さしもの作兵衛も手こずった。

背の高い痩身《そうしん》の上様はすぐそこで外縁を縁取る欄干《らんかん》に左足をかけて槍を使っていた。

穂先を鋭く繰りだしては斜め下からみずからに向かって突き出される槍や薙刀を払いのけながら、懸命に応戦していた。

その上様の顔と着ている白綸子の寝間着が皓《しろ》く明るく輝いていた。

というより、上様の全身からだ。

身体の輪郭が暗がりのなかで純白のまばゆい光を放っているように映り、十蔵の耳には兵たちの叫び声や響きわたる銃声のなかでも上様が発する甲高《かんだか》い怒声が際立って聞こえた。

こんな千載一遇《せんざいいちぐう》としかいいようのない好機なのに、十蔵は佇《たたず》んだまま動かなかった。動けなかったといったほうが当たっているかもしれない。

臆《おく》したのではなく、このときになっても尚、十蔵は理屈では説明できない出来事が起こっているのではないのかと疑っていた。

士《さむらい》の頂点まで登りつめてあの青天高く聳《そび》えて美しいとしか形容できない壮麗な安土の城を築いた上様が寝間着一枚で槍を握って戦っているということが、どうしても信じ難かった。

またどこからか乾いた破裂音が聞こえてきた。

本能寺のまわりはまばらに人家があって田畑もあったものの、北が六角である。

南は蛸薬師《たこやくし》で、東が西洞院《にしのとういん》。

西は油小路《あぶらのこうじ》の通りに囲まれた六十七間四方の地を敷地としている。

上様はその本能寺の境内の東北隅の、小体《こてい》ながら濠《ほり》をめぐらせた二十二間四方の御殿を宿舎にしていた。

この寺の坊主どもを追い出して御殿を建てるとき、京都所司代の村井貞勝とともに日向様が作事奉行のひとりとして補佐し、作兵衛もともに何度もここにきて立ち会ったから、居室や寝所の床板の、木目模様までよく憶えていた。

そして、この本能寺は、いま俺の主の日向様の一万三千の将兵に完全に包囲されている。

上様はどこからも逃げる術《すべ》がない。

見てみろ。

上様はみずからも一介の雑兵のように槍をとって寄せ手とわたりあっている。

十蔵は、だが、ここを先途《せんど》と御殿を攻める者たちに混じって耳を聾《ろう》するおらび声と鉄砲の音に包まれながら、薙刀《なぎなた》を腰のあたりに構えたまま、戦うのを忘れて、馬鹿な、こんな馬鹿なことがおこり得るはずがないと考えていた。

なぜか時がゆっくりと流れているように感じている十蔵はまわりにいた者からすればそこにただ木偶《でく》のように茫然と佇んでいるように見えた。だが、十蔵本人は本能寺攻めがこうなるだろうと予測できてはいたけれど、改めてこの期《ご》に及んでも尚、いったいなぜなのか、これは夢かそれとも幻ではないかと考えずにはいられなかった。

どけどけどけといいながら兵らを掻《か》き分けて十蔵が最前列に立ったとき、右腿《みぎもも》を突かれてどうと倒れた作兵衛が気丈に跳ね起きて階段の上の森蘭と槍を合わせていた。

と、かあという気合いとともに作兵衛が森蘭の槍を叩き落として繰り出した得物《えもの》の槍で下腹を突いた。

斜めに突きあげられた槍が森蘭の腹をみごとに貫いて、背中から血染めの穂先が突き出ていた。

作兵衛が槍を引き抜き、うつ伏せに転がり落ちてきた森蘭の喉仏に短刀で止《とど》めのひと刺しを決めると、真っ赤な血しぶきが噴《ふ》いた。

そしてその短刀を作兵衛は外縁の上にいる上様めがけて投げつけ、外れたと見るやすぐさま槍を突き出し、くりかえし突き出した。

一撃が、たしかに、上様の右脇にとどいた。

作兵衛の槍の穂先は、少なくとも、二寸ほどは上様の脇に刺さったように見えた。

よしんば浅傷《あさで》であったかもしれないが、確実に上様の身体に届いていた。

その証拠に上様は顔を歪め、一歩退いて身を翻《ひるがえ》し、御殿の内へ飛び込んで障子戸《しょうじど》を引き立てた。

当たったぞ。

御主《おんしゃ》は金百枚だ。今度は十蔵が作兵衛に声をかけた。

作兵衛は右腿に森蘭に傷を負わされていたが、たしかに見事な手練《しゅれん》で上様に槍傷を負わせた。

俺は上様の右脇の傷に指を差し込んでその傷の深さを確認したかのように、作兵衛の手柄をありのままに日向様に証言してやろうと、十蔵は思った。作兵衛にしろ誰にしろ、恩賞をもらうためにはその場を見た者の証言が必要なのだ。

上様は御殿の奥の寝所に入ると一枚一枚畳を剝《は》がし、襖《ふすま》の内側に立てかけさせながら、まだ残っていた側の女たちを女どもは出よ、いずれも早《はよ》う出よ、と追い立てた。畳を立てかけさせたのは砲術に長じた日向様が鉄砲や大筒《おおづつ》を使うことを予測したからだ。

そして、御殿の外では間もなく耳を聾する爆発音がくりかえし鳴り響き、天も地もゆらいだ。

外にいた者がみな驚きひるみ、身構えたとき、御殿の軒下から真っ赤な炎と黒煙が凄《すさ》まじい勢いで轟々《ごうごう》と噴き出し、高く舞い上がった火の粉が赤い粉雪のように舞い降りてきた。

上様は身の回りに大量の火薬を撒《ま》き散らして火を放ち、腹を切ったのだ。

その火が火薬の詰まった樽《たる》に引火して爆発したのに違いないと十蔵たちはいいあった。

それとも火のなかへ飛び込んで灰になるつもりだったか。

十蔵は御殿のなかの火が柱や天井に弾ける音をたてながら燃えひろがってゆくさまが目に見えるような気がした。

明けはじめていたがまだ黒い天空に向かって赤く太い炎と火の粉の柱が高々と立ちのぼっていた。

さらに雷が落ちたときに似た音が何度も轟いた。

燃えさかる炎はさらに勢いよく燃えさかり、兵たちの顔を赤く染めた。

ほかの伽藍《がらん》にも火が放たれ、炎上し、黒い煙で息がつけなくなり、苦しくなってひどく熱くなったから、後退《あとじさ》りしてみな境内から塀の外に出ざるを得なくなった。

日向様はたしかに秀《すぐ》れた武将としての条件を充分に備えていた。

日向様は独裁的で密謀を好み、戦《いくさ》に勝てば勝者として敗者に容赦なく苛酷な刑罰を科した。

それを上手に抜け目なく偽装することにも長《た》けていたし、戦うときは忍耐強く謀略計略を駆使した。

そしてそういう日向様の時の間隙《かんげき》を衝いた本能寺強襲計画に疎漏《そろう》があるはずもなく、この作戦はじゅうぶんな成果をあげ得たのだ。

とはいえ、想定外のことが出来《しゅったい》した。

一刻ほどで激しい火もおさまって一帯黒く変じた本能寺の境内で上様の遺体も首も見つからなかったことである。

日向様は上様の遺体や首だけでなく、側についていた者で町なかへ逃げおおせて潜伏している者がいないか、市中の家々をくまなく捜せとわめき散らし、悲鳴のような声で早う行け、早う捜し出せと命じた。

兵たちは片っ端から本能寺周辺の町屋からその縁辺の家々に踏み込んで落人《おちうど》を捜索し、捜す範囲が次第に拡げられていった。

そのため、家から追い出された町の衆が道にも路地にも溢《あふ》れ出してうろつくことになり大層な騒動になった。

しかし、上様の首も、逃げた者どもも、どこをどう捜しても見つからなかった。

日向様はそれでもなお首を求めたけれども、どうしても見あたらない。

織田信長という名を聞くだけで人々が畏怖《いふ》したその男が髪の毛一本残すことなく灰になってしまったことが信じられず、日向様はさらに執拗《しつよう》に士卒に命じて殊《こと》のほか細かく首を尋ねさせたけれど、どうにもならず、骨片さえ見つけることができなかった。

それでも思い切れず、日向様は首捜しをつづけさせた。

日向様はいつまでたっても上様の死を確信できないことを深く怪しみ、甚《はなは》だしく恐れた。

室町の妙覚寺に宿営していた上様の長男信忠は事件を知ってただちに本能寺へ駆けつけようとした。

しかし、門を出てまもなく反対から駆けつけてきた京都所司代の村井貞勝とその子の貞成清次兄弟に出会った。

貞勝から本能寺はすでに焼け落ち、上様は御腹を召されたご様子ですと聞いた信忠は急いで妙覚寺へとって返し、改めて檄《げき》を飛ばし、そこから二百数十名の兵とともに勘解由小路《かでのこうじ》室町の二条御所へ向かった。

ところが、二条御所には誠仁親王《さねひとしんのう》がいた。

誠仁親王は正親町《おおぎまち》天皇の第一皇子で、そこは上様からあたえられていた御所である。

上様は誠仁親王に好意を抱いていた。

誠仁親王も上様を贔屓《ひいき》にしていたからだ。

二条御所に着いた信忠は、辰の刻には誠仁親王に禁裏《きんり》御所へ退去してもらうことにしたが、その交渉中に親王は、ならば信長殿に殉《じゅん》じるために自分は腹を切るべきではないかと申し出た。

信忠はいいえ、それは筋が違い申しますでと止めた。

そして、信忠は、日向様に対して親王が避難し終わるまで戦闘を待つようにと連絡し、日向様はこれを了承して配下に二条御所を隙間なく包囲させたまま、但し、命令が発せられるまでは決して攻撃しないようにと通達して待機した。

誠仁親王《さねひとしんのう》が二条御所の外に出ると、明智軍の将兵は迎えるように道を開け、一斉に頭《こうべ》を垂れ、これを見た信忠は神明仏陀お守りおわしますゆえ親王様はつつがなく内裏まで御還《ごかん》御《ぎょ》なしまいらせようといい、ふっと口もとに笑みを浮かべてかかる不運に遭うはおのれに力がないことの証《あかし》かのとつぶやいた。

半刻ほどで誠仁親王は禁裏御所へ避難し終え、しかるのちに明智軍は改めて宣戦を布告して二条御所攻めを開始した。

十蔵は作兵衛と目配《めくば》せして指で合図し合い、すぐさま配下と二条御所に隣接している前太政大臣《さきのだいじょうだいじん》の近衛前久《このえさきひさ》の屋敷の屋根にあがって御所内へ鉄砲や抱《かか》え大筒を撃ち込んだ。十蔵は待機している間に配下に梯子《はしご》を用意させ、近衛邸の軒に立てかけておいたのだ。これはたいそう効果があり、信忠側に決定的な打撃をあたえることになった。

十蔵たちは近衛邸の屋根の上からさらに夥《おびただ》しい数にのぼる火矢を撃ちこみ、二条御所の全域を炎上させた。

炎の勢いがひときわ激しくなった頃合いを見計らって兵を討ち込ませると、信忠の家来たちは勇敢に戦ったが、圧倒的な人数にはかなわず次々と討ち死にし、あるいは虐殺《ぎゃくさつ》されて庭は土に血をあえす川のようになり、死人も浮くばかりに見えた。血を朱《あけ》とは、庭の土に血が溜まり一面死体が浮かぶほど朱に染まったということだ。

明智軍に攻めに攻められた二条御所の兵たちは残らず薙《な》で斬りにされ、戦いは前後半刻ほどで終わった。

村井貞勝と貞成清次父子は討ち死にし、素肌に帷子《かたびら》一重で戦った信忠は明智軍の兵の手にかかることを忌《い》んで主殿の外縁に胡座《あぐら》をかき、腹に刃《やいば》を突き立て、鎌田新介に介錯《かいしゃく》させて果てた。享年二十六である。

これで終わりか。

あっけないとはこのことよのと十蔵はひとりごちた。

作兵衛もなんともあっけなくて拍子抜けするわとこたえた。

二条御所が落ちたあと、黒坊主が日向様の前に引き据えられた。

黒坊主とは前の年の二月下旬にイエズス会日本巡察師アレッサンドロ・ヴァリニヤーノが上様を訪問したときに連れてきた身の丈《たけ》六尺二分もある肌が濃い焦茶色の異人のことだ。

この黒坊主はポルトガル領東アフリカで奴隷として売られてインドにいたものをヴァリニヤーノが買って従者にしていた。歳は二十六、七で、十人力の剛力があるといわれていた。

初めて会ったとき、好奇心の強い上様はこの筋骨隆々《きんこつりゅうりゅう》たる髪の縮れた黒坊主に興味を持った。

身体に炭の粉のようなものか塗料を塗っているのではないかと疑った上様は、盥《たらい》を運ばせ、着ている衣服を脱がせると、目の前で全身を洗わせた。

だが、黒坊主は洗えば洗うほど膚《はだ》がいよいよ黒光りするばかりであったから、生まれつき膚《はだ》が黒いのだと、上様はようやく納得してこれをヴァリニヤーノから譲り受けた。

てていた。
弥助《やすけ》と名付けて身の回りの世話をさせ、安土の城下に屋敷をあたえ、士分として取り立

その黒坊主が本能寺から駆け出して明智軍の囲みをなんとか駆け抜け破り、信忠が宿泊している妙覚寺へ走って急を告げ、続く二条御所での戦いにも加わっていたのだ。

元来膂力《りょりょく》にすぐれていた黒坊主は分厚い唇をふるわせ、奇声を発しながら薙刀を振り回して明智の兵を寄せ付けず、大いに働いていた。

しかし、気がつけば一人になっており、円陣をつくった兵に囲まれ、得物を捨てて降参せよと怒鳴られ、そこではじめて戦うことをあきらめ、薙刀を捨てて捕縛された。

捕縛され、荒縄で後ろ手に縛り上げられた黒坊主は引き立てられ、二条御所門前の日向様の陣へ連行された。

日向様の前に据えられた黒坊主は背筋をのばし、胸を張り、分厚い唇を固く結んでひとことも発せず、よく光る大きな黒い目で正面を見つめていた。

溝尾庄兵衛がいかがいたしましょうと問うと、日向様はそおやな、黒坊主は人ではあるまいとこたえた。

獣であるゆえなにもわからぬ。解き放ったれ。もとはといえばキリシタンが連れてきた者やで、南蛮寺へ送り届けたれやといった。

熱心なキリシタン信徒である高山様の与力を頼むことを計算してのことでもあったか

ら、それを慮《おもんぱか》って溝尾庄兵衛は幕の内にいた作兵衛に向かって少し顎《あご》をあげて黒坊主を南蛮寺まで送り届けよと命じた。

作兵衛はこいつを南蛮寺へ送ってくれといって陣幕の外にいた十蔵に黒坊主を託した。

南蛮寺こと さんた まりあ教会 は本能寺の東一町ほどの四条坊門姥柳《うばやなぎ》町にあり、三層の楼閣風の建物で、瓦葺きの屋根の上には十字架が立てられている。

道に面した出入り口の扉を開くと礼拝堂になっていて、正面のどん突きの祭壇に十字架につけられたジェス像があり、黒坊主はすぐ跪《ひざまず》いて何事かを呟きながら胸の前で十字を切った。

この南蛮寺では七、八人の男女が長椅子に座って祈っていた。

十蔵がおい神父《ぱあどれ》はいないかと大声で呼ばうと、祭壇の裏から黒衣の神父《ぱあどれ》が出てきた。

その神父《ぱあどれ》はフランシスコ・カリオンである。

このとき南蛮寺には他に神父《ぱあどれ》のジョアン・フランシスコとバルトロメウ・レトンドと修道士と日本人説教師が一人ずついた。

神父《ぱあどれ》カリオンに続いて、全員が出てきた。

この黒坊主をお返し申す。

そういって十蔵は黒坊主の背中を槍の石突《いしづき》で押しやった。

第二章　奥三河

物心ついたとき十蔵は白首屋《ごけや》の布団部屋で寝起きしていた。
夜になるといつも聞こえてくる唄があった。

あででわかれて
そんででであって
はんるかぶりだと
しんがみついいて
あがえて
こがえて
よかっつえ

意味はわからなかったが、酔った男と女の声でこの唄があちこちの部屋から聞こえてきた。

唄のあとには決まって笑い声が沸いた。

鴨江観音と呼ばれる遠江《とおとうみ》浜松では有名な鴨江寺の南の、白首屋が立ち並ぶ通りにある鈴瀧《すずたき》という屋号の白首屋である。

広い道に面した店の表玄関の土間は、粘土と石灰と塩を混ぜて叩き固めてあった。その三和土《たたき》は最初は平らでも、次第に薄い瘤《こぶ》のようなものができてくる。やがては真ん中のところに凹凸ができて、三和土の四方の隅が低くなり、真ん中が盛り上がった形になってくる。

客の草鞋《わらじ》には道の土がついている。とくに雨の日や雪が降ったあとのぬかるみ道を歩いてきた客の草鞋はこびりついた泥で分厚くなっているほどで、そうした草鞋から落ちた土が三和土に貼りつく。貼りついた土は箒《ほうき》で掃いてもとれないまま平べったく踏み固められてうすい瘤《こぶ》になる。十蔵はその草鞋糞《わらじぐそ》を刃の形に削った板切れで掻《か》き削ってとって三和土を平べったくした。そうすると菓子がもらえた。

そのころからだ。

十蔵は名前をつづめて十《じゅう》と呼ばれてきた。

暇なときは陽だまりのなかでいつも膝を抱いて一人ですわっていることが多く、それでも特別さみしいとは思っていなかった。十蔵本人としては隣近所の誰かと遊びたいとも思わず、ただ一人でそうしているのが楽しくはないまでも心やすらぐ状態であったように思い返される。

それとも、そうしているように誰かに命じられたのだったか、あるいは誰かの訪れでも待っていたときの強い記憶か判然としない。

いずれにしても、いくら昔のことを思い出そうとしても、おのれが一人で陽の光が溜まっている軒下や土塀の裾に膝を抱いてうずくまっている姿しか目にうかんでこない。おとなしい子供で、少々知恵おくれであったのかもしれないし、病弱だったのかもしれない。

冬でも夏でもよく喉が痛くなって高熱を発した。

額の濡れ手ぬぐいを交換してくれるとき、白首屋の女たちも女中も男どももみな優しくしてくれて、十はほんとにおとなしい子だねとか、静かだもんで居るだか居んだかわからんね、十はといった。

また百姓の倅《せがれ》なら沢や山へ芹《せり》を摘みにいったり山菜狩りや山芋掘りにいったり、豊作か凶作かを占う石合戦をやったり、雨乞いや田起こしの手伝いをしたはずだが、そうした記憶もなかった。

魚を漁《すなど》る舟にも乗ったことはなかったから、漁師の倅《せがれ》でもなかろう。

職人や商家とも縁はないし、要するに、地味でまっとう堅実な暮らしをしている家ではない、世間の埒《らち》の外に生まれたのに違いなかった。

第一父親も母親も顔を知らなかった。

どこで生まれたか、兄弟や係累《けいるい》がいるのかいないのかもわからなかった。

多分五つか六つの歳の、月の色が明るくどこまでもひろい水田に映っている夏であったか秋であったか。

さだかには思い出すことはできないけれども、蛙《かえる》と虫の声がやかましくきこえていた夜の、夜中に川沿いの暗い道をたどって寺へ連れていかれた。

最初は手を引かれててくてくと歩いていたけれど、次第に疲れてきて足が動かなくなり、泣くと途中から誰かに背負われていったように記憶しており、それが誰であったかわからない。

男か女かもわからない。

大きくて逞《たくま》しい幅の広い汗ばんだ背中に、十蔵はしがみついていた。

やがて川の水が明るく輝いている道から暗闇のなかへ入っていき、どこまでもその暗闇の奥に向かってひたひたと歩きつづけ、しらしら明けのころに石段をのぼり、寺の山門の前に着くと、竈《へっつい》のある広い土間に入って十蔵は上《あが》り框《かまち》におろされた。

もちろんずっとあとになってわかったことだが、道と並行していた川は豊川だったと思われる。豊川は奥三河の段戸山《だんどさん》から三河湾まで流れる川である。

十蔵が背負われて歩いた暗い道は、やはり奥三河の鳳来寺や長篠城の近くから奥浜名湖の遠江引佐《いなさ》郡へ抜ける谷戸田《やとだ》を縫う道で、三河国設楽《したら》郡吉田にある永平寺に属する曹洞《そうとう》宗《しゅう》青龍山満水寺へ入れられたのだった。

住職は玉蘭龍門《ぎょくらんりゅうもん》といった。

十蔵はその小さな寺へ喝食《かっしき》としてあずけられたということである。

この満水寺へあずけられる前のことは白首屋の三和土の草鞋糞を削りとっていたことと、膝小僧をかかえこんで陽だまりに一人ですわっていたこと以外では、五十鈴《いすず》という女のほかはほとんどおぼえていることがないということだ。

三和土の草鞋糞《わらじぐそ》をとっていたころ、何故こんなにゆっくり喋るのだろうと思うくらいゆっくりしゃべる五十鈴《いすず》と呼ばれる女がいたことは、よくおぼえている。

遊び女なのか下働きの女なのか、その鈴瀧という白首屋をやっていた女将《おかみ》なのかもわからない。顔の細部も眦《まなじり》が吊れていたとしか思い出せないのだが、五十鈴は十蔵にひどくやさしく、毎日のように小遣い銭をくれて、ことあるたびに私《わっち》ら十二、三のころ浜松のお城の大手道沿いにあった御重役衆の御屋敷に奉公してただにと話した。

その御屋敷は、お城の山のてっぺんから、南へ二町ばか下の天守に通じる大手道の西側にあった。

間口が六間、奥行七間の主殿を中心に、奥方様んいた板葺《いたぶき》の奥御殿、東側には家来衆んいる遠侍《とおざむらい》、北には厨《くりや》んあった。

私《わっち》らその厨で下働きをしてただよ。

厨《くりや》にゃあしょっちゅう奥方様ん来られて、あれやこれや指図したり、手ずから芋の煮っころがしを炊いたり、飯炊きの火加減で薪の節約んできるってゆってた。

そいで、私ら奥方様によく声をかけてもらったり、小袖のおさがりをもらっただにと話を締めくくり、聞いている者たちをうらやましがらせた。

いや。

正確にいえば、他の者たちに交じってその話を聞いたのか、一人で子守歌がわりに聞かされたのか、はっきりしないけれど、この話は昼となく夜となくのべつくりかえし聞かされたので、十蔵は会ったこともない奥方様の顔や着ている小袖の色柄や厨の様子まで実際に見たことがあるようにありありと目の奥に思い描くことができた。

この話をした五十鈴があるいは肉親かと思われたものの、確かな証拠もないまま、いつのまにかそこからいなくなってしまった。

そして次の幼いころの記憶は月夜に誰かにおぶわれて満水寺へ向かい、ともあれ寺に着いて眠ったと思うまもない寅《とら》か卯《う》の刻ごろに肩をゆさぶられ、目をあけるとこんなに大きな目があるだろうかと思うくらい目の大きな、剃りたての頭が真っ蒼な坊主が十蔵の顔をその両のぎょろ目でのぞきこみ、ほほえみながらさあ十よ、御主《おんしゃ》はすぐ顔を洗って東司《とうす》を使ったら勤行《ごんぎょう》だで、法堂《はっとう》へ来るだといった場面につながっている。

このぎょろ目が伴僧《ばんそう》の鏡村《きょうそん》で、幼い十蔵に一から喝食生活を教えることになった。

朝の勤行は住職の龍門が般若心経《はんにゃしんぎょう》をあげて半刻《はんとき》ほどを費やすが、もとよりはじめての十蔵にはなにがなんだかわからず、ただ指示された場所に黙ってすわっていた。

すわっているうちに、首をがっくり前に折って眠ってしまった。

勤行のあとは粥座《しゅくざ》で、寺男の弥三《やぞう》があつらえた茶粥《ちゃがゆ》をたべて、これが目がさめるほど美味だと思った。

それからその日は鏡村と弥三とともに法堂と庫裡《くり》の廊下の拭き掃除をやったあと、自分の背丈より柄《え》の丈の長い竹箒で池の向こうの急峻《きゅうしゅん》に切り立った石組みのある書院の裏の庭の掃き掃除や草とりをやると、すでに夕刻になっていた。

日が落ちてから鏡村が頭を剃《そ》ってくれて、それが終わるとまた勤行だといわれ、法堂へ行くと、今度も半刻ほどかけて龍門が経をあげ、終日働いて疲れはてていた十蔵はこの時もたちまち眠くなり、すわったまま眠ってしまった。

翌朝も、暗いうちに起こされて勤行を行い、朝粥を食べた。

そして、そのあと龍門から最初の法話を聞いた。

衲僧《のうそう》がのと、龍門はおのれのことを喝食の十蔵にまでも礼儀正しくいった。

おもしろいことを教えてやるでな、十。

金光明経《こんこうみょうきょう》の捨身品《しゃしんぼん》という経があってのと、龍門はとっておきの話でもするようにいった。その金光明経のなかに書いてあるだが、あるとき釈尊がの、七匹の子を持った虎が飢えておるところに出会った。

すると、それをあわれんで釈尊はわが身を投げ出して、その虎をたすけた。前世に善行の功徳《くどく》を積んでおかなければならぬわけでの。

だからこそ、釈尊はこの世で仏になることとんできた。

人ん仏になるっちゅうのは、おのれの身を飢えた他人に食らわせるという、それくらいのことをやらにゃあいかんだ。

おいそれとできることじゃないだよ。

わかるかと、目の奥をのぞきこまれたので、十蔵はわけもわからないままうなずいた。

すると龍門は文机《ふづくえ》の方に向きなおって硯箱《すずりばこ》から筆をとり出し、今はわからんでいいだ、衲僧《のうそう》もはじめはさっぱりわからなんだわというと、紙に諸行無常是生滅法と生滅滅己寂滅為楽と二行に書いて、しょぎょうむじょうぜしょうめっぽう、せいめつめついじゃくめついらく、あらゆるものに常なるものはなし、生まれては滅ぶのが世のならいであり、生まれて滅ぶことを超えて安らかに生まれかわれと、こういうことだの、といった。

そしてしょぎょうむじょうぜしょうめっぽう、しょうめつめついじゃくめついらくと繰りかえし、十蔵がちゃんと一人でいえるように何度も何度も唱和させた。

このようにしてはじまった喝食の生活は、まだ首根もすわらぬ十蔵にとってかなりつらいものだった。

勤行や四書五経《ししょごきょう》や論語読みや手習いは隙を見て半分眠っていればどうということはなかったけれど、身体を動かすことになると、とにかく疲れた。

法堂や庫裡の拭き掃除、庭と境内《けいだい》の掃き掃除、井戸の流しでやる洗濯、冬に焚く粗朶《そだ》を拾い集め、薪《たきぎ》を割り、風呂を焚《た》いて龍門や鏡村の食事の給仕をし、寝る前には火の見まわりがあり、時には来客の接待も命じられた。

庫裡の南側には結構広い田と畑があり、稲だけでなく芋やら漬物にする大根や栗や茄子《なす》や葱《ねぎ》や牛蒡《ごぼう》などまで植えていたから鏡村や弥三とともに野良仕事などの作務《さむ》もやらなければならず、夜座《やざ》をやる日などどうしても寝るのが子《ね》の刻近くになるので、ただただ眠く、朝がつらくて仕方がなかった。

しかし、日に日に十蔵なりに寺の暮らしに馴れて小一年も経つと座禅も作務も看経《かんきん》も、鏡村とともにやる彼岸や盆の檀家まわりや葬式の手伝いにも馴れてさほどつらく感じないでやれるようになっていた。

また、楽しいのは龍門や鏡村に連れられて浜松の城下まで托鉢に行くことだった。田畑や山に囲まれた満水寺のある田舎とちがって商家や家々が立ち並ぶ繁華な町の通りを歩いていると、人々のさまざまな生活が見られたからだ。

なにやら町場を行き交う人々は三河の奥の村の衆とはちがう顔をしているように映って気持ちが新鮮になった。

それからどういうわけか十蔵は、龍門と鏡村がただひとつの愉しみとして二畳の小間に入って炉や風炉《ふろ》で点《た》てる茶の湯が好きになり、たちまちいっぱしの点前《てまえ》もできるようになった。

挽《ひ》いた茶を茶杓《ちゃしゃく》で茶盌《ちゃわん》に入れ、柄杓《ひしゃく》で湯を注いで茶筅《ちゃせん》を使い、その茶筅を茶盌から引き抜くときに四角く曲げ張った肘がそのまま糸で引きあげられるようにすると形よく映るのだが、十蔵はそこを上手にやっていつもほうほうと龍門におだて褒《ほ》められた。

そして、そうこうするうちに十五歳を過ぎたころから十蔵はすっかり寺になじんで何もかも喝食らしくなっていった。

ちょうどそのころの小糠雨《こぬかあめ》が降っている日の、午下《ひる》がりのことだ。

龍門がなにかの用でどこかへ出かけていて留守を幸いと茶を飲みながら鏡村と菓子を食べていたときのことだ。

なあ 十 よ。

堂頭《どうちょう》の龍門師は御主《おんしゃ》の父御《ててご》だん、もちろん知っとるらなと鏡村がいった。

え。

なんだって。

驚くと同時に衝撃を受け、咄嗟《とっさ》になんのことか呑み込めなかった十蔵は、まさか、とこたえた。

そんならお母ちゃは誰だね。ほんとかねと、十蔵は訊き返した。

浜松の鴨江寺の門前の先の、あの鴨江の観音様の南に白首屋が並んだ通りんあるらと鏡村はいった。

あそこで店を出してた五十鈴《いすず》という人が御主《おんしゃ》のお母ちゃだと儂《わし》ゃあ思うだ。そうらしいに。じかに会ったことんないで、どういう人だかわからんけどね。

その、なんとかいう白首屋を畳んで五十鈴さんがいなくなっただ。どっかへ嫁に行っただか、どこへ行ったかはわからんけど。

そんだもんで十蔵はこの満水寺へくることになっただよ。

この寺の隣りの本家の苫野《とまのけ》家でも困り果ててな。

十蔵は黙っていた。

なんとこたえればいいのかわからなかった。

ただ、龍門が普段おだやかで静かでいかにも朴訥《ぼくとつ》で、徳の高い坊主らしく取り澄ました顔をしている癖に一皮剝《む》けば白首屋の女を孕《はら》ませる遊び好きな奴だと教えられたような気がして、そのことに対するなんとも厭《いや》な嫌悪感に似た憎しみが胸の内にどす黒い入道雲のように湧き立ちあがってきた。

十蔵は坊主と白首屋の女の組み合わせからおのれが生まれてきたことを、これ以上けがらわしいことはない、俺は騙《だま》されてきた、あんな男がおのれの父親であるということを、到底受け容れることはできない、いつか殺してやると思った。

そう考えることになんの脈絡も理由もないことはわかっていたが、それは、ただただゆるせないことだった。

また、龍門が常々奥の書院の違い棚の地袋《ぢぶくろ》のなかの壺と文箱《ふばこ》に黄金の甲州豆金を貯めていて、その金で悪所通《あくしょがよ》いをしていることも寺男の弥三から聞いており、それも不快に思い出された。

弥三は堂頭様は浜松の商人衆と組んで無尽講《むじんこう》で上手に儲《もう》けて、その金で遊んでるだらと十蔵に告げ口したのだった。

もちろん近所の百姓の倅らで同じ歳ごろの仲間もできて、山野を駆けまわって遊びもした。十二、三歳のころから竹の棒を刀や槍に見立てて五、六人ずつ二手に分かれてあちらとこっちの籔《やぶ》のなかにひそんで合戦をするときは、必ず一方の頭《かしら》に選ばれた。というのは、最初はやあやあと手合わせしていても、おのれの組が劣勢になり、とことんまで追いつめられると、十蔵は本気になって相手を追い回すからだった。

年の割に背がよく伸び、筋肉もついて逞《たくま》しい身体つきになった。

こちらがむきになるとたとえ年嵩《としかさ》でも相手はひるんだし、逃げ出すと十蔵はどこまでも執拗《しゅうね》く追いかけた。相手の方がずっと足が速くても、どこまでも追い、相手が疲れて顎をだすまで追い、追ってどこまでも追い詰め、殴りに殴って徹底的に痛めつけた。

それから秋に吉田の村へ狼の群れが出てきたことがあった。

そのときは仲間四、五人と短刀を腰に差し、手製の弓矢や竹槍を持って足跡と糞《ふん》を捜しさがしして尾根伝いに追跡し、木の実を食いながら三夜か四夜野宿して寺にもどり、心配していた鏡村に殴られるようなこともあった。

このときは遠い雪をかぶった富士山を眺めていて、気が付くと北遠江の佐久間と水窪《みさくぼ》の間にある龍頭山《りゅうずさん》の山頂近くをうろついていたから、さすがに途方に暮れた。

十はふだんは静かでほんとにおとなしいが、ちょっとした拍子に何をするかわからんところんあるだなと鏡村は苦笑した。

普通じゃ誰も想像もつかん馬鹿激しい手に負えんことをやってのけるじゃないかね。

人っちゅうのは見かけによらんでね。

もっとも十蔵自身は知らなかったが、龍門も鏡村も 十 が十七、八になったら得度《とくど》出《しゅっ》家《け》させて僧堂のある大きな寺へ修行に出すつもりで、その二、三年前になったら、ちょっと早いけれども大学や孫子《そんし》や韓非子《かんぴし》など唐《とう》の書籍を本格的に読ませたり、そろそろ公案も教えよう、という心積もりでいた。

十蔵が別して秀《すぐ》れているとはいえなかったとはいえ、そこそこの出来の頭ゆえ、坊主として高い位にのぼる可能性がないわけではないと考えていたから、いきおい警策《きょうさく》の使い方も厳しくなっていった。

龍門も鏡村も多少は十蔵の将来に期待をかけていたのだ。

それでか、たしかに厳しくはあったけれども、しかし、満水寺はいわば十蔵にとってただひとつのわが家といえるものであったといえるのかもしれない。龍門も鏡村も弥三もやさしいおだやかな男たちであったから、尚更おさない十蔵には毎日が居心地よく感じられた。檀家の衆もみな十、十と呼んで、たまには甘葛《あまずら》を飲ませてくれたりしたし、腹痛《はらいた》や風気にあたって熱を出せば、心をこめて看病してくれもした。

白首屋の土間の土の瘤を掻き削って遊んでいるよりも、はるかに輪郭《りんかく》のはっきりした生活であり、経典について教えられたことひとつをとっても十蔵には有難いと考えるべきことだった。

やがて一生の師家となる龍門が十蔵の頭を剃って得度し、玉雲龍渓という立派な名前をもらって永平寺からも得度したしるしの度牒《どちょう》が送られてきて、これで十蔵は生涯を禅僧として生きてゆくことになったわけで、龍門と鏡村からひたすら座れといわれつづけた。

なんかを求めようなんて思わんでいいで、座るだ。

理屈は横に置いといて、とにかく座るだよといった。

なにをしても、なにをいってもこたえは座るだ、ただ座るだけでいいだ御主《おんしゃ》はといわれるばかりで、それはたしかに禅僧とはもっぱら座禅を組むものに違いないのかもしれないと思いはしたが、十蔵は容易に納得できなかった。

納得できないだけでなく、わずかずつだが、そうだろうか、ほんとうにそれでいいんだろうかと、疑問を感じるようになっていった。

僧として生きてゆく道が開けたのに、皮肉なことにこのころからなにかに縛られた毎日を送るのは厭《いや》だと考えるようになっていった。

十蔵は知らずしらずのうちに日一日と変わっていたということだ。

ついには、いくら坊主でも他になにかすべきことはないのかと考えたし、龍門や鏡村がうしろから両掌《りょうて》で目かくしをしているように感じられ、世のなかをもっと広く見てみたいと思うようになっていった。

そのためにはこんな小さな寺のなかでいわれるままに座禅ばかりしていても、埒があかんのではあるまいか。

世のなかがどうなっているのか、この二つの眼で見てみたかった。

どの日を境にかははっきりしないものの、十蔵はいまの俺はおのれの意思ではなく、自分以外の誰かの意思に従っていなければならず、その枠の内側から外へ出られない状態にあり、これは出口のない狭苦しい壁に囲まれた牢獄に閉じ込められているのと同じことではないかと思うようになった。

狭い場所は嫌いだ。

大嫌いだ。

この苦痛は耐え難い。

寺の閉ざされた空間にいることに嫌気がさしてきて、十蔵は僧衣《そうえ》を脱ぎ捨てることができたら肩に翼がはえてくるのではないかと空想した。

そうだ。

そうだ。ほんとうに真っ青な天空を自在に舞っている鷲のような翼がほしかった。


十蔵は鏡村におら坊主をやめて士《さむらい》になりたいと思うだよと話したことがあった。

士とは学徳を修め敬重《けいちょう》すべき士君子《しくんし》ということか。

それとも単に武士のことかと鏡村が訊き返したので、そのときは咄嗟にそりゃあ士君子のことだよと応じたが、このとき十蔵が考えていた士とは、単純に、ただ漠然と恰好のいい男らしい男というような意味だった。

どちらかといえば鏡村がわずかながらさげすみをこめて単に武士かといった武士に近

く、それも数多《あまた》の兵卒の上に立って合戦のときに馬に乗って、進め、とか、退《ひ》け、などと采配で指揮するような地位のある士になりたいと憧れていた。

士に成り上がりたいと願うようになった理由はさほどのことからではなかった。満水寺で四度目に迎えたにいにい蟬《ぜみ》が鳴き募る真夏の午下《ひる》がりのことだ。

黒い馬に乗った士が寺の前の道を駆けぬけて行くのを見た。

その小ぶりな黄金の三叉独鈷《さんさとっこ》のついた派手な紅の兜《かぶと》をかぶり、おなじく紅《くれない》の鎧《よろい》に身を固めた男は鋭くよく通る掛け声と鞭《むち》で黒い馬を責めながら、一騎で長篠の方へ走って行った。

真緑によく成長した稲がびっしりと生えている田のなかの一本道を、白い砂埃《すなぼこり》を巻きあげて駆け抜けてゆくときに正面を見据えた大きな目と白髭の翁《おきな》の面頰《めんぼお》が見え、馬の蹄《ひづめ》が硬い路面を蹴る乾いた響きを耳の底に残してみるみる遠ざかってゆくそのうしろ姿を、それまで山門の前の石段を掃いていた十蔵は箒の竹の柄を握りしめて見送りながら、士というものはなんと男らしく恰好がいいものかと感じて自分でもおどろくほどの大きさで羨《うらや》ましさが胸の内にふくれあがってくるのをおぼえた。

それからだ。

十蔵は檀家の大百姓であり寺の本家である隣の苫野《とまの》家が飼っている三頭の馬を、代わるがわる借りて村の道や野原を乗り回すようになった。

もちろん戦《いくさ》で使う騎馬用に訓練された馬ではなく、田畑の土を起こし耕す唐犂《からすき》や馬鍬《まぐわ》や山で伐り出した木を曳《ひ》いたりする駄馬で、鞍《くら》もなかったけれど、最初は裸馬に跨《また》がってゆっくり歩かせるだけだったが、じきに走らせることができるようになった。

それも全力疾走でだ。

そして、馬の背の上で顔や身体にぶつかってくる風を受けると、十蔵はおのれがあの紅の甲冑《かっちゅう》を身にまとった士になったと思い込んだ。

どの馬もすぐ息があがって口に白い泡を吹くのでそう長い距離を走らせることはできなかったけれど、農閑期は三日とあげず苫野家へ行って馬を借り、田の畦《あぜ》や寺の前の道を駆けた。

走ったあとは小川の水を桶《おけ》に汲《く》んで丸めた荒縄を浸し、馬の全身を優しく擦《こす》って洗ってやった。その大きな黒い目を見つめていると、いっそう士になった気分になった。

それだけの理由からというわけでもないが、結局十蔵は寺にはいられなかった。

謹直すぎるほど謹直な生活になじめなかったわけでもなければ警策《きょうさく》で打たれることに辛抱できなくなったからでもなく、ただ単に狭苦しくて息が詰まった。

五日一風《ごじついっぷう》、十日一雨《じゅうじついちう》だでな。

『論衡《ろんこう》』に書いてある通りがいいだにと、ことあるごとに鏡村はいった。

五日に一遍《いっぺん》おだやかな風が吹いて、十日に一度しずかな雨が降るような天下太平の生活が望ましいということだと教えられた。

が、十蔵はもっと烈しいというか変化の大きな、躍動的な日を送りたかった。

とにかく寺はなんとしても小さかった。

身体も心も四角四面の枠か箱に閉じ込められているようで狭苦しく居心地がよくなかったから、早くここから出て、早く広い世界に出たいと願った。

なにかに縛られた毎日を送ることが、たまらなく苦痛になっていた。


満水寺の書院の違い棚の地袋にしまってある壺と文箱から甲州の碁石金や豆金を掌で掬《すく》い出し、座って布の袋に詰め替えているとき、背後から、おい、御主《おんしゃ》なにしてるだといわれた。

振り返りながら立ち上がると同時に十蔵はそこにいた龍門の胸を短刀で一突きにし、思いざま腹を蹴飛ばした。

小男で非力な龍門は声もなくあおのけに倒れて、それっきり動かなかった。

赤い鮮血が畳の上にゆっくりと仏像の光背《こうはい》のような形に大きくひろがっていった。

どういうわけか師でありおのれの父親である龍門を殺したことを、十蔵はさほど重大なことだと思わなかった。

絶対やってはならない悪いこと。

それもこれ以上凶悪なことはなかろうということをやったのだが、とんでもないことをしでかしてしまったと後悔したり、後ろめたいことをしたとはまったく感じなかった。なにか借りというか負い目ができたような気はしたものの、自分を人でなしだなどとは思わなかった。

そんな風に考える能力がないというべきか。

なんの理屈もないが、それよりも十蔵はやらなければならないことを今ようやく成就《じょうじゅ》させることができたように感じていた。

寂滅為楽《じゃくめついらく》だ、これが。

これが、飢えた虎におのれが身を投げ出すということだ。

が、俺は釈迦《しゃか》ではない。

その場その時でつごうがわるいことがあったらそれを取り除いて生きていくだけだ。

俺は虎だ。ただそれだけのことだ。

また、龍門が父親であると初めて聞いたときと同じ嫌悪感と憎悪が、このときも胸のなかにむっくりと湧き立ちあがってくるのを感じながら、おのれの父親を仵であるおのれが刺し殺したことをなんとも思わないおのれ自身に少し驚きながら、懐《ふところ》から懐紙《かいし》をひっぱりだすと、四、五枚を掌《てのひら》のなかで丸めて障子の近くにばらまいた。

それから厨房《ちゅうぼう》へ行って竈《へっつい》のなかから火箸《ひばし》で燠火《おきび》をもってきて丸めた懐紙ひとつひとつに火を付け、頬を膨らませ、唇をとがらせて力いっぱい息を吹きかけた。

すでにおのれの意思に反しておのれがおのれを抑制できなくなっているのを感じながら、十蔵は懐紙の火がすぐ障子に燃え移りたちまちのうちに炎が轟音《ごうおん》をたてて天井へ這《は》い上がってゆくのを眺めていた。

白い煙が意外な速さで天井全体にひろがり、木の焦げる臭いがたちこめた。

このあと寺の屋根が燃え落ちようが全焼しないで火が消えようが、そんなことはどうでもよかった。

十はふだんは静かでほんとにおとなしいが、ちょっとした拍子に何をするかわからんところんあるだな。

普通じゃ誰も想像もつかん、馬鹿激しい手に負えんことをやってのけるじゃないかねと、いつか鏡村を苦笑させたことがあったがたしかにそうだと、十蔵はひとりうなずいた。

そして、そう話した鏡村の朝の勤行の声が隣の本堂から聞こえはじめたとき、十蔵はふと用事を思い出したというふうに法堂から庫裡へ行って普段托鉢のために用意してある手甲《てっ》脚絆《こうきゃはん》を身に着けた。

頭陀袋《ずだぶくろ》を首に掛け、壁に吊ってある草鞋を二、三足とって腰に下げ、笈《きゅう》を背負い、網《あ》代笠《じろがさ》をかぶって外に出た。

笈のなかには頭を剃る剃刀《かみそり》と盗んだ金が入れてあった。

金が重くて笈の底が抜けるのではないかと心配するほどだった。

外に出たときまだ夜明けには間がある刻限で、顔の前には足もとが見えないほど濃い闇がたちこめており、背後からは鏡村が唱える間のびした読経《どきょう》の声が聞こえていた。

とにかく毎朝毎晩経《きょう》を誦《ず》し、飯を食って香を焚きながらまた経を誦し、座禅を組んで本堂や廊下や庫裡を掃き清めたり拭いたりという禅坊主の、決まり切ったことの繰り返しの、狭苦しく居心地の悪い毎日に飽きてうんざりしていた。

いいかえりゃあ毎日毎日作務と座禅と看経と近隣の村々を托鉢して歩いて一体なんになるだ。

俺のいる場所としてはこの寺は小さすぎて話にならん。

どっかにもっとおもしろいことんあるはずだというただそれだけのことであり、その向こうの先の、とてつもなく広い世間にあるはずのなにか、何でもいいからおもしろいことに出合うことを求めて十蔵は寺の門を出て石段をおりたのだ。

寺の門前から北へ向かい豊川にぶつかり、その流れに沿って下る道を歩き、北の三河尾《みかわお》張美濃《わりみの》方面に出るか。

それとも、豊川の流れを遡《さかのぼ》って山道を信州方面まで行くか。

あるいは南の井伊谷《いいのや》へ出て、浜名湖の東の遠江浜松方面へ抜けるか。

十蔵は一度も振り返ることなく満水寺の門前から南へ向かった。

ただとりあえずそちらの方へ行ってみるかと思ったからで、これも別に理由はなかった。

そのあと一度だけ穂が額に触れそうなほど芒《すすき》が足もとから高く繁茂《はんも》している脇の道に迷いこんで、消えたりあらわれたりの杣道《そまみち》ともいえぬ細い道を上り下りしたものの、半刻ほどで夜が明け、周囲の様子がわかってきたから、本街道にもどって井伊谷へ向かった。

俺は世間の埒外にある寺から世間へ入っていく。

たとえ闇に通じる迷路へ入ってゆくことになっても、要するに俺はどっかから来てこの道を通り、どっかへ行くだけであり、最後にどこへ着こうと知ったことではないし、どうでもいいことだ。

着いたところが目的地だし、また、一衣《いちえ》一鉢《いっぱつ》の雲水《うんすい》がどこぞで野垂《のた》れ死んでもどうということはないのだとも思い定めていた。

生きている時が尽きれば死ぬる。

父親《てておや》殺しが九品蓮台《くほんれんだい》にゆけるはずもないゆえ八万地獄の奈落の底へ落ちるということだわ。

濃くたちこめた白い朝靄《あさもや》の奥で小鳥が鳴きはじめると、一度だけ十、と呼ばれたような気がして立ち止まって振り返ったけれども、おのれを知っている誰かがすぐ近くにいるはずもなく、視界は朝靄にさえぎられたままで、なんだ空耳かと思いなおして歩きつづけた。

第三章　安土

十蔵は満水寺を出奔《しゅっぽん》してから井伊谷《いいのや》、そして金指《かなさし》に出ると、浜名湖の脇をさらに南に向かって三方ッ原《みかたっぱら》を横切った。

三方ッ原は元亀《げんき》のころ武田信玄と徳川家康が戦ったところどころに灌木《かんぼく》や孟宗竹《もうそうだけ》の林や笹が繁っているだだっ広い草っ原で、そこを真っすぐ抜け、城の西の道を通って浜松の城下に入って行った。

龍門《りゅうもん》や鏡村《きょうそん》と何回も托鉢《たくはつ》に来て市中を歩いたことはあったとはいうものの、満水寺のある鄙《ひな》びてときおり狐や狼の遠吠えがきこえてくるような吉田の村から浜松の城の南に開けた町まではさほど遠い距離ではないのに、比べてみると、格別派手に賑わっているように映って胸がときめいた。

鴨江寺《かもえじ》近くの白首屋《ごけや》が並んでいる通りへ行ってみたいと思わないでもなかったが、行ったところでどうということはあるまいと考えた十蔵は、浜松の城の大手門の前の繁華な商家と人通りの多い連雀町《れんじゃくちょう》や、活気のある商家の多い鍛冶町《かじまち》や塩問屋《しおどんや》が並んでいる東海道に沿った塩町のあたりをのんびりと夕方まで托鉢したあと、東海道に沿う旅籠町《はたごちょう》の、三尺の間口に暖簾をさげている小さな宿に入った。

その宿で、相部屋になった白髪頭《しらがあたま》の扇売りから琵琶湖の内湖《ないこ》に突き出した岬の安土山に織田信長様が新しく築いている城のための、石垣に使う石の運び出しでえれえ景気がええから、おもろいことがあるかもしれんへんでと、教えられた。

晩飯を食いながらの話で、扇売りは持っていた扇を売りつくしてもっと値の張る金や銀の箔押《はくお》しをした女物を仕入れに京へもどるところで、安土へとって返すときは扇を荷駄《にだ》に積んであとからも送らせるんやと、ほくほく顔で話した。

十蔵が女物の扇がなんでそんなに売れるだかねとたずねると、たしかに地紙《ぢがみ》なんぞ買いそうもない男どもばかり集まってはるわと、扇売りはいった。

なんせお城の普請場《ふしんば》やからの。

そら大層な人数なんやわ。それが女子《おなご》のために扇を買うんやわ。

何千もかねと訊くと、毎日二千や三千は働いとると思うといい、それから、安土の荒神《こうじん》山《やま》という山の北の石寺の山の頂上から、津田坊ちゅうお人が大け石を切り出して崖から谷筋へおとしたんやという。

その石は蛇石《じゃいし》ゆうて、曽根沼の石積み場へ運んだんや。石は一日に三百も五百もまとめて運ぶんや。

その蛇石ゆうたら三万貫もある、もう想像もつかんくらい大け石で、ほかの石とはとてもとても比べものにならん大きさやったそうな。ほいで、津田坊というお人がその蛇石を飾りたてて安土の山に曳《ひ》きあげようとした。もう、昼夜を問わず山も谷もどよめいたそうや。ところがな。

山へ曳く途中で綱が切れてしもて、百五十人あまりも擂《す》り潰《つぶ》されてしもたそうや。人は胡麻《ごま》みたいなもんやな。

胡麻というとと、十蔵は訊き返した。

胡麻や。

擂鉢《すりばち》のなかに入れた人という胡麻粒を擂子木《すりこぎ》で擂って粉にするようなもんや。

ほお。そらあおもしろそうやなといった十蔵に、扇売りは男どもは助平《すけべえ》やから国へ帰るときのみやげに女物をようけ買いよるし、男が集まるところには遊女衆も集まるからのという。

とにかくそらそら大層なもんなんやといい、十蔵を上から下までながめながらそんなええ身体をしておるんやから、あんたも雲水《うんすい》なんぞより山んなかの石丁場《いしちょうば》へ入って、石を掘ったり曳いたりしはったら、托鉢とちごて、ぎょうさん銭が稼げるんとちゃうかと、煽《あお》ったのだった。

長い冬のあいだ土の底の狭苦しい穴のなかで眠っていた虫が暖かい陽の光にさそわれて地表に這《は》い出したようなもので、十蔵は飢えていた。

食うものにも、見るものにも胸がわくわくと高鳴って背すじに鳥肌がたつようなことがあればいいと想像していたから、翌日の朝にはおのれ自身の背中に急《せ》き立てられるようにして浜松からまっしぐらに東海道を西へ向かった。

尾張《おわり》一宮に着くと、形ばかり熱田《あつた》神宮に詣《もう》でたあと、十蔵は乗合船で桑名へ渡って旅籠に草鞋《わらじ》を脱いだ。

満水寺はのんびりしているから、まだまだあちこちの同じ法脈の寺に破門状や捕縛の触《ふれ》が回っているとは考えられなかったが、泊まるのは寺を避けてどこにでもある旅籠を選んだ。

寺に泊めてもらってもしどこで印可《いんか》をうけたと聞かれれば、しかじかとこたえなければならぬし、今後はそうこたえればただちに捕吏《ほり》の手が及ぶことになるかもしれない。嘘をでっちあげるのは面倒だしと、用心したのだった。

十蔵はこの桑名の旅籠でも、相部屋になった櫛《くし》や片紅《かたべに》や髢《かもじ》や人形などの小間物《こまもの》を売り歩いている行商人から琵琶湖の南の畔の石丁場の様子を聞いた。

晩飯のときに十蔵が浜松の宿で会った扇売りの話を受け売りすると、その小間物屋もうなずいて、たしかにその通りや、大津や草津やらの港で小間物が飛ぶように売れるわと、風呂敷に包んだ箱を叩きながら首を傾け、その音を十蔵にも聞かせて空っぽになってしもたわと、うれしそうな顔をした。

もし銭を稼ぐならどこへ行きゃあいいだかいねと尋ねると、ほう、坊《ぼん》さんが銭稼ぎかいなと笑い、小間物屋は給金の相場はどこでもたぶん似たようなもんじゃろとこたえた。とにかく琵琶湖を目指して行って、水が見えてきたら観音寺山か長命寺山か伊庭山あたりが一番やそうやから、近くへ行ったら誰にでも尋ねたらすぐわかるし、口入れ屋があるからその日のうちに飯と銭にありつけるはずやと教えてくれた。たしかにその通りで、安土からだいぶ離れた関《せき》の宿まで行くと、もう口入れ屋があって、訪ねてみると小間物屋に聞いた通りだった。

今日明日にでも観音寺山でも長命寺山でも伊庭山でも長光寺山でも、安土山の一里半四方にあるいずれの石丁場でも仕事を世話してくれるということだった。

それから佐和山城下の港の町の東の外れの宿に入ったのだが、どうしたわけか十蔵は部屋で横になると不意にうそ寒いような空腹感にも似た虚しさが心を充たすのを感じてしたたか酒を喰らうと、身体を縮めて眠ってしまった。

朝は本来ならば勤行《ごんぎょう》をやる暗い時刻に目がさめたから、早々に身仕度をととのえると日の出を待ちながら湯漬け飯を掻《か》っこみ、北風のせいで青々と澄み切った琵琶湖が蹴たてるように高く白い波を打ちつけてくる松の木が多い岩場伝《いわばづた》いに安土の方へ向かった。

岩の上を跳び歩いていると、わけもなくなんかおもしろそうなことがありそうな感じがしてくるのが妙だった。坊主をしていては到底できないことができるようになるような気もしてきたし、運が大きくひらけるような予感もあった。

風が強く、波も高いせいか、船は一、二隻《せき》しか見えなかったが、空は晴れあがっていて十蔵はたかぶりをおぼえながら岩場を歩いて行った。

途中、何百という猿の群れを見かけてしばらくそいつらをながめながら握り飯を食い、休憩してから四半刻《しはんとき》も歩くとじきに大きな船を二隻ならべて舫《もや》ってある湖が湾入したところに出た。

そこが観音寺山の麓《ふもと》で、きれいな沢水が幾筋も流れている大きな斜面が石丁場になっていた。

あたりに掘り出された二尺四方も三尺四方もあろうという石が山積みされて転がっており、それぞれの石の山は荒縄で仕切られていた。

ああ、えんや。ああ、えんや。ああ、えんや。

ああ、えんや、えんや、えんや。

ああ、よいさ。

ああ、よいさ。

地響きのように聞こえてきたのは夥《おびただ》しい石工人足が鉄梃子《かなてこ》を使い、石垣に積む大きな石を載せた修羅《しゅら》を押し引きしている掛け声だった。

丸太を組んで石を吊り上げたり寸法をはかったりしている者もたくさんいた。

足に怪我《けが》をしないように草鞋《わらじ》こそ履いていたが、みな六尺褌《ふんどし》ひとつでどの身体も土ぼこりをかぶり、日焼けして汗をかいててらてら黒光りしていた。

湖の方からぬるぬるの荒布《あらめ》をかついできた十五、六人ばかりの人足が修羅に駆け寄り、斜面に並べた丸太にそれをかぶせると、三尺か四尺四方もありそうな石の上に乗った追廻《おいまわし》が緋色《ひいろ》の扇で調子をとりはじめた。

その調子に合わせて人足が何本もある綱を引く。

それらの綱のなかでもひときわ太い綱がぴんと張ったので、目でたどってゆくと、岸辺に舫ってある二艘の船の外側の船の巻き車につながっており、その綱を竪軸に巻きとろうと男たちが足をふんばって腕木を押しながら大声で囃《はや》したてていた。

ああ、えんや。ああ、えんや。ああ、えんや。

ああ、えんや、えんや、えんや。

ああ、よいさ。

ああ、よいさ。

石が載っている修羅を綱で引きよせ、内側に舫ってある平田船の甲板に載せようとしているところで、十蔵はその男どもが囃す声に身体全体が唱和していき、胸が昂《たか》ぶるのを覚えた。

山の上の方を見あげると、草葺《わらぶ》きの掘立て小屋がたくさんあった。

そのまわりも石丁場になっており、当てずっぽうに人足を束ねている追廻がいる小屋をたずねると、十蔵は亀八という追廻《おいまわし》にその場で雇われた。

人手が足りんで、困っとったんや。御主《おんしゃ》は坊《ぼん》さんにしてはいい身体しとるから、使えるやろ。

頼むでほんまにといわれた。

山と山の裾が斜めに合わさった谷の東の下の、湖《うみ》に何本か沢水が流れこんでいる沢の、いちばん大きな沢のほとりの掘立て小屋で寝起きするようにと指示された。

その亀八小屋へ行ってみると、筵《むしろ》を敷いた板床《いたどこ》に人足どもがゴロ寝していた。

小笹の繁みのなかから流れ出している湧き水を樋《とい》で引いて飲み水にしていてそれはうまかったが、塩して簀《す》に干してあったり桶に塩漬けにしたりして小屋脇に積みあげてある魚が生臭くてこれには閉口した。

炊事は石積みの馬鹿でかい竈《へっつい》に鍋釜をかけてやっており、その鞴《ふいご》のある竈は鉄の道具をこしらえたり、鋳物《いもの》の鉄や銅を溶かす鍛冶場の火にもなっていた。

そして、その炭を踏鞴《たたら》で赤く燃やしつづけている年かさの男から蝮《まむし》が卵を持つころは気をつけるようにといわれたくらいで、山のなかには四方八方から沢風が通って涼しく、小屋の生活は想像したより快適そうだった。

十蔵はどこぞの寺へ転がり込んでもいいし、金はたっぷりあったから、整いはじめている城下で家でも借りて無為徒食していてもいいと考えないでもなかった。

だが、とにかく沸騰するような活気があってなにかおもしろいことがありそうだったから、十蔵はしばらくここに腰を据えて働いてみることにした。

蝮に咬《か》まれてもたいしたことはねえからよ。

その鍛冶仕事の五助という男は人なつこい笑みを満面ににじませてつづけた。

蝮どころかよう食い肥えたやわらかい身体で、蛭《ひる》みたいに男の血を吸うやさしい顔をしたおそろしい女がようけおるでの。

五助は女遊びなら西之湖の畔《ほとり》にも琵琶湖の向こう岸の坂本にも白首屋がなんぼでもあるぞといい、唇を尖らせてちゅうちゅうと声を出して血を吸う真似《まね》をしてみせ、石を掘り出す一間ほどの鉄の棒の先が赤く焼けたころあいを見はからって鉄床《かなとこ》に据えて槌《つち》で叩きのめしながら、摂津屋だの尾張屋だの雑賀屋《さいかや》だの伊勢屋だの、ここで働いている衆の、里が恋しくなる名前を屋号にしとるわといってわらった。

追廻の亀八は髭面《ひげづら》をなでまわしながらお前は坊主だから読み書きも堪能《たんのう》だろうし、やがては上に話して役分につけてもらうというようなこともあろうてといい、十蔵は、ならば、うまくすれば士分に取り立てられることもあろうと思ったりしていると、結局仕事は当面は石掘りと、そこにいた五助の手伝いもやることになった。

ただ、みんな荒くれやから、御主《おんしゃ》みたいな静かで穏やかそうな男は小突かれるかもしれんと亀八は心配そうな顔をした。

鍛冶屋は斫鑿《はつりのみ》だの鉄槌《かなづち》だの鶴嘴《つるはし》だの石工や人足の追廻から注文された道具類をつくっており、それをこなすようになるためには石工衆の仕事を見習い覚えたり人足たちがどういう場所で、どんな道具で石を掘り出してどう運んでいるかを知らなければならないということだった。

それからいま築こうとしている安土のお城の普請作事《ふしんさくじ》の総奉行は丹羽《にわ》長秀様で、普請奉行に木村高重様、縄張奉行は羽柴秀吉様、その下の石の切り出しのすべては石奉行が管理しており、それは西尾小左衛門様、小沢六郎三郎様、吉田平内様の三人だということも教えられた。

近江蒲生《がもう》郡の細長い半島と島で仕切られた琵琶湖東南部の内湖と小中之湖《しょうなかのこ》、西之湖へ半島状に突出した安土山に着目した信長がここに築城を開始したのは天正四年正月からである。

信長はこの地に畿内十か国から一日三千人を超える大工や職人や百姓を動員し、石垣構えの巨大な城塞を築きあげようとしており、十蔵が安土山の南東の観音寺山の麓で働くようになったのはこの翌年の天正五年の初夏のころだ。

木々のあいだに真っ白な山法師の花が咲いている時季だった。

五助の話によれば、これまで築城に石垣が多用されることはなかったが、信長様は鉄砲戦に充分対応できる石垣を高く積みあげる計画だから、そのための石はいくらあっても足りないんやということで、それも十蔵にはなんとなくだがおもしろいことのように感じられた。

どのみち荷物は豆金をびっしり詰めた布袋を入れた打飼袋《うちがいぶくろ》二つと墨染めの衣だけで、これをいつも身につけていれば安心だった。

そもそもが、十蔵はなにかあったら逐電《ちくてん》してまたどっかへずらかりゃあいいだという心積りだった。

梃子《てこ》に使う鉄の棒や鉄槌《かなづち》や鍬の作り方などを見せてもらっているうちに日が暮れはじめて飯時《めしどき》になり、三々五々石工衆がもどってくると、どの小屋にも灯《とも》が点されてがやがやと酒盛りがはじまる。

酒は炊事係りの爺《じじい》と婆婆《ばばあ》が樽や壺に濁酒《どぶろく》を仕込んでいて飲み放題だし、上方《かみがた》の酒を買ってくる者もいたし、国へ帰った者が途中で買い求めて持って帰ってきた土産《みやげ》の菓子くらいはあるということだった。

十蔵が入ることになった小屋にも十七、八人の男たちが汗みどろで帰ってきて沢の水で顔や手足をそそくさと洗うと、みな梅干を肴《さかな》に酒をがぶ飲みしはじめた。

五助に新入りとして着る物を支給してもらい、皆に紹介されて十蔵もいっしょに酒や飯を飲み食いしはじめ、さほど空腹ではなかったにもかかわらず汁や飯や漬け物に山菜野草の煮つけや焼魚や刺身がひどくうまく感じた。

どちらかといえば山で育った十蔵には百姓が運んでくる野菜よりも、浅蜊《あさり》や鮒《ふな》や塩や醬油で炊いたり焼いたりした川魚と麦飯が気に入った。

魚は川魚や田の鯰《なまず》やどじょうも結構あぶらがのっており、寺は静まり返っていたがここではわいわいとにぎやかで、その騒がしさも御菜《おかず》になってか飯もひと味うまく感じられたのだった。

毎朝、陽の出とともに石丁場へ行った。

のぼったばかりの陽ながら焙《あぶ》るように熱く明るいのは琵琶湖の輝きのせいだろう。

ここの土には土の匂いがあり、樹木にはそれぞれの樹木の匂いがあった。

湖には湖の匂いがあって、ふりそそぐ陽の光にも光の匂いがあるように感じられていい気持ちだった。

五助から箱根の山を越えた関東では九月に入ってから降る雨がやむたびにかならず西寄りの風が吹き、その風のあとは風が吹く前よりも寒くなり、それも急激に寒くなって、ときおり訪れる日中は汗ばむような日でも夜はひどく冷えこむようになると教えられたが、そんな話が信じられなかった。

沢水伝いの急な道を観音寺山の高い場所へ登って行きがてら、十蔵は五助から石垣に使う石を積石とか面戸石《めんどいし》と呼んでいてそれは大石と栗石《ぐりいし》に分けるのだと教えられていた。

大石ちゅうのはつまり石垣の表に積んである石のことや。

モッコや石貞子籠《いしてこかご》に入って運ぶ栗石はその裏に裏込め石として使う径五寸以下のゴロタ石で、一間四方を埋める量が三両くらいかの。半端な一人持ちの二貫目から三十貫目ほどの石は半端ゆえ、好まれぬのよ。

雑木を切り払った斜面の赤土から露出している岩の前で、二人の石工が石の周りを掘り返していた。

三人の男が樫《かし》の棒で石を苧綱《おづな》で縛って釣り出して沢道を上からおりてきたので、それをよけながら五助が釣り出しは石の高さ二尺三寸までが限界だという。

なんでだねとたずねると、それ以上大きな石は地べたに曳きずってしまうからだということで、そんな人の背の高さを考えればあたり前のことも新鮮に感じてなるほどと思ったり、十蔵はいままでの寺の暮らしから広い世間に出たばかりだけれど、俺は少しずつ目をさましてゆくのだと思ったりした。

それから別の日の朝、沢に沿う坂から急峻《きゅうしゅん》な斜面をはいのぼって尾根道に出ると、隣の沢の南向きの白茶けた色の土の斜面が見おろせた。

そこは木がすべて刈りとられ、大ぶりな黒っぽい岩がたくさん露出しているかなり急な斜面で、石工たちはそれらの岩にとりついて脇目もふらず石のまわりの土を掘っていた。

よう見とけ。これが石丁場というもんだ。五助は十蔵に教えた。

吹いてくる風に混じって、かすかにえんや、えんや、ああ、えんやという石曳きの声もきこえてきて、こういうところで働くのはおもしろいというと、五助は大体わかったろうがとうなずいてとりあえず下へもどって道具を見てみるかといった。

沢に沿う道を下って小屋へ帰ると五助は筵のうえに道具をならべてみせた。

それで十蔵は鉄槌を皆が玄翁《げんのう》とよんでいることや斫鑿《はつりのみ》を箭《や》ということや石の面を整えるのはコヤスケで、同じく石の面の粗仕上げに使う打面に格子の切りこみがある槌はビシヤンというなど、ひとくさり講釈を聞かせた。

そしてそのあとで重さが四、五貫ほどもありそうな長い柄の、ヤジメという大きな鉄の塊に柄《え》をつけたような槌を渡されて石に鉄の斫鑿《はつりのみ》を打ち込んで手ごたえを身体で覚えてみろといわれ、もう一度沢の上へ行くとそれに取りかかった。

五助がまずごく小さな穴を斫《はっ》り、斫鑿を立ててそれを十蔵がよろつきながらふりあげたヤジメで打ち込もうとしたが、どうにもならない。

ヤジメが斫鑿の尻に当たらないか、当たっても掠《かす》り当たって箭が弾け飛ぶかで、五助はそのたびに岩のかげに素早く身を隠した。

結局息が切れるまでやってもどうにもならなかったのだが、玄翁はうまく使えた。

一刻半ほどこまかく斫鑿を打ちつづけて小穴をあけたあと、少しずつ穴を大きくしていって次第に強く叩いていくと、意外にはやく穴が斫れた。

斫鑿の先端をしっかりと固定して垂直に立てれば玄翁の力が充分に石まで伝わっていくことがわかり、これは飲みこみがいいと五助に褒《ほ》められた。

といってもこれだけのことで半月もかかった。

こうして十蔵は小屋にいる九人を括っている追廻の亀八の配下に組みこまれて石丁場で働きはじめた。

亀八の指図に従って仲間といっしょに大石を掘り出す。

それを栗の丸木の修羅に載せる。

石は道すじに横にならべられた丸太の上を曳かれていって、途中で動かなくなると追加の荒布《あらめ》をばら撒き、また動かして波打ちぎわの船まで運んでゆく。

これだけ多くの石工人足衆がそれぞれおのれの掘り出し石のために働いていることが信じられない思いだった。

そして、もっとも俺がこの石丁場で働くのもそう長い期間ではないだろう、じきに仕事に飽きて、亀八やほかの追廻や宰領《さいりょう》らにあぁせいこうせいと命令されて何かしらの制限に囲われることに嫌気がさすことになるだろうと十蔵は予想した。

また十蔵は亀八に、ところで織田信長様がここに築城してるこんはわかるだけど、どんな大将だね。恐ろしい人だっていうじゃんかと訊いた。

どおゆう人かね織田様というは。

そらあ敵に回したら恐ろしいお人やけどの。

伊庭山で鷹狩をやったとき、上から石ん落ちたことんあった。そうしたら、上にいてあやまって石を落とした石工衆を十何人か、首を斬った。

慄《ふる》えあがるわ。

が、まあ鼻筋の通ったなかなかの男前だわ。

背《せ》えが高《たこ》おて見た目はほっそりした身体しとるが、力んあって八尺の槍も四尺の刀も軽々と振り回すそうだ。若《わけ》えころは暴れたら手がつけられやへんくらい虎か狼みたいに獰《どう》猛《もう》で、抜群に喧嘩《けんか》ん強かったらしいでの。

それから半年ほど経った冬にしては日和りのいい日の午下がりに朝から二の丸の石垣が崩れて余計人死《ようけひとじ》にが出た。

その始末に行っていた亀八が小屋へもどってきて、琵琶湖の向こう岸の坂本へ行くからついてこいといわれた。

坊主だということで、十蔵はどうやら亀八の信頼を得たようで、信長様の家来衆のなかで出世頭《しゅっせがしら》といわれている明智光秀様が湖西の山々で伐り出された木材をとりにいくから、まずはその様子を見とけということだった。

また、坂本には自分の出身地である穴太《あのう》の村があって、そこの穴太衆は石垣積みにかけては日本一の技を持っているということで、機会があったらその穴太衆の石の切り方や石垣に積むときの組み方を教えてもらったり、連中の仕事をよく見ていろんな技を盗んだらええと亀八はいった。

十蔵は亀八に従って船に便乗して坂本へ向かった。

十反帆《じゅったんぼ》の舟は思ったより速く走り、安土から南へ向かった船から明智様が築いた漆喰《しっくい》と黒板張りの大天守と小天守が空に聳《そび》える坂本城が見えてきたとき、その壮大な規模と佇《たたず》まいの美しさに十蔵は驚き、感動しないではいられなかった。

誰が見ても目を見開かずにはいられまい。

こんなみごとに美しい巨大な城は、見たことがなかった。

坂本城の高い石垣の下に着いたときには、粒の大きな日照雨《そばえ》が降った。

冷たい風が吹きはじめて激しく身体を打つ雨に打たれながら、上陸した十蔵らが安土へ運ぶために取りに行った木材は、群がっている人足たちによってすでに山から水辺近くまで運ばれてきていた。

それらの修羅にのせられて敷木の丸太の上を運ばれている木材は、翌日の朝から十蔵が乗ってきた船に積まれるということだった。

木材が運ばれてきた道の先をながめやると、また坂本城の立派な高石垣が正面から目に入った。

急な雨に濡れたせいだろうが、しっかりと接がれ積まれた岩が、つややかに輝いていた。内堀の奥へ、舟のまま入って本丸まで行き着ける水城《みずき》だということで、先刻と違う場所からながめた石垣の上に引きまわされた長い白い築地塀のみごとさに見惚《みと》れながら、十蔵はどうすりゃあこんなお城の主になれるだかいねと亀八に訊いた。

亀八は即座にこたえた。

誰でも殿様になれんことはなかろうが、いま自分が居る場所から遠い遠い高いところまで行くということやの。普通じゃあ行き着けんやろの。

十《じゅう》もまあ、おいそれとは行き着けんやろ。

まずは士《さむらい》にならんことにはの。

俺は士になる。

ならいでか。

偉《えろ》なったらこんな城持ちになって御主《おんしゃ》を家来にしてやってもええでと応え、十蔵は亀八と顔を見合わせて笑った。

安土へ運ぶ木材を荒縄で括って船に積む支度が整ったのが酉《とり》の刻ごろで、そのあと亀八は人足衆の小屋へ十蔵を連れて行くと、ひと休みし、日が暮れはじめるのを見はからって坂本城下の白首屋《ごけや》へ女を買いにいった。

なんともけったくそが悪いわな。

今朝は石垣が崩れて死んだ衆の屍《しかばね》の頭と肩に穴あき銭を一枚ずつ載せて土に埋めて南無阿弥陀仏を唱えながら石を積みなおしたばっかりだで、精進落《しょうじんお》としをやらいでか。

十も今朝につづいてせいぜい女子《おなご》を抱きながら、枕経《まくらぎょう》でもあげたれや。銭は出してやるでと亀八が誘ったということで、十蔵は赤い格子窓から明かりが流れ出している白首屋へあがることになった。

十蔵が白首屋へあがるのは、実は、はじめてではなかった。

鏡村からおのれが白首屋の女の伜《せがれ》だと聞いて以降は、浜松へ托鉢に出かけたときには、必ず鴨江《かもえ》観音の南の白首屋の通りへ行った。

といっても、おのれを産み落とした母親がそこにいた場所だからとか、あるいは何かその痕跡があるかもしれないと考えたからではなかった。

最初はただの好奇心からで、それはすぐ欲望を処理するために変わった。

まず四、五町ほどあるその柳を植えてある通りを一往復か二往復し、様子をよく見てから托鉢をやった。

そして一軒一軒、店先に立って経を唱えていると、誰かが鉢に銭を入れてくれる。最初は通りの右側にならんでいる店々で経を唱え、店が尽きたところからこんどは左側の店々の前に立って経を唱える。

たいてい店者《たなもん》か遊び女が眠そうな顔で出てきて過分な銭を鉢に入れてくれた。

ときには遊び女で驚くような額の金を恵んでくれることもあった。

そういう女たちは大抵、こおゆうつらい苦界《くがい》から一日もはやく脱け出したい、だで、仏様にお願いしてほしいだよと小声で頼み、十蔵に向かって掌《てのひら》を合わせた。

ほほえみながら仏さまによおくお願いしとくでねと、十蔵は優しい声で応えたが、本気でそのことを仏に祈り願ったことはなかった。

どこにいるのかわからない仏にそれを願ったところでどうにかなるものではないと割り

切っていた。

白首屋通りを往復すると、結構まとまった金額になったから、十蔵は日が暮れるとその白首屋の一軒をえらんで泊まった。

遊び女たちは十蔵が若い坊主であることをおもしろがってハカイ、ハカイとからかい、十蔵に酒を飲ませ床へ誘った。ハカイとは破戒坊主のことだ。

十蔵はなにゆってるだね、拙僧は功徳《くどく》をほどこすだと応じた。

ふざけてこれん捨身飼虎《しゃしんしこ》ちゅうだにと十蔵がこたえるので、女たちはシコちゃと呼ぶこともあった。

こんな遊び方をしてきていたので、十蔵は坂本の白首屋の見世の格子からのぞいたときに物怖《ものお》じすることはなにもなかった。

女たちは一様につくった笑顔を見せていたが、一人だけ大きなきつい目をした女がいた。身体は痩《や》せぎすで、好みではなかったけれど、それに決めて暖簾《のれん》を分けた。女を抱くのはずいぶん久しぶりだったから、十蔵は腹をへらした犬が投げられた肉に食らいつくように女の胸に顔を沈め、その身体をむさぼった。

その後も、十蔵は機会があるたびに坂本へ行くようになった。

例えば船に積めない大きな石を二艘の舟の間に藤綱で編んだ大きな網《あみ》で吊って、空の樽や籠をくりつけ、浮かぶ力をつけて小舟で曳くことになって、人手が不足したから漕《こ》ぎ手や舵《かじ》取りで助けてくれといわれたときには、きっと行かなければならなかった。

また坂本城の石の接《は》ぎ方を見に行くといえば、いつでも行ってこいと許可が出るようになった。亀八も五助も、積極的に坂本へ行くことをすすめるようになっていて、十蔵に石《いし》接《はぎ》の方法を学ばせようとしていた。

それに、亀八のわらいながらの見立てでは、十蔵はまだ若くはあったが体格も悪くないし、坊主あがりなら読み書きも堪能だし、死人が出たら経《きょう》もあげてもらえるからということで、亀八小屋の後継ぎにする積りでいるのか、周りの小屋の石工人足たちからも結構大切な扱いを受けることになった。


新参者の十蔵がなんとなく優遇されたり周りの者から大切に立てられることに反感を持つ者もいた。

亀八小屋の通称銀さんこと保坂銀三郎という喧嘩の強い古株で、年は二十七、八か。背が高くちょっとした男前で、飲むと必ず自分がいかに女にもてるかという自慢話をする男がそうだった。

保坂ちゅう苗字《みょうじ》があることで、さすがにお前らも俺が士分だとわかるだろうが、女のことでしくじって国を出なきゃならなくなったんや。どこの家中かはいえんが、まあ上役の細君にはいい寄られても手を出しちゃいかんというのが話の落ちだった。

なかには銀三様《ぎんざさま》などと呼んで媚《こ》びる者もいたが、十蔵は無視もせず、ことさら近づかないようにもしていた。

それが、観音寺山の現場で跪《ひざまず》いて石の横へ鉄の梃子棒を打ち込んでいるとき、突然十蔵の首のうしろの襟《えり》をつかまえ有無をいわさず上体を引き起こして殴りかかってきた。

十蔵がなにするだといってじたばたし、亀八がやめろと叫んで止めに入ったが突きとばされて尻もちをついて倒れ、保坂の子分の平次郎と又介が十蔵の両腕を捕まえ、身動きできないようにして保坂が膝で腹に蹴りを入れた。

保坂はでけえ面すんなといいざま呻《うめ》いて身体をまるめた十蔵のこめかみを殴り、背中や腹や胸を蹴り、また顔を殴って平次郎が頭を蹴った。

鼻の奥から生暖かい血が流れ出した。

そして、又介に腹を蹴られた十蔵が昼に食った飯を吐くと、汚ねえといって保坂に顔を蹴られた。

彼等におびえて周りにいた者は誰も止めてくれなかった。

そのあとも悲鳴を上げる十蔵への、三人の打擲《ちょうちゃく》がつづいた。

入れかわり立ちかわり随分と長く殴打し、十蔵が気を失って動かなくなると、保坂たちはようやくこれでわかったやろといって引き揚げていった。

小屋へ運ばれた十蔵はか細い息をついているだけで、目を覚まさなかった。

亀八と五助が顔や身体の血をぬぐい、濡らした手拭を傷のひどい額や頬にのせた。

それくらいしか手当の方法はなかったから、六日ほど昏睡《こんすい》状態がつづき、赤紫色のみみず腫《ば》れがひき、膚《はだ》が黄色くなって十蔵が回復したのは一ヶ月半近く経ってからだ。

肋骨が一、二本折れたらしく、左胸が疼《うず》いていた。

一日の大半をうっすらと眠っている十蔵の耳に、石曳きの掛け声が遠くから聞こえてきた。


えんや、えんや、えんや。

ああ、えんや。

ああ、えんや、ああ、えんや、ああ、えんや、ああ、えんや。


汗を湯玉のように飛ばしながら、人足たちはあえいで息をつなぎ、声を出して腰を入れ、両の腕に力を籠《こ》めて足を踏んばり、綱をひく。

石をのせた修羅が止まっておら、おら、おら、おらと宰領が煽りたてると、人足たちもおら、おら、おら、なにをやってんじゃあと詰《なじ》り返し、再びああ、えんや、ああ、えんや、ああ、えんやと声をあわせる。

石丁場で働く男たちの、この声が聞こえてくると十蔵は目をさまし、あるいは安心して眠りに落ちた。

しかと目をさまして自分一人でものが食えるようになっても、十蔵はひとことも口をきかず、さらに二月《ふたつき》ほど小屋で安静に過ごしてようやく自力で立ち上がることができるようになった。

人並みに動けるようになると、十蔵はなにを思ってか玄翁《げんのう》と斫鑿《はつりのみ》を持って外に出て、足もとに転がっている二尺四方ほどの石に穴を斫りはじめた。

最初は小さく、次第に大きく玄翁をふるい、三日で丸い大きな穴を斫った。

そして、夕刻小屋へもどってきた石工たちがいつものように囲炉裏《いろり》回りに車座になって飲み食いをはじめたとき、十蔵は保坂のそばへ躙《にじ》り寄り、保坂様ちょっと手前が斫った蹲《つく》踞《ばい》をご覧いただけませんかと耳元で頼み込んだ。

内緒事ですわ。見ていただければ見立て代を豆金ひと掬い差し上げますでと囁《ささや》いた。

なんだ。

どうしたと応じた保坂は面倒そうに立ち上がって外へ出た。

この斫りでございます。

蹲踞《つくばい》の穴はこのように丸く斫ればよろしいのでしょうか。斫った穴をよくご覧いただきたいのです。

なんだといいながら地面に片膝をついた保坂がその石に片手を置いた瞬間だった。

十蔵はおもいざま保坂の脳天に玄翁を打ち込み、ごんという鈍い音が響いた。頭のてっぺんに玄翁を食い込ませたまま、保坂は声もなく前のめりに倒れた。傷口と口と鼻の穴から血が波打つように流れ出して地面に黒く染み込んでいった。足で腹を蹴って保坂が動かなくなったことを確かめてから、十蔵は小屋のなかへもどり、平次郎と又介に小声で保坂様が外へ来るようにと呼んでおりますがと告げた。外へ出た二人はすぐ倒れている保坂に気づき、平次郎は倒れている保坂に駆け寄って身体を揺さぶった。

死んでいることがわかると、その場へへたり込んだ。

へたり込んだ平次郎の頭めがけて十蔵は保坂にしたのと同様に、玄翁をぶちこんだ。鈍い音をたてて頭頂に玄翁が食い込み、平次郎もまた声もあげずに横に倒れた。

振り返った十蔵が笑顔で俺を甘く見たな、これでわかったやろというと、又介は叫びながら木立の暗がりのなかへ逃げていった。

いつか、きっとこうゆうことん起こると思《おも》とったと、諦め顔で亀八はいった。

なんかあったら十は手えつけられんようになるやろとは、予想しとった。

明るいしおだやかで優しい目えしとるが、よお見たら実は 十 は寒疣《さぶいぼ》が出るよな底なしに冷たい目えしとるでな。十は頭のいかれた野良犬とか、ただのごろつきとか、ならず者でないところが怖いんや。

ただ十よ。

御主《おんしゃ》は人を殺《あや》めたんや。これで大《お》っきな借りというか、罪を背負うことになった。どうやってそれを返すかだな。償《つぐな》わんといかん。

ため息まじりにそういうと、亀八は小屋の者全員を呼んで手伝わせて石丁場の外れの墓地へ骸《むくろ》を運ばせ、穴を掘って保坂と平次郎を埋めてしまった。

そのあいだに十蔵は三人の荷物から金目《かねめ》のものをすべて抜き取り、他のものは竈《へっつい》の薪を入れる焚き口に放り込んで炎で赤くなった焚き口をしばらく見つめていた。

二人を殺して金品を奪ったことを、十蔵は悪事を働いたとは考えなかった。

亀八がいった通りまあちょっとした借銭をしたかなくらいで、ほとんどなんとも感じていなかった。おのれが生きたいように生きることを邪魔する奴を取り除くためなら、たとえどんなに悪どい残忍なことでもやる。

それでいいのだとしか考えなかった。

その日を境に亀八小屋で寝る日よりも、十蔵は白首屋から仕事場へ通う日が増えていったが、亀八はなにも文句をいわなかった。

口にはしなかったけれども、亀八は追廻《おいまわし》としてなにごとかを期しているような様子で、十蔵にそれ以後小屋の連中に支払う金を管理させるようになり、仕事に出ても出なくても、叱るようなことはなにもいわなかった。

それをいいことに、十蔵は気ままに日を送るようになっていった。

また、保坂と平次郎の脳天に玄翁を打ち込んだ一件以来、いつのまにか十蔵に一目《いちもく》置く取り巻きのような若い衆もできてきていた。なにしろ金は充分持っていたし、たいしたことはなかったが盗んだ分が増えていたから、十蔵は坂本へ行くたびに、あるいは城下が整備されてゆくにつれて二、三人の若い衆を連れていって奢《おご》った。

次々に新しく開かれてゆく白首屋を順ぐりに回って酒を飲んでは女を抱く生活を送った。

白首屋にあがって酔狂な気持ちになって十蔵は毎日毎夜、女を変えて抱いた。肉がはちきれそうに肥えたのとも、全身の骨の節々の形がわかるような痩せたのともやってみた。

一度に二人の女とやったり、三人の女とやったりもした。

どちらかといえば二人の女と三人でやるほうが楽しかったが、これなら三人の女とやるほうがいいとおもったり、そのときの気分で二人いっぺんがいいと思ったりした。

一人の女の身体が熱した鉄が赤くなっていくようにたかぶっていき、二人目の女にそのたかぶりの熱が伝わって頂点まで達して熔《と》けてゆくのを十蔵は好んだ。白首屋にあがった以上これ以上卑猥《ひわい》なことはないと感じることをしたいと思ってなんでもやったりやらせてみたりしてみた。

要するにとりあえずは昼間を適当に働いて、夜になったら溜まった欲望を処理する不満のない生活がつづけば御《おん》の字ではないかと、十蔵はそれなりに満足しながら日を送っていた。みずからの欲望に支配されているだけではいかにも惰弱だと思わないではなかったけれども、時と所を選ばず好きなようにやればいいのだと、すぐ考え直した。

ただ、そうして坂本城下や安土の城下の白首屋で女の身体をむさぼっていても、十蔵はわれを忘れるほど女に心底惚れたことがなかった。

なぜか、どこかが醒めていた。

そのときどきの敵娼《あいかた》だけでなく、ふと気がつくとその女をそのあたりを歩いている犬か猫でも見ているのと同じ突き放した視線で眺めていることに気がついた。何人か馴染みの女ができたが、それはただの狎《な》れであり、惰性でしかなかった。

もちろんどの女にも、そりゃあお前を心の底から好いとるわさと、十蔵は真面目な顔でいった。

お前にひと目で惚れたんやと、口ではいったが、そのときその場で女の歓心を買ってそれまで身体の底に鬱積《うっせき》している欲望を排泄《はいせつ》する快楽のためで、ただそれだけのことだった。

それでも、どの女も一応うれしそうな顔になり、決まって十蔵の胸を打つ仕草をし、またあ、嘘ばっかりゆうてからにとこたえた。

だが一方で、十蔵はいつもうそ寒いようなというか、背後から両肩越しに冷えた風が吹き抜けてゆくのに似たさみしさにつきまとわれていると感じるようになっていた。

遊びつかれた夜、十蔵は酒を食らい、空腹感にも似た虚しさに襲われて長い時間眠ることもなく床のなかで閉じたまぶたのなかの暗い闇を見つめていた。

第四章　琵琶湖

きのうわおいでくだされかたじけなく　ぞんじそろ
十《じゅう》さまもこころかわらずたのみます　わたしもいまでわいのち　かけてをります
あなたもいっしょういくはらであれば　たれがなにいわしても
しかられてもきにかけず　いっしょういくのか
十さまのまこと　わたしこころはいしにかすがいで
すこしもこころはほかいちりません
おまん

安土城下に新しく開かれた村上屋という白首屋《ごけや》の小僧が於万《おまん》という女の手紙を亀八小屋へ届けてきた。

すぐ封を開いて子供のような金釘《かなくぎ》文字を読んで、十蔵はその小僧に於万にまた遊びに行くでよろしくと伝えてくりょう、と応えた。

よう俺がここにいるのがわかったな。遊び女というは忙しいもんやな。

小僧に小遣い銭を渡しながら、お前もこんな手紙をあちこち配って歩くのもたいへんやろがとからかうと、いえいえ、十蔵様にだけ特別にということだった。

そうか。そらあうれしいの。また行くでの。

その白首屋へは、たしかに何度も行った。

店の表にかけられた麻布の暖簾《のれん》の下の端に鈴がつけてあるのがなかなかの工夫だった。客が暖簾を分けて店のなかを覗《のぞ》くかのぞくまいかと迷ううちに触れてしまった鈴が鳴り、女たちが黄色い声でその客を引き込むという仕掛けで、十蔵もそれに釣られた客だった。

於万という女の顔もおぼえていた。

初見し、裏を返し、三度遊びもしたがただそれだけのことだった。

だが、生まれて初めてもらった手紙は遊び女の手練手管《てれんてくだ》にちがいなかろうとわかってはいてもひどくうれしく、それから二、三日後には遊びに行った。

部屋へあがり、於万を呼んで酒と料理を運ばせた。

於万は首の長い壺から猪口《ちょこ》についだ酒を一杯飲み干すと急に呂律《ろれつ》が怪しくなってたちまち腰が抜けたように立てなくなったので、十蔵は抱きかかえて廊下の奥の部屋へ連れていった。

のべてある敷物に於万を横たえると、着物の裾を割って、両腿《りょうもも》をめいっぱい開かせた。

於万は両腕を十蔵の背中と首にまわし、すぐ声を出し、あえいで眉間《みけん》に皺をよせて十様と名前を呼んだ。話をしているときはかぼそい女らしい声なのに、のけぞりながら果てていくときはかすれたような声を出した。それで遊び女らしくない本気の交わりだとわかった。

おのれを抑える必要はない。

こうやって女を抱きたいときは抱き、食いたいときは食うし、飲みたいときは飲む。抱き飽きれば眠り、腹がくちくなれば眠るし、酔って眠ればいい。

そして、気向き気ままで今日のように昼日中《ひるひなか》から女を抱いて寝ていると、夜は働きに出たくなったり、夜酒を飲むと翌日はなぜか堅気《かたぎ》の衆のようにまっとうな仕事をしたくなるようなこともあった。

それは、傍目《はため》にはただ放埒《ほうらつ》でだらしない暮らしに見えるかも知れなかったが、十蔵にはたいそう心地よかったから、これからもこういう生活をしようと望んだ。

いってみれば十蔵の気持ちには、枠というか埒《らち》というものがまるでなかった。馬の小便みたいに垂れ流され、のべたらにどこまでもひろがっていき、考えがその時その場で気分によって変わり、際限もなくあちこちへひろがっていった。こういう誰からも命令されない自由な身の上を十蔵は大いに愉《たの》しみ、なんの秩序もなければなにを目的にどの方向に向かって生きるかというような縛りのまったくない生活を快《こころよ》く感じ、快いから手放したくなかった。

この生活を死ぬまでつづけるためには、何をやってもいいのだ。

金がありさえすればいい。

その金を得るためならば手段をえらぶ必要はないと決めた。

そう決めはしたのだったが、しかし、そのときまったく逆の考えが頭に浮かんだ。

いま目の前にいる於万と一緒に暮らしてみたらどうだろう。

不自由になりはするかもしれぬが、そうすればあるいはうそ寒いようなさみしさが消えるかもしれないと想像したのだった。

朝飯を食いながら聞けば、於万は五歳か六歳のときに朝鮮から人買いに肥前長崎へ売られてきたということで、硯箱《すずりばこ》と紙を持ってきて筆を取り出すと、於万のほんとの名前はいきむにょん　やて。日本の字でこう書くんやわといい、紙に 李金蓮 と書いた。

ほう。

朝鮮のどっから来ただ。

ぷさん　から舟に乗ってきたの。

また紙に釜山と書いて、こう書くんやけど、その釜山から長崎に来たんやといった。

朝鮮のことは、親の顔も知らんし、この国の字はわたいの名前の李金蓮と釜山の二つしか知らんの。

人買いに長崎から京へ連れてこられ、商家の厨《くりや》の下働きの小女《こおんな》として働いたり子守をやらされたりした。

そして下に産毛が出てきた十一になると、また人買いが現れて京の鴨川の洲鼻《ぽんと》にある鈴村という白首屋へ売られた。

その日の夜からお客様の道楽《どら》息子様をおもてなし申し上げて、それ以来この浮草稼業でござりまするると、於万はおちゃらけてみせた。

それから今年の正月やったけど、酔っ払ったお客の髷《まげ》をつかんで引きずり回したんやわ。なんたらゆう大けなお店《たな》の番頭やそうだけど、いやな男で殺したくなるほど嫌いやった。ほしたらお客様に乱暴を働くような女はって、またこの安土へ鞍替えさせられたんや。

於万の肌は色白で、乳暈《にゅううん》は薄い桃色だった。

十蔵はどちらかといえば大きめの乳房が好きだったが、於万の乳は小ぶりで乳首は小豆《あずき》みたいに小さかった。

遊び女だから床上手《とこじょうず》で扱いが優しかったし、十蔵の要求はなんでも聞き容れたし気取ったり恥ずかしがったりしないでなんでもやった。二、三度抱いてみるとなかなか具合がよくて、目を覗いてみると、瞳が澄んだ光をたたえていることに気がついた。

ちょっとした拍子に男女の営みというものは哀しいものなのだといいたげなまなざしで顔を見あげることがあって、十蔵はそこにも惹《ひ》かれた。

惹かれはしても、そんなものじきに飽きてしまうだろうと予想しはしたけれど。

お前は明日また売られるわ。俺が買うでなと、十蔵はいった。

翌日、両掌《りょうて》ひと掬《すく》いの豆金で村上屋から於万を買い取った十蔵は、西之湖の常楽寺港にほど近い裏路地にある二間《ふたま》の家を豆金三掬いで買い、その日のうちに亀八小屋から買った家へ移った。

例によって荷物は例の豆金と盗《と》った金をびっしり詰めた布袋を入れた打飼袋《うちかいぶくろ》二つと墨染めの衣だけだった。

十蔵が買った家の近くの道端にしゃがんで葉薊《はあざみ》の花を所在無げにながめながら待っていた於万は十蔵と一緒に家のなかに入ると、嘘や嘘や、夢や夢や、こんなことがあるんやろかといいながら泣いた。

十様。

わたいはいままで毎日死ぬのが楽しみやった。

眠るときがいっちゃん幸せなんや。

夜二刻か三刻ほど眠りまっしゃろ。

起きてるときはつらいことばっかしやけど、眠っているときはなんもわからんで、死んだんと同じ。

死んでるあいだはなんも考えんから、苦しまんですむの。

でも、今日からは目えさましてるときも幸せなんやといい、しゃくりあげた。

おだやかな何もない日々がはじまった。

囲炉裏《いろり》の上の自在鉤《じざいかぎ》に吊られた大きな鍋の蓋《ふた》の端から湯気がたちのぼり、粗朶《そだ》の燃えはじける音がして小さな火花がはじけ散るのを、於万は上体を反らせてよけ、鍋の蓋をとって芋粥《いもがゆ》を椀によそって前に置く。

十蔵は於万が首の長い壺に入れてきた酒を茶碗に注いで飲みながら、ああこれが所帯を持っているということかと思った。

とりあえずはこれが誰もがのぞむものであり、これに満足する幸せとはこうしたひとときを指していうのだろうと考えたのだ。

ところが、そう思った矢先から十蔵はいいようのない居心地の悪さをおぼえていた。

於万といっしょにひとつ家に住みはじめて三ヶ月もたたないうちに、尻に落ち着きの悪さをおぼえ、おのれがこの囲炉裏の前に胡座《あぐら》をかいていてはならないのではないかと感じはじめた。

どうもおのれはこの家に住むにふさわしくない者だと思われて仕方がなかった。

なにかが、十蔵にはしっくり来なかった。

それが何故、具体的にどのようにしっくりしないのかわからなかったが、気持ちも身体も、なにかこの家に寸法が合わなかった。

たしかに、低い竹垣の上へ、実のなった枇杷《びわ》の木の枝が差しのべられている路地の奥の、小さな家の住み心地は悪くはなかった。

だが、結局、気がつくと十蔵は交わす言葉もなく於万と囲炉裏をへだてて粗朶《そだ》が燃えはじける音を聞きながら、小さな炎を見つめて一人とり残されたような気持ちで酒を飲んでいた。

於万は於万で火に灰をかけて炉傍《ろばた》に床をのべ、灯芯一本だけのあかりを吹き消して横になって眠ってしまうか、抱かれたがっていることを目顔で合図し、十蔵は余計にこういう生活は俺向きではないと感じる。

こうした生活は十蔵にとっては繭《まゆ》か殻のなかにじっと閉じこもって耐えているような時間であって、安穏《あんのん》であるかわりに心が少しも充たされなかった。

充たされないというより、こういう生活は小さな池に溜まり澱《よど》んで腐れ濁ってゆく水に似ていると思った。

波風立たず、前へも進まず、後へも退かず、退屈で煮つまって苛立《いらだ》ちが誘い出されてくるだけで、こんな生活を未来永劫《えいごう》つづけていきたい連中もいるだろうが、俺はいやだ、俺にはとてもつづけられそうもないと思う。

これは、一体なぜなのか。

なぜこんな風にしか思えないのか。

要するに。

要するにだ。

俺は一所不在の極道者なのだ。

寺を出奔《しゅっぽん》したときも思ったが、このときも、どこへ行っても、生まれつきの一季半季《いっきはんき》の渡り者なのだから、世間の埒の外で得手勝手に遊んで暮らしてどこぞの田の畔《くろ》で行き倒れるか、海辺の松林のなか、国境《くにざかい》になっている山越えの峠道《とうげみち》ででも野垂れ死ねばよいのではないか。

漠然とだが、戦《いくさ》に追われて日々を過ごす士《さむらい》のありかたとは、意外にそういうものなのかもしれないなどと想像してみたりした。

ひと月ほど前から隣の家へ、毎日朝から日暮れまで土を掘り返してきた石工人足にふさわしいがっしりした体格をしているくせに生まれつきか内気なたちで、女子供にもおどおどした口調で話しかける和助という男が狸そっくりな顔をした女と、その女に生ませた二人の子供と住みはじめた。

その、何事もない同じことをくりかえしている生活を見ているせいか、平穏無事なのが一番しあわせやと於万はいった。

わたいには今のこれ以上のしあわせはない。ただ常楽寺港の白首屋《ごけや》の女衆《おんなし》がようこの家の前を通るけど、そうすると、ああみんな昨夜《ゆんべ》も辛かったやろうなあって思う。

わたいだけこの家に住んでてええんかなあって、そう思うの。

が、十蔵はそうだろうかと首をかしげたくなった。

平穏とか無事なことといっても、実は生活なんぞこのうえなくあいまいで頼りない土台の上に築かれているということに、こいつは気がつかないのだろうかと考えないではいられなかった。

そして、これといってほかに行くところがなかったから十蔵は白首屋へ遊びに行った。何軒かの白首屋に流連《いつづけ》て次々に店を変え、毎日女を変えてさんざん埒をあけて遊び疲れ、眠りこけて目をさまし、朝から女たちを侍らせて酒を飲みながらうまい料理を食う日々を過ごした。

ふた月ほど経ってふと窓を見やると、すぐそこにせまっている墓地の芒《すすき》が風に波打っていてそろそろ帰るかと思った。

家に帰ると、於万は目を落として冗談めかしてひとこと、忘八者《ぼうはちもん》、とため息みたいな小さな声で詰《なじ》り、どんだけ遊んでもええけどかならずここへ帰ってきておくれやすといった。

ただそれだけしかいわないで、酒をくれといった十蔵に、いつものように、あいといいながら首の細長い壺と茶碗をよこしてあんたが忘八者ならと、於万はいった。

わたいもだよ。

わたいも身体を元手に稼いできた卑《いや》しい女だから、七つか八つの悪い霊を背負《しょ》った罪の深い忘八者さ。

それでも足りないなら、改めて度胸を据えてほんまもんの忘八者になりますよって。

自分で茶碗に酒をつぎながら聞いていると、なるほどな、たしかにそうだ、俺は忘八者だと、十蔵は思わずにはいられなかった。

仁《じん》義《ぎ》礼《れい》智《ち》忠《ちゅう》信《しん》孝《こう》悌《てい》。

この八徳とは、およそ縁遠いわ。

坊主だったころに聞いたかもしれんけれど、そういうそれぞれのことについて考えたこともないわと不貞腐《ふてくさ》れ、忘八者のなかでも最も卑劣な糞蠅《くそばえ》みたいな父親《てておや》殺し、人殺しの役立たずだと、十蔵は茶碗の酒を一気に飲んでおのれをあざけってみたりした。

そういえば、最初に寝て抱き合ったあと於万は十様は鳥だよといった。

足を糸で縛っとかないと、勝手にどこぞへ飛んでく鳥だよ。

そうだな。十蔵は目を閉じてこたえた。

俺は鳥かもしれん。

どういうわけか、どこへでも気ままに飛んでくだ。

誰も止められん。自分にも止められんわ。

そう。

そういう人だって、ひと目見てすぐわかった。

そうだ。たしか於万はそういった。

十蔵は索漠とした気持ちで床に横たわり、とにもかくにもこの家は俺にはふさわしくないと感じながら、音もなく顔にふりかかってくる濃い闇を長いこと見つめていた。

また、別の日の夜、気がつくと十蔵は徳利をかついで飲みながら方角も考えずに城下町のあちこちの道を歩いていた。

酔いが頭の隅々にまでしみ込んで気持ちを痺《しび》れさせ、やりきれなさを追い払ってくれることだけを願って歩いていた。

ところが、やりきれないといっても何がやりきれないのか、十蔵自身も皆目《かいもく》わかっていなかった。

ただ闇雲《やみくも》にやりきれなかった。

十蔵の顔は、酒を飲みすぎて蒼ざめていた。

耳朶《みみたぶ》からいやな音でも振りおとそうとするように時どき首をふりながら石畳の坂道を歩いてゆくと、反対側から歩いてきた犬が咎《とが》めだてるように二、三回吠えかかってすぐ走って逃げていった。

十蔵は家へ帰って布団の上にひっくり返り、於万は酒臭い息を吐きながら鼾《いびき》をかいて眠っている十蔵のはだけた胸に左腕を置いて眠った。

近江八幡の馬淵《まぶち》か岩倉の、どちらかの石丁場へ出張《でば》って石を掘り出しているときだった。並んでひとつの石を掘り出そうとしていた亀八がふっと手をとめて十よ、御主《おんしゃ》に頼まれてもらいたいことがあるんやが せみなりよ の普請場《ふしんば》へ手伝いに行ってくれんかのと訊いた。せみなりよ てなんやと訊き返すと、ようするに、キリシタンの伝道師やゆくゆく神父《ぱあどれ》になるような若え衆《わけ》にいろんな異国の学問を教えるところで、南蛮寺も一緒になってるような建物やという。

亀八は珍しくちょっと羞《は》ずかしそうな顔をして実は儂《わし》もキリシタン門徒なんやが、せみなりよ の教会へ行ったとき高山様から直接いい石工んいたら貸してほしいと頼まれての。ぱあどれ てなんや。

話の内容がようわからんが、高山様て誰やと十蔵は訊き返した。阿呆《あほう》。

高山様を知らんのかと、亀八は苦笑した。

有名な摂津高槻《せっつたかつき》の高山右近様や。

霊名はジュスト様だ。正義とか義人とか義の人ちゅう意味の霊名やな。わかりやすくいえば、まあ御父上の飛騨守《ひだのかみ》様とキリシタンの総元締みたいなお方で、信長様からこの城下に土地をいただいて せみなりよ を建てるお許しもいただいて、いま普請を進めとるっちゆうこっちゃ。

それから、神父《ぱあどれ》いうのは、キリシタンの坊《ぼん》さんのことや。

安土城下に教会を建てて布教活動を行うべきだと考えたイエズス会の神父《ぱあどれ》ニエッキ・ソルド・オルガンチーノが、信長に謁見できた機会をとらえて せみなりよ を建てる土地の下賜《かし》を願い出たことから実現された計画だった。

オルガンチーノは剽軽《ひょうきん》なところがあってウルガンと略して呼ばれるほど信長に気に入られていたから、せみなりよ と教会建立《こんりゅう》の願いはすぐかなえられた。

信長は菅屋九右衛門長頼、堀久太郎秀政、長谷川竹秀一《ひでかず》の三奉行に命じて城の郭内に建立した摠見寺《そうけんじ》下の百々橋口《どどばしぐち》にほど近い新道の北に溝渠《こうきょ》を掘削《くっさく》させ、小さな入江を二十日くらいで埋め、土盛りして更地《さらち》を現出させてこれをイエズス会にあたえた。

天正八年三月十六日のことやったと亀八は説明してつづけた。

高山様の御父上の飛騨守様は高山様に家督を譲ったあとは 慈悲の組 をつくって、みずからが組親になって京都の南蛮寺から高槻へ神父《ぱあどれ》を呼んでミサを挙げたり、信者の告解《こっかい》を聞かせたり、讃美歌を歌ったり祝祭をとりおこなって、貧しい者を助けたり異教徒を改宗させたりしとられる。高山家はそういう家だからの。

ところがだ。

このあたりの石丁場で働いとる奴らは字が読めん上に礼儀知らずの馬鹿猿ばっかしや

で、十のように物静かで穏やかな奴に頼みたいんや。

お前みたいな罰当《ばち》たりの極道でも、坊主あがりなら高山家へお伺いして高山様のお話もちゃんと聞けようし、気の利《き》いた返事もできようと思うんや。まあ他にましなのがおらんからの。それに、金はたっぷりくれるしの。

いつからはじまるんかな。

頼めればそらあ今日からでも明日からでもや。ひどく急いどるようやったからの。

そろそろ石丁場にも飽きがきていたし、金払いもよさそうだし何やら新しい展望が開けるかもしれないという期待から二つ返事で承知した十蔵は、翌日から せみなりよ の普請場へ行って新しい仕事をやることになった。

亀八とともに尋ねていくと、場所は安土のお城の大手口と西之湖の間の掘割の畔で、新しく道を整え、町作りを急いでいる城下町に隣接した埋め立て地の一角だった。

亀八からは、責任者である神父《ぱあどれ》ウルガンの指図に従うようにといいつかった。神父《ぱあどれ》ウルガンは聖なる仕事を行う司祭だから、くれぐれも無礼をせんようになとも教えられた。

これまでずっとすぐ近くの観音寺山で生活していたのに南蛮人を一度も見たことがなかった十蔵は、いざウルガンに会ってみて驚いた。

身の丈が六尺二、三寸ほどもある金髪の大男で、瞳が青いことだった。

こんな色の髪や目玉があるものかと不思議だった。

亀八と一緒に挨拶《あいさつ》すると、ウルガンはその瀬戸物みたいな青い二つの目玉で十蔵を見つめ、丁寧に頭を下げてお願いしますといい、当たりのやわらかい優しそうな人物だと知れた。

そこでやる新しい仕事は石を斫《はっ》ることで、ウルガンの注文は厚さ五寸で長さ三尺、幅一尺の同じ寸法の平たい土台石をとり急ぎ三百個ほど斫鑿《はつりのみ》で削り出してほしいということで、これからこの土地にさらに土盛りし、突き固めてその上にそれらの石を横に正確に寝せ積みあげて せみなりよ の建物を載《の》せる土台にするということだった。

あちこちの石丁場から毎日粗削《あらけず》りされた石が届けられ、十蔵たちは せみなりよ の隣の寝小屋で寝起きして仕上げの削りをやった。

その簡単な作業をやりはじめて、たしか十日か十五日ほど経ってからだ。

高山様が来た。

家来衆四、五人を連れて彼等とともに材木や石が転がっている乱雑な普請の現場へ入ってきた。

高山様は間が抜けたような長い顔で鼻髭《はなひげ》を生やし、黄金の十字架を黄金の鎖で首にかけていた。

とても一城を持っている大名武将とは思われない黒無地の木綿の着物に黒い裁付袴《たっつけばかま》をはき、脚絆《きゃはん》と木綿の紺足袋《こんたび》に草鞋《わらじ》履きというでたちだった。

これなら追廻《おいまわし》の亀八と大差のない格好で、もし高山様が只者でないという印があるとすれば、まるい大きな眼に異様なほど強く明るい光がこもっていることと、いかにも高価そうな黄金の鍔《つば》のついた赤鞘《あかざや》の小太刀《こだち》を腰に差していることくらいか。

摂津高槻の城へ用を足すために帰り、急いで安土へもどってきたということだったが、そこにいた誰もが面《おもて》に敬意をたたえて高山様を迎えた。

遠く離れた場所からでも、高山様の姿に気がついた者はみな丁寧に頭をさげた。

なんだろう。

いったいなぜなのか。

皆なぜこの人物を敬うのか。この男のどこが敬《うやま》うに値するというのか。

それはなに故あってのことか。

こういう男には会ったことがない、というのが十蔵の第一印象だった。

神父《ばあどれ》ウルガンも高山様に丁寧に頭をさげ、お帰りなさいませ、お祈りいたしましょうといい、二人ともその場に並んで跪《ひざまず》き、頭を垂れてなにやらぶつぶつ唱和《はっ》した。

そうした高山様とウルガンの姿をちらちらと眺めながら十蔵は石を斫り削っていたが、そういえばこの せみなりよ の普請をやっている連中はキリシタンばかりだと気がついた。

連中は仕事が終わるとその場に佇《たたず》んだまま腹の前で指を組み合わせ、首を折って陽が沈みかけている茜色《あかねいろ》の空に向かってしきりに何かつぶやきかけるように祈っていることが多かった。

長く祈る者もいたし、短くしか祈らない者もいたが、たとえばそれまで周りの者と冗談話をしていても、突然道具を足もとに置いて真顔で祈りはじめ、祈りが終わるとまたへらへらした顔にもどって話のつづきをするので、とても奇妙な感じがした。

十蔵は、そもそもデウス様などという神がいるのかと疑って馬鹿にしていた。ウルガンらにそれはいま眼の前に、そこにいる、かのように思い込まされているだけではないか。

また、高槻から高山家の家臣の子弟が八人きていて、これがまたよう働いた。せみなりよ が出来上がったらそのまま入所して生徒になり、やがては伝道師になりたいということで、連中は いなっしよさま の祈禱《きとう》を唱和してから一日をはじめていた。

万事かないたまう御身のごふにん　さんた いなっしよさま　はいくさのじゆいにたちいりさせたまいて　すべりき　のたいしょうはしろいしょうにしらいたてまつる。げかいではきずをこうむり　天のうえではごさんぼうのくらいをうけ　天をあつかいさせたもうように　つつしんでたのみあげたてまつる。

まったく意味のわからないまじないの文句であり いなっしよさま とはなんだと訊いたところ いぐなちお ろよら という有名な神父《ばあどれ》だとこたえてその老女は親指をたてると胸の

前で小さく十字を切った。

信者たちは南蛮宣教師と同じように七日に一度の休日を祝い、十の戒《いまし》めを守り、デウスの祈りを行い、預言者や使徒《しと》をうやまい、天主堂と称している粗末な草葺《くさぶ》きの掘立て小屋の破風《はふ》に見たこともない文字を掲げていた。

聞けばそれは南蛮暦の年号をあらわす異国の数字だということだった。

その小屋の、筵《むしろ》を敷いた土間が満員になって中へ入れない者は、壁のぐるりの櫺子窓《れんじまど》から儀式の一部始終をのぞきこんでは顔の前で十字を切り、両手の指を組み合わせて祈ったり、親指と人差し指を交叉させて唇に当てたりしていた。

小屋の観音開きになる板戸には鍵がついておらず、出入りが自由だったから、休憩の折に入ってみると祭壇の中央に連中がジェス様と呼んでいる痩せこけた髭面の男が磔《はりつけ》になっている像があり、そのまわりには儀式に使ういろいろな道具が置いてあった。

手水鉢《ちょうずばち》に入れてある水を連中は聖水と呼んでいた。

そのただの水と同様、高台《こうだい》の切り込みが十文字にしてある茶碗《ちゃわん》も本も花立ても特別なものではなく、キリシタンの約束事にのっとってつくられているということだったが、それらはどれもこれも、それそのものでしかない物だったから、十蔵にとってはなにもかもが跪《ひざまず》いてまで崇《あが》めるに値しないがらくたにすぎなかった。

だから、儀式のときにそれらのがらくたを連中が丁寧に扱うのがただ大袈裟《おおげさ》で、もったいぶっていて、滑稽に映った。これなら阿弥陀仏や如意輪観音をお祀りしている寺のほうがましやないかと思ったりした。

それよりなにより驚いたのは高山様は百々橋口《どどばしぐち》近くに立派な御屋敷があるというのに、普段はその粗末な草葺きの掘立て小屋で職人衆や人足どもと一緒に寝起きしてきたと聞いたことだ。

ただ土間の真ん中に四角い穴を掘っただけの囲炉裏《いろり》の煙の煤《すす》がこびりついている屋根裏を見あげながらここは天主堂だと高山様が決めたそうだが、夜になると囲炉裏まわりに縄《なわ》筵《むしろ》が敷きつめられて、そこが高山様と家臣らが寝起きする場所になるということだった。

それも、夜具はなくて、西の角隅に掃き寄せられたような形に積みあげられた藁《わら》を広げ、それを分け合いかぶって眠るのである。

縄筵《なわむしろ》の上で眠る。

といっても固い地べたにじかに横たわっているのと変わらない。

四囲の壁は板を打ちつけただけで、隙間からのべつ風が吹き込み、冬ともなれば今度は雨雪がもろに吹き込んで野外の焚き火のそばで寝るのと変わりがないようなことになろう。薪《たきぎ》をどんなにふんだんにくべて火が勢いよく燃えさかっても、さほど暖かくはならないはずだった。

こんな高山様の生活は馬鹿げていないか。

十蔵にいわせれば、こんな神がいるかのような馬鹿げた毎日はなかった。せみなりよ の普請に立ちあい、さまざま雑用を手伝っているとはいえ、この人はなぜ、こんなにいかにも質素で息苦しくなるような暮らしをしているのか。一城を所有する身分でありながら、こうした毎日を送っているということが、十蔵にはまったく意味のないくだらないことに感じられた。

そういう家に生まれた者は立派な御屋敷の豪勢な部屋で絹の布団にくるまって眠ればいいではないか。

そのお蚕《かいこ》ぐるみの生活を恥じることはないのではないか。

掘立て小屋で飲み食いして人足や職人たちと一緒にそのままそこで寝るというのは、何もかもキリシタンの教えにのっとっているというあざとい綺麗事《きれいごと》なのではないか。

その露骨な綺麗事で人々を感動させてキリシタンに誘いこもうとしているのではないか。

十蔵にはその高山様の気持ちが偽物《にせもの》めいたまやかしに感じられて共感などできなかった。高山様を崇めている者たちも、なんらかの利益や銭金《ぜにかね》か食い物で釣られている者たちだろう。

そうでなければ世間で通用しているものごとと辻褄《つじつま》が合わないのではないか。

だから、高山様が貧しい人々の葬儀にみずからその棺をかついで墓場まで歩くことを褒める言葉を亀八から聞いたとき、十蔵はこないだも聞いたよ、その話はとこたえて鼻の先でせせら嗤《わら》った。それもいかにも絵にかいたような綺麗事に聞こえたからだった。

ご大層なこっちゃ。

大名が死人の入った棺箱《がんばこ》をかつぐことがそんなに価値のあることなのか。

嗤わせるのもええ加減にせいや、といってやりたかったのだが。

高さ一尺もあるような四畳台の上敷きの上で飯を食らい、蒔絵や狩野派《かのうは》の絵を描いた格《ごう》天井《てんじょう》の下で数多くの家臣に囲まれているような者にはとうていできないことだ。

いや、並の者にはできぬことよと、わけ知り顔でいう奴もいて、十蔵は苦々しく思って鼻の先で嗤った。

だからどうしたと、いい返してやるかわりに嘲笑《あざわら》ってやったのだった。

それでも、高山様が常々石工衆に混じっていろんな話をしているということで、十蔵は亀八に誘われた機会に試しにと思って教会へ説教を聞きに行ってみた。

長ったらしい儀式のあとで房のついた袈裟のようなものを首にかけた高山様は大袈裟な身ぶり手ぶりを交じえてジェスという男がどんなに重い病《やまい》もすべて治《なお》したと語った。

十二年もの長いあいだ長血《ながち》を患っていた女がジェスの着ているものの裾に触っただけで治ったとも話した。

そう。

もうすぐ奇蹟が起こるときが来るのだ。

ほかの南蛮人の修道士も、異国の言葉の訛《なま》りがあるせいか大袈裟な抑揚《よくよう》をつけてゆっくりと、一語一語かみしめるように語った。

法螺《ほら》話というか、外法話《でほばなし》というか、いいことずくめの話を次から次へとならべたてるのを、そこに集まった見るからに無知そうな連中がうなずきながら聞いている。

結局なにをいいたいのかと思っていると、人はみな罪を犯すように生まれついているから祈りなさいということと、ジェス様におのれの魂をまかせなさい、アメンといって胸の前で十字を切って話を終えた。

高山様の話は要するに南蛮宣教師の説教と同じで、十蔵はそれっきり教会へ行くことはなかったが、来る日も来る日もおなじような話なのによく飽きないもんだと感心するほどたくさんの貧乏ったらしい身なりの連中が集まり、粥をふるまわれて帰っていった。

神父《ぱあどれ》ウルガンは教会ではなく、石工人足たちが普請の現場で地べたに車座になって午飯《ひるめし》を食らっているところまで来て説教を垂れることもあった。

やはり大仰《おおぎょう》な身ぶり手ぶりで空を指さし、雨を見よといった。

一粒一粒の小さな雨の滴が水たまりになり、細い流れをつくり、その流れは川になり、大きな海にそそぐ。

大きな海のようなものなのだ、神とは。

あるいは全《まった》き恩寵《おんちょう》が万物を優しく包んでいる主の国とか、デウスがそこに在《まし》す国とか、厳しい試練をよろこんで受けよとか、受徳の実践とか みぜるこるでぃあといった。みぜるこるでぃあ とは慈悲という意味だと教えられ、やれやれと十蔵はため息をついた。一緒に働いている者たちだったからよくわかったが、とにかくキリシタンの連中は暇さえあればその場にすわりこむか跪くかして祈っていた。さもなければ来る日も来る日も 磔 柱《はりつけばしら》にかけられている痩せたジェスという髭面の男をあがめる祭壇の前で祈りつづけていた。人死にが出れば祈り、子が生まれたと聞けば祈り、誰かが世帯を持ったといえば祈り、飯を食う前も、食ったあとも宙に向かって祈りをささげていた。

そもそも、なぜお前たちは祈るのか。

なにかを成就《じょうじゅ》させるために祈るならば、それは意味がない。お前たちがどんなに祈っても、満足できるようになにかが叶えられることなどないからだ。一体どうすればジェスという異国の男のために一日のすべてをささげることができるのだろう。

十蔵は幼いころからついこの前まで、寺にいて天竺《てんじく》の御釈迦様《おしゃかさま》のために一日のすべてをささげる毎日を送ってきた。

本堂の須弥壇《しゅみだん》の阿弥陀如来に向かって経を唱えていたし、座禅も組んだが、ただそれだけのことで十蔵にとってそんなことはさしたる意味などなかった。

だから、十蔵にはキリシタンの連中のことが解せなかった。

べつに理解したいとも思わなかったし、理解する方法を知りたいとも思わなかった。

ひたすら馬鹿々々しくお話にならないことだとしか考えられなかったのだ。


安土城が建ちあがった。

安土の山に堅固に積まれた石垣の上に、七階の天主が青天を衝《つ》いて聳《そび》えた。

金箔を張った聖獣の鯱《しゃち》や真っ青な甍《いらか》と、鮮やかな紅の柱や黒漆塗りの板壁が輝いている。

このみごとな城の天主に、信長様は正式に天正八年五月十一日の吉日に入った。

そこで寝起きするだけでなく、信長様は身分の分けへだてなく、すべての人々に百文《ひゃくもん》だせば城のなかを自由に見物させた。

亀八小屋の者も全員で見に行った。

石の掘り出しに携わったから、城下の人々より優先的に見物できた。

みな口をあけてただただ驚嘆した。

まず本丸御殿の横から本丸天主へ階段を登っていって、高さ十二間余もある石蔵に入った。

蔵のなかには米俵《こめだわら》がびっしり積んであった。

これが一階で、二階は南北二十間で東西十七間あり、高さは十六間。

二百四本の柱が立てられていて本柱《もとばしら》の長さ八間で、太さが一尺五、六寸もあるみごとな木材で、もうこれだけで圧倒された。

座敷の壁にはすべて布を張り、黒漆《くろうるし》が塗られていた。西に十二畳敷きの部屋があり、金地に墨《すみ》で梅が描かれていた。

天主のなかの絵はすべて狩野永徳という名人絵師とその息子の光信に描かせたということだった。

この書院には遠寺晩鐘が描かれ、次の間の四畳の棚には鳩、十二畳敷の部屋に鵞鳥《がちょう》を描かせ鵞鳥の間と呼ばれていた。

その次の八畳間、奥の四畳間には雉《きじ》。

さらにその次の南の十二畳の部屋には唐《から》の儒者たちを描かせ、また、八畳敷き、東に十二畳敷、次に三畳敷、その次には八畳敷があって、食事の膳を用意する場所になっていた。

その他にも八畳間があって膳を準備する部屋だということだった。

三階は花鳥や賢人、瓢簞《ひょうたん》から駒が出た図、仙人が杖を投げる絵、西王母《せいおうぼ》の絵などなどで二十四畳の納戸があり、柱数は百十六本。

四階は岩に木々が描かれた岩の間、龍虎が戦う絵の部屋、松ばかりの松の間、桐に鳳《ほう》凰《おう》。

俗事を聞いた許由《きょゆう》が耳の汚れを潁川《えいせん》で洗い、それで汚れた潁川を避けた巣父《そうほ》が牛を引いて引き返す図、金泥《きんでい》だけが分厚く塗られていて絵のない部屋、絢爛たる手鞠桜《てまりざくら》が描かれ庭の籠に鷹《たか》が飼われている情景が描かれた鷹の間。柱数は九十三本で、欄干《らんかん》の擬宝珠《ぎぼうし》には彫刻がほどこされていた。

五階には絵がなかった。

南北の破風のところに四畳半があって小屋の段と呼ばれていた。

六階は八角で四間ある。

外柱は朱塗り、内柱はすべて金泥塗りだ。

釈迦十大弟子、釈尊成道説法《しゃくそんじょうどうせっぽう》の次第や縁側には餓鬼どもや鬼ども、縁側の突き当りには鯱《しゃち》と飛龍を描かせてあった。

最上階の七階は三間四方で座敷内はすべて金、外側も金色であった。

四方の内柱には上龍《のぼりたつ》と下龍《くだりたつ》、天井には天人が舞い降りる図、座敷内に三皇、五帝、孔門十哲、商山四皓《しょうざんしこう》、竹林の七賢などの絵、軒には燧金《ひうちがね》や宝鐸《ほうたく》を吊った。

座敷の内外の柱はすべて漆《うるし》で布を貼り、そのうえに黒漆を塗ってあった。鉄《くろがね》の狭間戸《さまと》が六十余りあって、これらも黒漆塗りで、なにからなにまで黒漆だ。黒漆の輝きはみごとに美しく、上様の好みは実に上等だと感じさせた。

六階以下の金具は躰阿弥永勝《だいあみえいしょう》が担当したが、最上階は後藤平四郎の金具を使い、京や田舎の腕のいい金工がこれらを手伝った。

皆ひとことも口をきかずに階段を降り、外に出て大手道から天主を振り返り、振り仰いで小屋へ帰った。

天主の屋根の、金の鯱鉾《しゃちほこ》が無限の光を放つ無量光仏のようだといって拝む者もいた。

以前から観音寺山の亀八小屋から望む城は、もう、みごとというしかないと語り合ってきたが、実際に城内に入ってみるとただただ驚くばかりだった。

御殿唐様《からよう》を学ぶ。将軍の御館、玉石を研《みが》き、瑠璃を延べ、百官快貴美《かいきび》を尽し、花落を移さる。御威光、御手柄、勝《あ》げて計《かぞ》ふべからずと賞賛した人がいたと聞いた十蔵はたしかにその通りだとうなずいた。


安土のお城は士《さむらい》の頂上まで登りつめた男そのものだ。

信長様はたいしたもんだと十蔵は亀八にいった。

ほんとうにそう思ってそういったのだ。

同時に城下町も順調に整えられていった。

すでに楽市楽座《らくいちらくざ》の掟書《おきてがき》が発布されていたから、近隣近在から、あるいは遠い土地から、続々と町人が集まってきていた。

職人の町が設けられ、幅のひろい街路はまっすぐ一里ほどもある繁華な通りになっていた。住民の数は六千以上にもなっていた。

いうまでもなく、平地に土を盛って土台の位置を高くした せみなりよ も意想外の速さで建ちあがっていった。

大工や左官も建具師もほかの者もここで働いている者は、ほとんどキリシタンばかりだから信仰心でひとつに団結していて互いに庇《かば》い合うようにして懸命に働いていることが十蔵にもわかったし、高山様がその風貌《ふうぼう》に似ず厳しく陣頭指揮し、ウルガンが脇から督促したからだ。

それに、あろうことか、信長様自身が五人か六人の御家来を従えて十五日か二十日に一度くらいの頻度で せみなりよ の様子を見物に来た。

最初に信長様が来たとき、十蔵はそれと気づかず石を削る仕事に没頭していた。

だが周囲で動いていた者たちが突然仕事の手を止め、そのまま静かになったことが気配でわかった。なにが起こったかと手元から目をあげると、すぐそこまで信長様が近づいてきていた。

ほうと十蔵は息を吐いた。

これが織田信長というお人か。

これが天下を右に左にしている士《さむらい》か。

背丈が高く右肩に半弓《はんきゅう》を乗せた信長様は十蔵のすぐ近くまで来て、立ち止まり、澄んだ瞳であたりを見回した。

高い鼻の下と唇の下と顎の先に髭を蓄えている信長様は、おどろくほど色白だった。すこし憂鬱《ゆううつ》そうな表情をしており、身体は想像していたより華奢《きゃしゃ》でおっとりした静かな佇まいだった。

亀八がいったように暴れたら手がつけられないほど獰猛になるなどとはとても信じられなかった。以前、亀八から信長様が伊庭山《いばさん》の石丁場の下で鷹狩をやったとき目の前に落石があって、その石を落とした石工衆十数人の首を次々と斬り落としたと聞いていたけれど、この人がそんなことをやるなど到底信じられなかった。

それよりも、信長様を見て十蔵は幼な子のころからなに一つ不自由なく暮らして育った裕福な商家の息子を連想した。物腰に気品があって、獣じみた兵どもを率いて合戦に臨んで殺し合いをするような猛々《たけだけ》しい男だとはとても思われなかった。

この日からだ。

十蔵が信長を上様というようになったのは。

信長には十蔵をして上様と呼ばしめるなにかがあったからだろう。

完成した　せみなりよ　は三方を分厚い石垣塀で囲まれた異国風の、三階建ての立派な建物で、鐘を吊った塔があり、一階は広い礼拝堂と茶室になっていた。茶室はそこを訪れる者を接待し話をするためだ。

二階は神父《ばあどれ》たちの居間や寝室として使われることになっていた。

三階は せみなりよ で学ぶ生徒たちが寝起きしたり学んだりする場所だ。

なんといっても目をひいたのは せみなりよ の屋根があざやかな青い甍《いらか》で葺かれていたことだった。上様は安土城の天主の屋根のために一観《いっかん》という明人《みんじん》を招聘《しょうへい》し、奈良の窯《かま》で焼かせたその青い甍《いらか》の一部を せみなりよ の屋根に使えと下賜されたのだ。

さらに驚いたことに、上様は気が向くと せみなりよ に異国の音曲《おんぎょく》を聴きに来るようになった。

生徒たちが馬蹄型《ばていがた》に並んで弾く びおら という楽器の演奏や歌に聴き入り、一曲終わるごとにうなずいてうんうんといった。

言葉の意味がわからない異国の音曲でも素直にいいと感じ受け止める人なのだな、と十蔵は思った。

また、上様は生徒たちが並んで歌う女の子供のような高い声の歌も好んで歌わせ、歌が終わると金の小粒を投げあたえ、それを十蔵は羨《うらや》んだ。

第五章　京

それから間もなくのことだ。

このときも亀八に頼まれて、十蔵は高山様の御屋敷へ働きに行くことになった。

仕事は庭の石に斫《はつ》り細工をすることで、詳細は直接指示があるということだった。

もちろん手間賃ははずんでくれる。

金になるならなんでもやるつもりでいたから二つ返事で承知し、十蔵は亀八にいわれた通り玄翁《げんのう》と斫鑿《はつりのみ》を携えて高山様の屋敷へゆくことになった。

なあ十よ、御主《おんしゃ》も坊主あがりなら理解できようがと、亀八はいった。

ジェス様が弟子たちに教え聞かせた掟は三つある。

デウス様をとことん信じること。

デウス様から救われることを衷心《ちゅうしん》から願うこと。

それから愛を行うことや。これによって霊魂は救われる。

数珠《こんたつ》を一粒一粒順に繰りながら、亀八はまずとりあえず隣にいる者を愛することからはじめたらいいんやといった。

ジェス様がそうしたから、われらもジェス様を模範にして生きればいいちゅうことやの。誠実に告解して殉教者となる覚悟で御奉公申し上げる積もりでおればいいんや。高山様の御屋敷に行く以上、そういう積もりでおらんといかんのやで。

はいはいと十蔵は受け流した。坊主に説教するんか。そしてへらへらわらいながら釈迦に説法とはこのこっちゃなとこたえた。

そうして高山様の御屋敷へ行くと、そこは母屋《おもや》の優しいまるみを帯びた大きなむくり屋根の勾配に品があるたいそう立派な建物だった。

窓からちらと見えた桑の一枚板をさもない様子にはめこんである簡素な欄間や細く裂いた竹を使った竿縁天井《さおぶちてんじょう》も、吹き放ちになった土間廊下の両側の苔《こけ》も竹を詰め打ちにしてある竹縁も、隅から隅まで磨いたようによく掃除が行きとどいていたし、露地の白い砂には塵ひとつとどめず箒目《ほうきめ》がきれいにつけられていて裕福な禅林によく似た気配だった。

門番に指示された通り、松と石と苔だけの簡素な庭を横切って蹲踞《つくばい》の水で手を洗い、ふたりは口を漱《すす》いで日の光をさえぎる茶室の深い土庇《どびさし》の下に入って沓脱石《くつぬぎいし》の上にうずくまった。

亀八でございます。

亀八が声をかけ、おおという返事を待って躙口《にじりぐち》の戸を引いた。

躙口の敷居に手をかけて頭をさげた亀八の、うしろから上目使いに様子をうかがうと、二つ生節のある古材を使ってある床縁《とこぶち》と藁を混ぜた寸莎《すさ》壁と、その前にすわっている高山様の膝と大ぶりな井戸茶盌《ぢゃわん》を拭いている手もとが見えた。

茶盌を持っているのは武骨に節くれた指で、生まれ育ちが上であるはずなのに高山様は大工か左官かなにか、手仕事をする職人のような手をしていた。

いいから入れ。

この屋敷では遠慮は無用だからな。

なにを仰《おお》せられます。滅相もございませぬ。土のうえに座っておれば充分でございます。そんなお恐れ多いことはできませぬ。われらは汚うございますからと亀八は断った。

卑賤《ひせん》の身分でございますゆえと、さらに断っても、高山様は構わぬ二人ともそのまま入れと命じた。

御主《おんしゃ》らはみな某《それがし》と仲のいい、身分に分け隔てのない輩《ともがら》でなければ困るぞといわれ、十蔵も草鞋《わらじ》を脱ぎ、足を手ぬぐいで拭いてから恐るおそる二畳の小間にあがった。

青畳のいい匂いがした。

このときも十蔵は右近の、痩せているからか、もともと面長なのか鬚《あごひげ》のためなのか、間のびしたように長い顔を見たとき何ともいえない変わった人物だと感じた。

こんな男はいままで会ったことがないが、ほんとうは一体なにを考えて生きているのだろうかと、小首をかしげる思いで高山様の顔を見つめた。

ややうつむき加減になっているせいで髪が抜けあがっているように見える広い額に疵痕《きずあと》があった。

遠くから眺めるだけでそのときまで気がつかなかったが、左目の上の位置であり、どうみても刀疵と思われる細い疵痕《きずあと》がそこだけ引き攣《つ》れていた。

刀疵ではないにしても鋭い刃で額を斬り裂かれた痕であり、何かの拍子にどこぞにぶつけて切れた疵の痕だとは思えなかったから十蔵はおおいに好奇心をそそられた。

いつの、どの戦《いくさ》で、どんな敵に斬られたのだろう。

誰だろう、斬ったのは。

すると高山様は立ちあがって水屋の方へ行き、硯箱《すずりばこ》と紙を持ってくると、魚という字をくずした一筆描きの魚の絵を描いてその下にＩＣＨＴＨＵＳと書いた。

なにを意味する文字か記号なのか、聞いてみたいと思っていると Iesous Theou Huios Soter といい 神の子救い主 いえずす くりすとす という意味だと説明してほほえみながらその紙を十蔵に渡し、遠慮はいらぬと首を振った。

ここでは身分の上下はなしだ。

おなじ輩《ともがら》であるゆえ直答《じきとう》するがよいともいった。

亀八がへええと平伏したので、十蔵も平伏した。

床の脇の文机《ふづくえ》に十蔵が見ても細工が粗雑な、安物だと思われる烏帽子型の十字架を彫った真鍮《しんちゅう》の香炉が据えてあって、うすい白煙がたちのぼっていた。

その横に硯箱を置くと、高山様は十蔵に向かっていつか亀八から聞いたが、御主《おんしゃ》は禅和《ぜんな》子《す》だそうだなといった。

石工の腕も一番だと聞いとる。

恐れ入りまするとこたえると、では頼まれてくれぬかといい、庭にある印をつけてある石の、どこでもよいゆえ刻印を打ってはくれぬかと指で宙になにやら形を描いて、簡単な文字ゆえすぐにでもできようとつづけた。

はいとうなずいた亀八がどのような刻印でございましょうと訊くと、高山様は筆をとり出して紙にまず HR を描いた。それから鉤《かぎ》の十字架と半円に棒を立てた鐙《あぶみ》のような奇妙なしるしも描いてみせたから、十蔵はこれは鐙でございますかと訊いた。

その懐紙を縦にしたり横にしたりして見ている亀八と十蔵に、高山様は HR を指さしてこれは ほみにす れでんぷとーる Hominis Redenptor という言葉の頭文字で、人々の救い主という意味やと説明した。

普通 IHR と描いて いえずす きりすと 人々の救い主 という意味だが、この HとR の二文字だけでよい。

人々の救い主と彫れば充分だ。

それからこの鉤十字は十字架で、御主《おんしゃ》が鐙《あぶみ》と申したは聖杯を象《かたど》っておって某が山から掘るか切り出すかして庭に置く石には、大なり小なり必ずこの刻印を打つことにしておる。

茶を点てながら高山様は、なぜ、某がそのようなことをするのかと不審に思うかもしれぬが、庭にこの文字を彫った石があると、気持ちが落ち着くでなといった。

茶を飲んでいる二人に高山様はただの気まぐれということかの、といって頷《うなず》きながら、うすくほほえんだ。

亀八は、ははあ、それはといったきりいたく感動した気配でその文字を見つめた。

HとRという文字は難しくなかったから、どこかで鳴きつづけている堂鳩《どばと》の奇妙な鳴き声を聞きながら仕事をやり、その日のうちに簡単に彫りあげることができた。

高山様は喜んで破格の二貫文の手間賃をくれた。

その日、家に帰った十蔵は、亀八や高山様のことを思い返してなんだか、こう得体の知れない大きな何かというか、人の運命をまったく変えてしまうものというか、目に見えはしないけれども強い力を持っているものというか、そういうものがお前はあると思うかと横に寝ている於万に訊いた。

すると於万《おまん》は意想外の返事をした。

わたいはキリシタンやから神様はそうゆうもんやと思う。ジェス様はそうだよ。

ああそうか。

お前キリシタンやったか。知らんかったな。

キリシタンはいやかしらん。

でも、別に十様は困らへんでしょ。迷惑はかけへんから。

まあ困りも迷惑もせえへんが。

ならどうしたの、急に。

なに。

なんかあったの。他になんかあるの。

なんのことと於万はたずね、不思議そうに首をかしげて十蔵の目の底をのぞきこむと、十様は少し変わったねといった。


翌日以降の仕事は石灯籠《いしどうろう》をつくることだった。

これも高山様は絵を描き、寸法を書き込んだ紙を亀八と十蔵に見せ、細かく注文をつけた。

それは四角い竿石《さおいし》の上部が円く十字架のように張り出した奇妙な形の灯籠だった。足元を地面に埋める活込《いけこみ》灯籠を刻んでほしいという注文で、とくに寸法は一分《いちぶ》の間違いもなく正確に刻み込んでいくようにと指示した。

石材は六甲山麓の荒神山《こうじんやま》から採石した花崗岩《かこうがん》で、すでに屋敷内に運び込んであるということだった。

高山様の屋敷の庭の一角で仕事をはじめると、亀八はこの灯籠はキリシタン灯籠や。古田織部《ふるたおりべ》様が考えられた織部灯籠なんやと教えてくれた。

古田織部という名を十蔵は聞いたことがなかったが、どうせキリシタン関係の人物だろうから面倒臭い話になるだろうと思い、なにも尋ねなかった。

石材を刻みはじめて十日近くも経ち、間もなく灯籠が完成しようとするころ、午下《ひるさ》がりに高山様を訪ねてきた者があった。

十蔵より二つ三つ上の年かと思われる怒肩《いかりがた》の士《さむらい》で、庭を横切って茶室へ入っていった。

それからしばらくは談笑する声が聞こえてきていたが、やがて静かになったかと思うと庭履《にわばき》の足音が聞こえ、十蔵たちのところへ先刻の士が近づいてきて気さくな口調で茶室へ参られよという。

はあ、と問い返した亀八に、高山様がお二人に茶を進ぜたいと申されておるといい、踵《きびす》を返して茶室へもどっていった。

土埃《つちぼこ》りや石の粉やらを手拭ではたき落として躙口《にじりぐち》まで行くと、前回と同じようにいいからなかへ入れといわれ、このときも二人は恐るおそる青畳の匂いがする小間へあがった。

高山様は二人に先刻の士を今日は書状を届けにまいった明智日向《ひゅうが》殿の、馬廻《うままわり》の安田作兵衛国継《くにつぐ》殿だと紹介した。古川九兵衛と箕浦大蔵丞《みのうらおおくらじょう》とともに明智三羽烏と賞讃されておる豪の者よ、この作兵衛殿は。

そして、亀八と十蔵をなかなかよう働く者たちで、某《それがし》はこの者たちを贔屓《ひいき》にしておると作兵衛に紹介した。

この男は戦場でたくさんの人を殺めてきたはずだが、その割に微笑《ほほえ》んだ顔は人なつこく善良そうで、十蔵はすぐ俺と馬が合う男ではないかと直感した。

十蔵は作兵衛にこころやすさか馴れあいやすさのような快適さを感じとり、そのことと対照的な、おのれにはまったくないなにか赤児の肌に似た無垢《むく》な、やさしい柔らかさのような雰囲気をともなっていることにも気がついた。

すると作兵衛は高山様から御主《おんしゃ》たちをご紹介いただいて、早速ではありますがと、前置きをして御両所は明智家にお仕えなさる気持ちはござらぬか、という。

作兵衛はあいかわらず気が短いゆえ、藪《やぶ》から棒だなと、高山様が笑った。

二人は急に一体なんの話か飲み込めず、へえと訝《いぶか》しむ声を出した。

いま、主の日向様は人に困《こう》じ果てており申す。

織田家筆頭重役としてやらなければならぬことが山のように溜まっておって、それがいっこうに片づかぬ状態で。

要するに日向様はいま近江坂本城と丹波亀山城を根城《ねじろ》に丹波を治め、それに加えてのべつあちこちの戦に出張らなければならぬゆえ、いくら人手があっても足りないという繁忙きわまりない有様で。

つまり高山様に推挙されたふたりを士分にとりたてるから明智家に仕えてみないかという誘いで、二人は驚き、且《か》つ喜んだ。

まことに名誉なことと存じますが、しかし儂《わし》はもう四十を越えましたで、とても戦にゃあお役にはたちませぬ、と亀八は辞退し、この苫野《とまの》十蔵ならば若くて力があり余るほど元気ですで、是非お召し下さいませと、十蔵を推薦した。

それは残念だがと亀八にいい、ほんじゃあ十蔵殿はどうであろうのと訊ね、作兵衛は微笑んで十蔵の答えを待つことなく、よろしければここの仕事が終わってから明智家の京屋敷へ参られれば、給禄の談合をするということでといった。

京の明智屋敷は御所の裏手の一番北にある近衛前久様の御屋敷から北へ一町ばかりで、すぐわかり申す。

数日後、ＨＲという文字を彫り込んだ石のそばに穴を掘り、キリシタン灯籠を活立《いけだ》てにするのを指図していた高山様はいったん奥へ行き、半刻ほど経ったころ二人を呼んだ。それから母屋の外縁に菓子と白湯《さゆ》を運ばせて仕事の労を労《ねぎら》ったあと、どうした風の吹き回しか御者《おんしゃ》らに聞いてほしいことがある、といってすぐに話しはじめた。

このとき高山様は上物《じょうもの》の地味な紫無地の小袖を着た顔のしなびた老女に背後から左腕を揉ませており、そろそろ指の先と手の甲をたのむといった。

そして、十蔵たちが前にすわると微笑しながらこれがただひとつの道楽での、といった。

いまだにしびれたり痛んだり、疼きよるわ。この手はまったく処置なしだな。

自嘲《じちょう》するようにいつまでも痛みつづけておってとつぶやいた。

すると老女が早《はよ》うお忘れになればよろしいのに。

もう、お忘れになってもお差しつかえはありますまいものを。一生気に病《や》まれるおつもりですか。

子供にいってきかせるような口調を聞いてはじめて、その老女が高山様の正室であることがわかって、十蔵はひどく老けこんでいるものだと少し驚き、まるで五十を越えている老婆のようだと思いながら頭をさげた。

高山様が話しはじめた。

某《それがし》の話は長くなってしまうのだが、まあ災難に遭ったとでも思って、菓子を食らいながら聞いてくれ。

某がまだ二十《はたち》のときのことだ。

当時、父と某がまだ和田惟政《これまさ》殿の配下にあったころで、高槻《たかつき》城におった。

惟政殿と父は兄弟のように仲のいい間柄で、某の妹が惟政殿に嫁いでいたくらいだから、どれほど信頼しあっていたか想像できよう。

で、当時、惟政殿は上様に信任されて京都所司代と摂津守護の任に就いておられたのだが、隣の池田知正《ともまさ》はそれが承知悪いということで、のべつ境界争いの抗争を繰り返していた。

したがって、惟政殿の命《めい》で、父と某はしょっちゅうその戦の最前線に出張って、なんとか池田勢を防いでおったのだが、しかし、そのときは池田知正と荒木村重勢に圧されて救援を求めた。

すると、惟政殿は二百の手勢を率いてすぐ駆けつけてくれた。

これが忘れもしない元亀二年八月二十八日の白井河原の戦いだが、惟政殿は鉄砲に撃たれたうえに刀疵を負って戦死して、二百の兵は全滅した。

一人残らず死んだ。

わずか二百の手勢というのは、池田勢をなめすぎたというか、甘く見たというか、油断したといえばいいのか。

まあ、それは置くとして、問題は、後備《あとぞな》えでひかえていた嫡男の惟長《これなが》殿だ。父御《ててご》が戦死したのに、弔《とむら》い合戦をやろうともせず、すぐに一目散《いちもくさん》に逃げてしもたのよ。

これは、いかにもまずかった。

兵たちの人望を失うことになってしもた。

それでも、某らは急遽《きゅうきょ》高槻城へ入り、惟長殿を惟政殿の跡継ぎとして立てて、籠城することにした。

追撃してきた池田勢に攻められたが、一ヶ月ばかり持ちこたえて、日向殿が一千の兵を連れて駆けつけてくれたから池田勢はなんとか退却してくれたんだがの。

それで、父はそのあとも、それまでと同様、高槻城を継いだ惟長殿を補佐する和田家の筆頭家老職をつとめるということになった。

ところがだ。

突然、惟長殿が自分の叔父御《おじご》の惟増《これます》殿を殺してしまった。

逆心があったからだというが、実はたちの悪い側近にそそのかされたんやな。そのとき惟長殿は十七で、某とは親同士がそうであったように兄弟のように育ってきたし、お互いに生涯の友だとも思うておった。

だから、某は率直に叔父上を弑《しい》したのはよくないと、忠告もした。

忠告すると、惟長殿はうなずいて、悪いことをしたと思うておると、神妙な顔をしていた。

まあ、それはいいのだが。

しかしだ。

次にこんどは惟長殿が某ら親子を殺す計画を立てていると、内通してきた者がいた。高槻城の広間に集まる寄り合いにかこつけて、高山親子を殺そうとしてるちゅうんや。

これは、さすがにおおっぴらに荒木村重殿や幕府などにも対策を諮《はか》って、結論は、惟長殿を討つべしということになった。

それが元亀四年の三月のことであったな。

高槻の城の、ふだん見慣れた梅と松と太鼓にとまっているつがいの鶏の図が描いてある玄関の杉戸を引いて縁伝いに奥の広間へ入って話し合うことになった。

すると、なるほど、内通してきた者のいう通りだった。

襖の松の枝にとまっている鷹の図をながめていると、間もなく和田の衆が部屋に入ってきて、それぞれの席についた。

われら親子も家臣十五、六人を連れていて、惟長殿も同じくらいの人数を連れてきて、広間で向かい合った。

ああもこうもない。

すぐ斬り合いになった。

見るからに凡庸《ぼんよう》な小心者だと思っていた惟長殿も、斬り結んでみるとそれなりの力を持っていて、某を驚かせた。

あのとき惟長殿は某が突いた太刀を撥ねのけ、つづいて某が思いざま振りおろした刃を軽い身のこなしでよけた。

鋼の刃が激しく撃ち合わされ、鎬《しのぎ》が火花を発した拍子に、撃剣《げきけん》というものは撃ち損じたとき身体を元の姿勢にもどそうとしてはいけないといわれたことを思い出した。崩れた姿勢のままそれが鎬でも鋒《みね》でもよいゆえ、とにかく刀を敵の身体に満身の力をこめて叩きつけよと教えられたことを思い出した。

と、そのとき蠟燭《ろうそく》の火が消えて闇になった。

まったくの闇のなかのことで、次の瞬間、某は肩口を斬り割られたが、めげずに振りかぶった太刀を斜めに振りおろすと、それはしっかりと受けとめられて、今一度振りおろした刀の切っ先がようやく惟長殿の、どこかに届いた手ごたえがあった。

ふんわりとなまあったかいものが蜘蛛《くも》の巣のように顔にかぶさってきた。

あとでわかったことだが、それが血しぶきで、惟長殿は小娘みたいな悲鳴をあげて倒れた。

これもあとでわかったのだが、某は惟長殿の右の指を二本か三本斬り落として首のつけ根を斬ったから、惟長殿は得物を取り落としたということだ。

とどめを刺すつもりで踏みだした某の右足がぬるりと滑った。

血溜《ちだ》まりを踏んだのだ。

次に某も首の根元をざっくり斬り割られた。

つづいてもう一度肩口を深々と斬られた。

なにしろ闇のなかのことで、うしろから某を斬ったのは、某の家臣だった。真っ暗で、某を惟長殿と間違えたのだ。

暗闇のなかだから仕方がないといえば仕方がないことでの。

で、誰かが燧石《ひうちいし》を打ち合わせて明かりを灯《とも》した。

そして、それはすぐ消えたが、また明かりが灯ったとき、某の目にはっきりと仰向けに倒れている惟長殿の真っ赤に血塗られた顔が見えた。真っ赤な顔の、大きく見開かれた目は、白眼ばかりが剝き出しになっておった。

お前の面あ忘れんぞと惟長殿は血溜まりのなかでもがくようにして喚《わめ》いた。

忘れてもらって結構だと応じたけれども、そこで力つきて、某は片膝をついた。

痛みをおぼえて肩に手をやると、傷の深い裂け口に触れたが、そのまま気を失ってしもてな。

十蔵はこうした話を聞きながらおのれが寺の金を盗んで逃げ出すとき、龍門の胸を刺しつらぬいた刃が肋骨《ろっこつ》と肋骨のあいだに深々と食いこんだあと、短刀の刃を伝った血が鍔《つば》を濡らして柄《つか》まで這ってきたとき、手の、指と指のあいだへぬるぬると入ってくるそれは水ではなく水よりも濃いものでたしかに生命が宿っているという感触だったことを思い出した。命のこもった血の感触というより、じかに人の命に触れる実感というべきかもしれない。

また、つい先達《せんだっ》て日、保坂と平次郎の脳天に玄翁を叩き込んだ瞬間の手応えと鈍い音も、掌と耳の底に鮮明によみがえってきた。

そして、高山様の話の、なまあたたかく流れてくる血の感触の気色悪さは十蔵におのれの心に普段はおとなしくうずくまっていても瞬時に熱湯のようにたぎりたって牙を剝き、周囲の誰かれかまわず殺傷しようとする機会をうかがっているとしか思えないおのれ自身の凶悪と酷薄さを思い起こさせた。

高山様はここで掌《てのひら》を揉んでいた正室をさがらせて続けた。

そのあと和田家の屋敷に誰かが火をつけて御殿も天守も燃え落ちて、たいへんなことになった。

あとから思い出して仔細に考えてみると、惟長殿を倒すことができたのは、某が強かったからではなかったと思う。

撃剣の心得があるなしでもなく、そのときおのれの心が冷え切っていたからで、たとえ真の闇のなかでもその冷たい心の目で相手の動きをよく見きわめて、それにどう応じればよいかを一瞬で見つけてそのように身体をうごかしたというに過ぎなかった。

そのあと某は燃え残った城の隅櫓《すみやぐら》へ運ばれた。

惟長殿を担いだ家臣ともども八十人ほどは城を脱出し、伏見城の三淵藤英《みつぶちふじひで》のところへ逃げた。

それから三、四日で惟長殿は息をひきとったそうな。

そして、某の方は痺《しび》れるような絶え間ない痛みで眠られぬまま横になっていると、その傷がなにかの拍子に鋭く疼いて肩口から腕一本が抜けもげそうになっているのではないかと思うほど痛む。

こう、このように少し内側に肘を曲げると、嘘のように楽になった。

ようやくこれで眠ることができるかと思うと、次に筋が切れてしまっていて、このまんま腕が曲がったきり腐ってしまうのではないか心配になっての。

いやさ、まだ若かったゆえ、つまらぬことばかり考えた。

仕方なく腕をのばすと、また痛くなって、つろおてな。

何日も何日も唸っておったが、ようやくこの肩の疼きは、いいかえたら心の疼きだということに気がついた、ということやな。

それからは傷が癒《い》えて肩から痛みがとれるように、気持ちの傷がなおって痛みがとれることもあるだろうと思いはじめての。

癒やすことのできない傷を負った獣が、その傷をどうすることもできないまま、ねぐらの穴の暗闇の底で死を待つときはこういう気持ちで潜んどるのかと。

ただし、若かったせいか、死ぬることは少しもおそろしいと思わなんだ。

ところが、時おり追っているのか逃げているのかわからなくなることがあった。

生きることを追いかけているのか、死ぬることから逃げようとしているのかの、区別がわからんようになった。

やがて、そのどちらでも構わぬと思うようになりはしたもののな。

高山様はそれまで心の底深く沈め抑えてきた秘密を話しておかなければならないと決意したように、まだ若くて未熟であったからとくりかえし、つくづく思うのだがといい、そこで溜息《ためいき》をついてから、まあそんな些細《ささい》なことも気になり出すと、ひどく気になるもので の、といってほほえんだ。

そして、傷が癒えるまで天井を見つめていると、某自身の一生に布を縫っている一本の糸のように、見た目にはとぎれとぎれでも、最初から最後までずうっと通っているものがほしいと、そう思うようになった。

そのことと同時に、子のことを思うた。

某には四男二女が生まれたものの、二男一女が幼くしてみまかった。

これが、逝った当初はさほどではなかったが、日を追うにつれてしだいに重くなった。

重いというのはどういうことかというと、子らが死んだのは、惟長殿を殺した報いだと思われてきたとゆうことやな。

それで、その思いが胸につかえて、心にのしかかってきて、どうしても取りのぞくことができないほど重い負担になってきた。

ところがだ。

高山様はそこで一拍おいてつづけた。

いや。

前置きが長くなって申しわけないが、実は、これがいいたいのだが、あのとき横になっていて足もとの方に立ててある秋草を描いてある扇面を貼り交ぜた金地の屏風《びょうぶ》を見るともなく眺めていると、突然のことだが、ああ、そうか、唯一絶対のデウス様とジェス様がそばにいるなと、某には感じられた。

幼いころ父に洗礼を受けさせられたものの、それまでキリシタンについて一度もまともに、真剣に考えたことがなかった。

このとき初めて神について考えたということだったが、デウス様というよりジェス様が身のまわりに、まんべんなく、吸ったり吐いたりする息のようにというか肌に触れる風のようにというか、いつのまにか確かに、ごく近くによりそってくれているということが、やっとわかった。

デウス様もジェス様もそこに見えるわけではないから、わかったというのはそう感じたということやな。

そうしたら胸の底に閉じこめていた棘《とげ》のある硬い石の塊がやわらかく溶けていくというか、重い枷《かせ》が外されたような気がしたというか、おのれ自身から解き放たれたとでもいえばよいのか、それまで味あったことのない、どこまでも深く優しい安堵感に全身がやわらかくつつまれたような気持ちになって、某は戸惑いをおぼえないではいられなかった。

というわけで、某の話はこれで終わりだと、高山様はうすく微笑んだ。

亀八は感動したらしく、そういうことがあるのですかと目をうるませてうなずいた。

十蔵は黙っていたが、この尻切れ蜻蛉《とんぼ》な話はやっぱりそこへいくのかと考えていた。

この人はなぜデウスがそばにいるとそんなに単純に信じ込むことができるのだろうか。

至極あたり前なことだが、見えないし触れることもできない、聞こえないし匂いもなければ、舌で味あうこともできないのだから、そんなもんがそこにいるはずがないと考えるのがまともな男なんじゃないのか。

たやすく信じられるわけがないではないか。

それよりも十蔵は、話しているうちに伝わってくるこの人の不思議な印象は何なんだろう、とくりかえし考えていた。

自分が読み切れない、謎めいた何かを持っている高山様のような男に出会ったのははじめてで、十蔵はそこに不思議さを感じていた。

高山様は炊きそこないの飯みたいな男だ。食ってみるとかたい芯がある炊きそこないの飯だ。

この人の心には、なにかかたい芯があって、俺には嚙みつぶせないような気がする。

死生に動ずることのない強靱《きょうじん》な意志と信念を持っているだろうことは想像できたもの

の、とはいえおのれがそうでなくてはならぬとは、十蔵は考えなかった。

それは別の話だわ。

高山様には高山様の生き方があり、俺には俺の生き方があろう。

といっても、おのれの生き方をつらぬくために、高山様のいう唯一絶対のデウスが必要だとも思われず、坊主どもが好みそうな説教風の、まあ、真面目《まじめ》ないい話を聞いたとは感じても、正直なところさほど心うたれたわけではなかった。

某がなぜこんな話をするか、二人とも訝しんでおろう。

高山様はつづけた。

これはとくに十蔵にいっておきたかったのだが、作兵衛にしっかり推挙《すいきょ》しておいたでな。

挙措動作を見ればわかるが、十蔵はいい士になる素質を持っておるとゆうておいた。

これから明智の兵になって敵を殺すことになろう。

それも数多く殺すことになろう。

そのときの、なにかの心得になろうと思《おも》て、お節介なことを話したのよ。

まあ、いつか、思い出すことがあるかもしれん。

ご好意まことにありがたきことに存じますると、十蔵はこたえた。

高山様の配慮好意をたしかにありがたく感じてはいたが、頭をさげながら、ありがたきことに存じまするると、ただ口先でくりかえした。

そして、どういうわけか、そういえばと十蔵は思い返した。

家にいるとき窓の外に首をべったり白く塗った白首屋《ごけや》の遊女たちが毎日五、六人もうちそろって歩いてゆくのが見えると、於万は反射的に まりやまぐだれな とか大天使 みかえる だとかいう祈りの言葉かなにかを口のなかでとなえ、頭をちょっとさげて額の前で十字を切っていたことを。

キリシタン灯籠を彫り出した結構過分な手間賃をもらって日暮れ時に家へ帰り、その金を於万にくれてやり、翌日の朝、飯を食うと、十蔵は髪を切る鋏《はさみ》と頭を剃《そ》りあげる剃刀《かみそり》と、豆金一袋と小さくたたんだ墨染めの衣を入れた網の打飼袋《うちがいぶくろ》を肩から斜めに掛けてほんならちょっと出かけるが、すぐ帰るで心配せんでいいと於万にいった。

豆金の残りの一袋は預けとくで、御主《おんしゃ》の好きなように使ってかまわんといい置いて、外に出た。

そのまま常楽寺の港から坂本へ行く帆掛舟に乗り、坂本から比叡《ひえい》の山を越えた十蔵は、於万と話したようにおのれが鳥であったらただちに目的地へ行けようものをと、焦るような気持ちに急《せ》かされながら、足早に歩いた。

信じられないようないい運が回ってきた。

この棚《たな》ぼたは見逃せない。

十蔵はとにかく一刻も早く安田作兵衛がいる明智家の京屋敷を訪ねようと思っていた。

三条粟田口《あわたぐち》に出ると、両側に石置き屋根の商家が並んでいる大通りで、沢山の人が往き来していた。

それも、垢抜《あかぬ》けたものを着て、いかにも豊かそうに見える人々が道幅いっぱいに歩いていた。

何人かとぶつかって弾き飛ばされたり転びそうになったりし、おのれがいかにも町歩きに不慣れな田舎者《いなかもの》だと蔑《さげす》まれているような気分になった。

ずっと山のなかで暮らしてきたということを改めて思い知らされたといえばいいか。

天秤棒で魚を売り歩く行商人や、琵琶法師や槍や弓を持つ供を連れた馬上の武士や、尼や吠えかかって逃げる犬。

寺社回りの巡礼たちや、薪売りや按摩《あんま》とすれ違ったかと思えば、野菜を盛った籠を天秤棒の両端にくくりつけた野菜売りが通りすぎてゆく。

立派な屋根つきの輿《こし》に乗った公家《くげ》もいれば、築地塀《ついじべい》にもたれて眠っている物乞いもいた。

綱引きで遊ぶ子供たちの向こうの、商家と普通の家族が住む家の間から、牛に犂《からすき》を曳かせている畑の百姓も見える。

道端の人だかりのなかへ入っていくと、真ん中で軍鶏《しゃも》を闘わせて銭をやりとりしていた。

それに、なんといっても商家の店先に並べたり立てかけたりしている商いの品の種類が多いことに、十蔵は目を奪われた。

正月前でもないのに店先で餅を搗《つ》いている菓子屋があれば、弓屋や女物の櫛や簪《かんざし》などの髪飾りを売る店がある。

店の中だけでは足りず、道まで縁台を出して瀬戸物を並べている器屋や、色鮮やかな着物や、生地を吊っている呉服屋に群がっている女たち。

大名の屋敷の長い築地塀に沿って歩き、目をあげると寺々の瓦屋根や檜皮葺《ひわだぶき》の高い屋根が聳《そび》え、巨大な寺の山門や五重塔や、丹塗《にぬ》りの鳥居も望まれた。

なるほど。

これが都というものか。

京の賑わいはこういうことかと思っている十蔵の脇を、棒を持った役人らしい男たちが目を血走らせて駆け抜けていくので、その先を見やると大きな屋敷の高い築地塀の上を、一匹の猿が四つんばいで悠々と歩いていた。

棒を持った連中はその猿を捕らえるか追い払うかするために、むきになって駆け回っていた。

追えば猿は素早く逃げ、挟みうちにしようとすると、塀から屋敷の軒へ飛び移る。

軒から屋根へ登る。

振り返ったかと思えば屋根から軒へもどって塀の上を伝って自在に移動する。

塀の上に木の枝が出ていれば、その枝から幹を登る。

猿は下を見下ろし、とった実を前歯を剝《む》き出して食っている。丸い目を瞬《しばたた》かせ、また築地塀の上にもどり、機敏に伝い歩きしてゆく。

十蔵が寺にいたときも、観音寺山の石丁場にいたときも、身の回りに猿がいるのは当たり前のことだった。

満水寺にいたころ、毎朝起きて手水《ちょうず》場で顔を洗ってふっと目をあげると、猿が庭の石の上や生け垣や池の周りにびっしり群れて並んでいることは珍しくなかったし、観音寺山の亀八小屋の炊事場や屋根の上には毎日五匹や十匹の猿がいて遊んでいたり毛づくろいしているのは至極当然のことで、気にもとめなかった。

しかし、京の町なかでは違う。

繁華な多くの人が行き交う町に猿がいるのは異様なことなのだ。

だから、たった一匹の猿をあっちだ右だ、こっちだ向こうだなどと叫びながら、追う者たちは大真面目だった。

すると、築地塀の上を伝い歩きしながら、猿が尻の穴から糞《ふん》をひり出した。

小さな丸い団子みたいな黒い糞を出しながら、垂れた桃色の金玉をぶらつかせて逃げてゆく。

尻の穴から丸い糞が出る瞬間も金玉がぶらつくのも滑稽だった。

それを追いまわす役人たちが本気だったから、余計おかしかった。

なんかおかしくて、十蔵は声を出して笑った。

すると、余計におかしくなって、笑いが止まらなくなった。

こいつは飼い主のところから逃げ出したか、山の群れからおのれが望んで出たか追い出されたか離れたかして、場違いな京の町に迷い込んだはぐれ猿だ。

こいつは三河の奥から京へ迷い込んでいる俺だ。

俺そっくりだと思って十蔵はその場にしゃがみ込んで笑いつづけ、目尻から涙がこぼれ、頰に伝った。


明智屋敷を訪ねた十蔵を作兵衛は愛想よく出迎え、玄関脇の控えの間に招じ入れた。

嬉しいことや。

よう来られた。

なにせ高山様の御推挙、御墨付きやからの。

作兵衛は例の人なつこい笑顔でいった。

明智家で士分にというお話は、ほんとうに、あの場で踊り出したいほど嬉しゅうございましたと十蔵はいった。

なにがなんでも士になりたいと、幼いころからの悲願でしたから。

そしてこの作兵衛ならどんなことでも話せると思い、高山様の真似をして十蔵は自分のことを某《それがし》といった。

実は某は身勝手な質《たち》ですので、よろしくお願い申しあげたく存じますといいながら膝の前の畳に両手を突いて、その両手の甲に額をつけた。

作兵衛はあははと声を出して笑い、高山様の御屋敷の茶室で御主《おんしゃ》を紹介されたとき初対面であったが、とても初めて会《お》うたとは思えなんだといった。

なんというか、幼馴染《おさななじ》みのように思ったが、そうか、御主は身勝手な質か。

亀八からなにかおのれに仇《あだ》をなす者がいたり、やりたいことがあってそれを邪魔する者がいると、突如始末に負えない凶暴な男に変わると聞いておったがと応えた。

そらあ、身共《みども》とまことによお似とる。いや、困ったもんだ、ととぼけてみせてから、おのれの身勝手を気にすることはないと、請け負った。身共が御主を引き受ける。何からなにまで、すべて身共が引き受ける。身共は正式には斉藤内蔵助《くらのすけ》様の配下に入っておるが、日向様の馬廻《うままわり》でもある。

で、御主は形式上、某の組に入る。いちおう明智家の軍の決まりや掟があるでな。

ただし、某の配下ではなく、親しい友として組に入るということでどおや。いつもそばにいてくれるようにしてくれ。なにごとも談合して決めようぞ。

御主には日傭頭《ひようがしら》として兵十人を預けるわ。小十人頭で俸禄《ほうろく》は月あたり二貫文や。年三回二月、五月、十月に支給ということやな。

それから作兵衛は十蔵を庭の一角にある武器蔵へ連れていった。

そこで十蔵は士になった。

家来が十人いる士だ。俸禄など多くても少なくてもどうでもよかった。

そんなことより俺は士になったと十蔵は確信した。

たかぶった気持で十蔵は俺がなろうとしている士とは誰かに仕える形を磨きあげたあげくの、どこにでもいるありかたの士ではない。

俺らしい、俺にしかなれない、たとえば上様のような士の形があるはずで、今日から俺はそれをめざすのだと夢想して京の町の、賑やかに人が行き交う三条か四条の辻にでも出て、俺は士だと、大声で叫びたかった。

俺はなんと運のいい男か。

なんと格好のいい男なのだ。

信じられないようなことが実現した。

俺はたしかに士に成り上がったぞと、大声で叫びたかった。町中に触れ回りたかった。

そうよ。

俺を見てみろ。この俺を。

別に取り柄はないとはいうものの、本物の士だぞと、十蔵は誰彼なく胸を張って宣言したかった。

それは、作兵衛が槍薙刀や刀を格納してある蔵にずらりと並んでいる鎧のなかから十蔵の身体の寸法に合った紺糸縅《こんいとおどし》の鎧を選び出して装着してくれたからだった。

歩いてみると、鎧の草摺《くさずり》がこすれてたてる音に、十蔵はうっとりした。

なんといっても、この草摺の音がこたえられなかった。

兜《かぶと》をかぶって赤い緒をしめてみると、もう、これで充分だ、じゅうぶん満足だと声を出していわずにはいられなかった。

兜に前立《まえだて》はついていなかったが、兜鉢《かぶとばち》の天辺《てっぺん》が尖っているこの金色の兜を見てくれといいたかった。

天にも昇る心地とはこのことかと思った。

これで御主《おんしゃ》が馬に乗れるといいんやがと作兵衛がいう。

馬なら、某は裸馬でも乗りこなせます。

十蔵は寺にいたころ借りた馬に乗って走ったことを作兵衛に話した。もちろん農耕馬などとはいわず、いかにも軍馬を乗りこなすことに長《た》けているように誇張して話した。

そうか。

裸馬でも乗れるか。そらあいい。

御主の乗る馬も、なんとか調達できようぞ。

いや、そらあいいと、作兵衛は喜んだ。

それから、念のためにゆうとくが、主の明智惟任日向守《これとうひゅうがのかみ》十兵衛光秀様は天正三年に上様の御推挙で御所から惟任日向守の位階をいただいてからは、皆に自分を日向様と呼ぶようにと命じられたゆえ、いつも必ず日向様と呼ばなあかんのやといった。

あのお方はそう呼ばれるのがうれしいし、何よりも好きなんや。

それを忘れたらあかんで。

鎧の装着を終えると、作兵衛が恒例のお面通《めどう》しといくか、という。

日向様にお面通ししていただこうぞといって十蔵を連れ、小体《こてい》な中庭へ回って日向様の部屋の縁先に出た。

日向様は丸窓の下の文机《ふづくえ》に向かって書状かなにかの紙束を整理している最中で、十蔵とともに沓脱《くつぬ》ぎ石の手前に蹲《うずくま》った作兵衛が、作兵衛でございますと声をかけた。

新しい小十人組の日傭頭《ひようがしら》をお連れしました。

高山様の御推挙でかくここへお連れ申しました苫野十蔵でございますればと作兵衛が言上しても、聞こえているはずなのに日向様は書状から顔をあげなかった。

部屋には六曲一双の屏風が立ててあり、夥《おびただ》しい桔梗と風になびく芒《すすき》の群を透かして見える銀色の月と、雪をかぶった松と櫂と舟と海鳥と笠とまっすぐ立てた丸太にかけてある網が描かれ、正面の襖には金泥地《きんでいぢ》に雉子《きぎす》のつがいと雛と牡丹に燕と梅と桜と熊笹と松と白百合と、たくさんの花の房をつけた藤と石榴《ざくろ》と水車と鳩が描かれていた。

なかなかに贅沢な春夏花鳥で、十蔵は日向様が予想を上回る高い地位だと思い、これは期待できそうだと胸を高鳴らせた。

二人がそのまま待っていると、日向様はゆっくり立ちあがって部屋の中央に進み出ると畳に胡座《あぐら》をかいて十蔵と申したかと、上からいった。

頼むぞ。

目をあげて日向様の顔を見た十蔵は、この人が日向様か、と思った。

俺が仕える織田家筆頭重役である日向様は、こんな薄ら禿《は》げで地味な顔をしているのか。額に二本の深い横皺があって、醜男《ぶおとこ》というわけではなく、目鼻立ちはまあ整ってはいるけれど、何か強く訴えてくるものがない。

上様の顔も、高山様の顔も、そこにいるだけで発出して訴えてくる力強いなにかがある。誰がどこぞですれ違っただけでも、瞼の裏に残る強烈な印象がある。

人の上に立つ者はそういうものであるはずだが、日向様にはそれがまったくなかった。

作兵衛からだったか、日向様は若いときには苦労した人だと聞いていたが、そのときの貧しさが身についてしまったのか、いかにも高価そうな辛子色《からしいろ》の絹の小袖をまとってはいるものの、合わせた襟のあたりに貧相《ひんそ》ったい気配が漂っていて日向様はどのような仕事でも謹直にそつなくこなすではあろうが、細かいことが気になって仕方がない性分なのではないかと感じさせた。

十蔵。

勤めはなにかと辛いこともあろう。覚悟しておかねばならんが、だいじょうぶかと日向様は独りごちるようにいった。

は、と十蔵は頭をさげた。

いわれたことの意味を深く考えることもなくそうこたえるしかなかった。

それっきりで、日向様はただそこにいて空を見つめているだけで、ほかになんの言葉もなかったから、二人は下がって庭の外に出た。

どやったと、作兵衛が訊くので、十蔵は、ゆうたらなんやけど石工《いしく》の追廻の亀八の親父のほうがまだましな顔やな。

尻尾を丸めてこの人に近づいていこうとは思わなんだとこたえた。

わかるわと作兵衛がいった。

日向様は一見惹きつけるもんがないでな。絵に描いたような凡庸なお人やないかと思うわな。どこぞの村の長《おさ》みたいやろ。

これが人の上に立つ将たる器なのかと思うが、そこなんや。

普段の日向様の言葉遣いは誰に対しても、丁寧で少しも傲《おご》ったところがないでな。優しくてまじめで温厚誠実なんや。

だから、俺も初対面のときは物足りなく思《おも》たが、どっこい、これが、なかなかのもんなんや。

奥深いところがあるんやわ、ああ見えても。

なんちゅうても上様に認められて織田家筆頭重役に出世できとるんやから、そらあ頭の切れる人やで。

そのあと外庭に連れて行かれた十蔵は、作兵衛から刃が三尺以上もありそうな刀をわたされ、いま目の前に敵がいると思ってその刀を思うように振り回してみよといわれた。

撃剣の心得がない十蔵は、右手で刀の柄頭《つかがしら》を握り、刃の尖端が大きな円を描くように大きく振り回した。

ほかにどうしていいかわからなかった。

ただ、思いざま振り回すと、刀は陽の光をうけ、燦《きら》めきながら空《くう》を斬る鋭い唸り声をあげた。

もっと速くだと作兵衛が声をかけ、十蔵は叫びながら刀を振り回しつづけ、振り回された刀はさらに空を斬る音を響かせた。

よおし。

それでじゅうぶんやと、作兵衛はうなずいた。

馬の上から薙刀を使うとええな。

石丁場で石を掘りおこす梃子《てこ》の鉄棒や斫鑿《はつりのみ》の尻を毎日々々玄翁で叩いてきたから、貝殻骨の上に肉の筋《すじ》がついとるんや。

たいしたもんや、と褒めた。

翌日の午過ぎに安兵衛から十蔵にあたえられた配下の兵はもちろん足軽で、苗字のある者は一人もいなかった。その日焼けした顔の表情から全員つい先刻《せんこく》まで土を耕していた百姓であったことがもろにわかった。

新助、元助、金三、喜平の四人が二十代で、あとの六人の平次、文吉、庄助、久造、孫二郎、与市は三十五から四十がらみで、直立していても両脚の膝がややくの字に曲がり、上体は前屈みの姿勢で十蔵の目にはひどく老けて映った。

が、もちろん不服ではなかった。

横一列に並んだかれらは大切な、貴重な配下だったから、十蔵は某《それがし》はと、威厳をこめた声で苦野十蔵だ、よろしく頼むと軽く頭を下げた。

これからみな寝食をともにする朋輩だで、なんかあったら、どんなに小さなこんでも構わんで某に直接ゆってきてくりょう。遠慮せんでいいでなといった。

どんなこんでも助けあやあなんでもどうにでもなるで。

それから十蔵はその夜おそく十人をまとめて白首屋の鈴村へ連れて行った。おのれを鷹《おう》揚《よう》で話せる男に見せて手っとり早くお互いに親しくなるためにはこれが一番いいだろうと考えたのだ。

銭は某が払うで心配せんでいい。景気よくおおいに楽しむだ。

飲みたいだけ酒を飲んで、食いたいだけ食って、抱きたいだけ女を抱けと十蔵はいった。

とにかく十蔵はかれらのためにどうすればいいのか、他になんの案も思いつかなかった。


明智屋敷には母屋の東北の裏手に二棟の棟割長屋があった。

東長屋と西長屋で、この日から十蔵は西長屋住まいになった。

井戸も厠《かわや》も同じで、東長屋に住まっている作兵衛と斜め向かいの割り部屋に入った十蔵はのべつ行き来し、飯も一緒に食べ、ほとんどひとつの建物に同居して生活しているも同然だった。

そして、日向様にお面通《めどう》りして半月ほど経ったとき、作兵衛は十蔵にお前には話しとくが、今日は午過ぎに津田越前入道様が日向様を訪ねてくると告げた。

どなたですかと十蔵は尋ねた。

すぐそこの室町の、大きな八百屋の裏手の借家に住んでおられるんや。

俺もいざというときのために室町の露地の奥に家を借りとるが、すぐその近くや。

が、身分が違う。

俺はちんまりした小屋住まいだが、津田入道様は大きな御屋敷やといって作兵衛は笑いながら、もとはといえば上様の黒母衣衆《くろほろしゅう》だったお方だからのと、声をひそめていった。

黒母衣衆といったら織田家の重役だわな。

なんつっても、上様の叔父の信次様の孫だからな。

年は四十五、六というところかな。

上様が足利将軍を奉じて京に出て来られたころは、日向様や羽柴や丹羽長秀とともに京都奉行として頻繁に連判状を発出されたお方だ。

そらあ大した権勢やった。

それが、長光寺城にいた柴田勝家と津田入道様と、領地境のことでいざこざになったんや。

知っての通り長光寺城は安土のすぐ近くやが、領地が津田入道様の領地と細かく複雑に入り組んどったから、いつも代官同士が揉めとった。利権争いやな。

そしたら、津田入道様の弟の盛月《もりつき》様が柴田家の代官といいあいになった。それで盛月様の鉄砲衆がその鈴木孫右衛門いう代官を撃ち殺してしもたんや。

これは、まずいわな。

上様は烈火のごとく怒って、津田入道様御自身には直接関係のない事件やったが、津田家を改易《かいえき》してしもたんや。そのあと、まあ、だいぶたってからだが津田入道様は上様にゆるされて、織田家にもどった。

もどったはいいが、失地回復を目論《もくろ》んで、ここでまた大失敗をやらかした。安土のお城の本丸に蛇石《じゃいし》というとてつもなく大きな石を曳っぱりあげようとして綱が切れて、あっというまに百五十人以上も死んだんや。

ああ。十蔵は声をあげた。その話は聞いたことんある。

津田坊ちゅう人だ。いつか浜松の旅籠で扇売りに聞いた。

山で人ん擂《す》り鉢のなかの胡麻みたいに擂り潰されたと聞いたと、十蔵はいった。

そうなんや。百五十人もの人足が石に擂り潰された。

そいでまたしても上様が烈火の如く怒って、追放になった。

まあ今は、京に侘《わ》び住まいしておって、以前は日向様と親しくしていたから、ときどき金の無心に尋ねてくるということやな。

門から敷かれた石畳を通って玄関に入ってきて奥へ通されてゆく津田越前入道は背の低い、でっぷりと食い肥えて誰彼なく頭をさげる愛想のいい赭《あか》ら顔の男だった。

もちろん話などできはしなかったが、玄関前ですれ違ったときには十蔵も丁寧に頭をさげた。

第六章　甲斐

天正十年二月一日。

この日、御所では近衛前久が太政大臣《だいじょうだいじん》に任じられたという報せが日向様のもとにも届き、その二日か三日後のことだが、作兵衛と十蔵も、誰からか、甲斐《かい》の武田勝頼の妹真理姫を娶《めと》っている信濃福島城の木曽義昌《よしまさ》が徳川家康の調略に応じて織田側に寝返ったと聞いた。

その報せは美濃苗木城《なえぎじょう》の遠山友忠から岐阜城にいた上様長男信忠に連絡され、信忠はただちに安土の上様に急報した。

そして、この報に接した上様は福島城にすぐ軍勢を派して人質をとるようにと命じたという。

家康の調略がよほど行き届いていたと見えて木曽義昌はまことに従順だった。

織田家に実弟の上松蔵人《あげまつくらんど》を人質として差し出し、さらに恭順の意を示すため、上様に甲斐侵攻の先導をつとめたいと申し出た。

一方、武田一族の一人とみなしていた木曽義昌の背信行為を知って衝撃を受けた勝頼は、一万五千の将兵を率いて木曽討伐に出陣し、信濃上諏訪の上原《うえのはら》に陣を布《し》いた。

上様から日向様宛てに二月九日付の惟任《これとう》日向守出陣すべく用意のことという甲斐出陣の軍令書が届いたのもこの日のことだ。

そして、上様が日向様をはじめ筒井順慶や細川忠興兄弟、ならびに一色五郎たち五万の将兵を引き具して安土城を出立し、佐和山の城へ向かって進発したのは三月五日であった。

作兵衛と十蔵が所属している日向様の軍勢行列は他の将の軍にくらべてまことに華麗に整っていた。

新参者の十蔵にまで高価な鎧兜《よろいかぶと》が支給されたのも、派手好きな上様の気を引いて喜ばせることと、筆頭重臣である日向様がみずからの面子《めんつ》を重んじたからであり、とにかく他家にくらべて明智軍は将官から雑兵《ぞうひょう》に至るまで、圧倒的に高価な鎧を身にまとっていた。

十蔵の喜ぶまいことか。

気が狂ったように喜んだ。

こう来にゃあいかんだ。

これん本当の士《さむらい》の形《なり》だで。

見てくりょうといって胸を張ってみせ、配下と一緒に紺糸縅《こんいとおどし》の胴を平手で叩きながらおかしな身振りで踊り出したほどだった。

この度の出陣には関白太政大臣に就任して一ヶ月と数日しか経っていない近衛前久《このえさきひさ》や日野輝資《てるすけ》や烏丸光宣《からすまみつのぶ》ら陣参衆《じんさんしゅう》と呼ばれる公卿たちも同行していた。

近衛ら公卿の陣参は、前例のない、きわめて異例なことである。

近衛らが従軍したのはたまたま彼等が騎乗に長《た》けていたからで、戦いになれば近衛らがたとえどんなに乗馬に長けた豪胆な武闘派だとはいえ、なんの役にも立たない。

それどころかむしろ足手纏《あしでまと》いでしかないことを承知の上で上様は陣参を許可した。

眦《まなじり》を決して武田軍と戦うのではなく、物見遊山か戦跡見物に出かけるような気分でいることを内外に見せつけたかったからである。

さらには近衛らを同道していることによって朝廷の後ろ盾がある、武田を討滅する大義名分があるということも見せつけることができる利点を計算したということだった。

柴田勝家宛ての書状に、上様はこう書いた。

吾々出馬は詮無《せんな》く候《そうら》へども、連々《つれづれ》関東見物の望みに候《そうろう》。

我々は仕方なく出馬するのだが、皆と連れだって関東見物に行くつもりだと書いている。つまり、余裕綽々《しゃくしゃく》だからこそ、近衛ら公卿衆が上様に同道できたということだった。

また、十蔵が遠くからながめても、上様の身の回りにはイエズス会の日本巡察師アレッサンドロ・ヴァリニヤーノから譲り受けた膚《はだ》の色が濃い焦げ茶色の異国の黒坊主も従者として付き従っていることがわかった。

上様は近江柏原の成菩提院《じょうぼだいいん》に到着した。

あとになってから振り返ってみれば、この上様御出陣のひと月以上前の、二月三日には
すべての陣立てが決まっていたのだ。

伊那口から上様自身が甲斐へ向かい、駿河から徳川家康、相模からは北条氏政、飛騨から金森長近と、四方八方から武田領の甲斐や信濃へ侵攻することが決められていた。

そして、信忠はこの日のうちに森長可《もりながよし》と団忠正《だんただまさ》に尾張と東美濃の軍勢をあたえて木曽口と岩村口へ向かわせた。


すでに二月十二日には信忠を総帥とする織田軍が岐阜城を出発し、美濃土田《どた》に陣を置いていた。

信忠には補佐として滝川一益や毛利河内守《かわちのかみ》および水野監物《けんもつ》ら強豪も付けられていた。

信忠はつづいて信濃伊那口に進み、滝沢城、松尾城、飯田城、大島城を占領していった。

これらの城の守将たちは、戦うことなく降伏したり、城を捨てて逃亡してしまったりした。

武田家の駿河探題として駿河江尻の江尻城に拠っていた穴山梅雪《あなやまばいせつ》は、勝頼に人質として甲府にとられていた妻子を、深夜、雨に乗じて奪還した。

妻子を奪還した梅雪は、かねてから説得をつづけていた家康の調略を受け容れた。

上様に降《くだ》ったということであり、時局の動きに敏感な梅雪は大局を見てすでに九年前から家康に誼《よしみ》を通じていたとも噂されていた。

梅雪は武田信玄の姉の子であり、勝頼の姉と結婚している。

勝頼とは従兄弟同士で義兄であり、信玄の代からの老臣である小山田信茂とともに武田家の筆頭重臣であったから、その寝返りは勝頼だけでなく武田家の家臣全体に重い衝撃をあたえ、逆に上様と家康にとっては大きな収穫であった。

また、駿河田中城にいた依田信蕃《よだのぶしげ》も、同様に家康に降った。

その近隣の持舟城《もちぶねじょう》の朝比奈信置は城を棄てて甲斐へ逃亡したという。

二月二十五日のことで、翌日、信忠は信濃伊那の平谷《ひらや》に陣を置いた。

さらに二月二十九日、武田家の重鎮である梅雪が家康の説得で寝返っていたことが公《おおやけ》になると、勝頼の家臣の大半が逃亡したといわれた。

このような戦況を、十蔵は、三月五日に安土を出立してから毎日、馬に乗ってのんびりと旅をしながら夜になると幕舎に配られる樽酒を飲みながら、逐一日誌に書き記している作兵衛から教えられた。

しかし、直接上様に率いられていたこの甲斐征伐に従軍していた十蔵は、あれほど戦場で敵と戦うことに憧れていたが、一度も戦場に立つ機会がなかった。心なしか口数が少なくなっていたのは士《さむらい》として敵と戦うことができないことに失望していたからかもしれない。士の身分を得た者は合戦で手柄を立てて立身出世してゆくものだと、十蔵は単純に考えていた。

従って、今回の上様の、のんびりしたただの旅をつづけてゆけばよいということを受け容れかねてひどく不満で退屈なようだった。

いまのこの状態を士としてどうすればいいのか。

鎧兜ばかり立派でも、士としてどうすればいいのか、歩いてゆく道を見失ってしまったようだと考えながら、馬を前へ進ませていた。

その十蔵の不満顔を見ると、こんな何事もない日がいつまでつづくのかと残念に思っていることが、作兵衛にはよくわかった。

戦をやらんで、ただただ進軍するだけでいいっちゅうのは、楽といやあ楽だけどと、十蔵は何度も作兵衛にいった。

そうよな。作兵衛はうなずいた。

が、まあ、そこここの百姓衆には、それん一番しあわせなこっちゃ。上様の力はたいしたもんだ。天下をとる人はこれじゃないといかんだ。

仁科盛信《にしなもりのぶ》ら信濃の高遠城《たかとお》に立てこもった将兵二千八百が討ち死にしたことを、上様は上機嫌で確認した。

信忠の甲斐征伐では、戦は鳥居峠で木曾義昌が奮戦した戦と、この高遠城攻撃が戦らしい戦で、ほかに合戦はなかった。

高遠の城に入った上様は隅から隅まで検分して信忠の功績を非常に高く評価した。

上様が歩いたあとを、日向様はじめ織田軍の諸将も実検し、作兵衛も十蔵もその後について歩いた。

高遠城の二の丸と三の丸を隔てている空堀に径五間ほどもある深い穴が掘られ、掘り出した土をまた埋めもどした跡が沢山あった。

すべて討ち死にした将兵の死骸を投げ込んで土を埋めもどした穴の跡だった。

上様が到着するまでに城内に散乱している死骸をすべて片づけておくことになっていたが、二つの穴が間に合わなかった。

二の丸の崖の肩の上から覗《のぞ》いてみると、掘ったばかりの穴のそばに小山があって、大きな白い布をかぶせてあった。

なんだろうと思って空堀の底まで降りて近くまで行ってみると、死骸の山がびっしりと隙間なく蠢《うごめ》いている蛆虫《うじむし》に覆われていてそれが白い布に見えたのだとわかった。

その横で足軽たちが懸命に戦死者の着ているものを剝《は》ぎ取り、裸にした骸《むくろ》を穴に投げ込んでいた。ひどい嗅いがたちこめていた。

穴の底では七、八人の足軽が骸をならべていた。

底が一杯になると、ならんだ骸のうえに互い違いに骸を乗せ並べていく。

それが一杯になると、さらに骸を並べ重ねていく。

十蔵は鼻をつまみながらそれを見て、寺にいたころ寺男の弥三《やぞう》が胡瓜《きゅうり》を桶に塩漬けにしていたときのことを思い出して作兵衛にこういった。

桶の底に隙間なく胡瓜を並べていって、一杯になると塩を撒《ま》くだ。

その上に胡瓜を重ね並べてゆく。

一杯になったら塩を撒いて、更に胡瓜を重ね並べていって、桶の口からあふれるまで、また隙間なく胡瓜を重ねていくだよ。最後に塩を撒き終わったら板の蓋をかぶせて重《おも》しの石を載せる。
二、三日後にゃあ石の重さで胡瓜が沈んで灰汁《あく》混じりの白い塩汁が滲《にじ》んでくる。
十蔵にとって死んだ兵の骸を土の穴に一人でも多く敷きつめてゆくのは、胡瓜の漬け方と同じなのだった。

穴に投げ込まれた兵一人ひとりの身体は膚《はだ》から腐った汁を汗のように滲ませながら土に吸い込まれていく。

奴らは生きようという執着を剝ぎ取られ、悪臭を放ちながら無になっていく。

二の丸の高い場所から空堀の底を見おろしていたときは風の加減でさほどでもなかったが、二の丸から空堀を跨《また》ぐ橋を渡って本丸に入っていくと、また酷《ひど》い臭いが流れてきた。

かつて嗅いだことがない鼻の穴から喉の奥、肺腑《はいふ》の底にまで沁み込んでくるその悪臭は、本丸の中央に堆《うずたか》く三角に積みあげられた生首があたりにまき散らしていた。

ここでもびっしりと蛆がわいた首は四百以上もあろうということで、そんなものを初めて見た十蔵は蒼白になってその場へすわりこんで吐いた。

吐いても積まれた首の腐臭は消えるものではなく、さらに濃密になり、十蔵の身体に入って胃の腑のなかに吐くものがなくなってもなお腐臭でありつづけた。

臭い。

臭い、なんという臭さだ。

空堀の大きな穴に胡瓜の漬物のように投げ込まれていた死骸も、本丸に三角に積み上げられている生首も、みんな士として戦い、士として死んだ者たちやが、いつかはわれらもその一人になる日が来るんや。

作兵衛がそういうと、十蔵はようやく気を取り直し、吐き気が止まったようだった。

ひざまずいたまま天に向かって大きく息を吐いた十蔵の瞳いっぱいに晴れわたったどこまでも空っぽの青空が映っていた。

その夜、幕舎で酒を飲み、十蔵は珍しく饒舌《じょうぜつ》になった。

今更ながらだけど、戦場に限らず、どこにいても殺すか殺されるかが士の在りようだって気がついたと十蔵はいった。

たとえ吐きたくなるようなことでも人は馴れなじむというが、たしかにその通りかもしれんな。

穴の底に敷きつめられ、積みあげられてゆく死体や首の山を目《ま》のあたりにしてほとんど何も感じなくなってしまってたで、よけいにそう感じただね。籠城戦で人を鉄砲で撃ち殺し、斬ったり、突いたり、傷つけたり、傷つけられたり、殺されるところや飢えて死んでゆくところを見てたら、おのれが生きているのか死んでいるのかわからんくなることもあるら。

向こう岸にいるのか、こちらの岸にいるのか、心のあわいがぼやけてきて、われにかえって何度も身ぶるいするに違いないで。

とはいうけど、それにも馴れて、やがてはなんにも考えなくなるに違いないだ。

向こう岸であろうとこっちの岸であろうと、どこにいようと、どうでもいいとしか感じなくなってくるら。

それは、鈍感になってしまうということなのか。

心をとざして、なにごとも受けつけなくなってしまうということなのか。

それとも、あまりにも苛酷な現実に圧《お》し倒されて腑抜けのようになってしまうということなのか。

また、あるいは、おのれ自身がもうほんとうにこの世にいないのではないかなどと、ぐるぐる同じところを歩き回るように考え、いくら考えても詮《せん》ないことだとわかってくる。

だが、今、こうなっているのは因果というもので、原因がなければ結果はないわけであり、ではその原因はなにか。

原因の原因をたどると、どこへ行きつくのか。

十蔵は夥《おびただ》しい数にのぼる死んだ名もない男たちや積み上げられた生首が野晒《のざら》しになっているのを初めて見て、武田方の数多くの命が失われたことにどのような意味があるのだろうか、と考えたようだった。

また十蔵は首の山に向かっていちおう掌《てのひら》を合わせ、こいつらが死んだことに少しは意味のあるものにできないものかと思い、そんなことができるはずがないと、すぐ諦めたといった。

こいつらは殺された。

こいつらは死んだ。

ただそれだけのこんだで。

ただそれだけのこんで特別意味はありゃあせんけど、それでいいだかいね。

なんでそれで終わりなのかねと十蔵はいい、作兵衛はあの累々と積み重ねられておった男どもの亡骸《なきがら》のうえに築かれるのはまさか蜃気楼《しんきろう》じゃあるまいね。

蜃気楼じゃないと信じたいよな。

本物の王道楽土《おうどうらくど》のために死んだんじゃないとなあと十蔵はこたえた。

そして、どこにいて、なにをしていても人は必ず死ぬるがと、顔を歪《ゆが》めるようにしてくりかえしそんなことを喋《しゃべ》りつづけ、酒を飲みすぎたようでそのまま眠りこんでしまった。

翌日、作兵衛は十蔵にこの高遠城攻防がどんな経緯《いきさつ》であったのかを話して聞かせた。

それは、十八日前の三月一日、伊那の貝沼原に布陣した信忠が、まず、高遠城に立て籠もっている勝頼の実弟の仁科盛信《にしなもりのぶ》に城下の寺の僧を使者に立て、降伏開城を勧告したということからはじまった。

が、十九歳の信盛は応じることなく、使いの僧の耳と鼻を削いで信忠の陣へ送り返したという。

武田信玄の軍師であった山本勘助が縄張りを行ったこの高遠城は三峰《みぶ》川《がわ》と藤沢川が合流する月蔵山《がつぞうさん》の西の麓の段丘に築かれており、三方が切り立った崖になっているきわめて攻めにくい山城《やまじろ》である。

本来は諏訪一族の高遠氏の城であったが、信玄はこの城の主である高遠頼継《たかとうよりつぐ》をおさえて自領に組み入れてしまい、伊那谷に侵攻するための拠点にしようと勘助や秋山信友らに命じてこの城に大々的に手を加えた。

三峰川に面している絶壁の上の月蔵山の、麓の段丘の突端の上を本丸とし、東に二の丸、北に三の丸を置き、本丸の西の下には勘助の発案になる腰曲輪《こしぐるわ》を設けた。

そののち高遠の城主は秋山信友から信玄の子の勝頼に代わり、信玄の弟の信廉《のぶかど》と代わったが、最後に信玄の五男である仁科盛信がここに入っていたということである。

そして、信忠は払暁《ふつぎょう》から高遠城攻撃を開始した。

城中からは小山田備中。諏訪庄右衛門。渡辺金大夫。春日河内守。今福又左衛門らが打って出て、寄せ手に攻め込んだ。

が、織田軍の猛攻に遭ってどうすることもできなかった。

信忠は先頭に立って搦手《からめて》を攻撃し、森長可や団忠正そして河尻秀隆らは大手口から攻めた。

大手や搦手から込入込立《こみいりこみた》て火花を散らしながら相戦って各々疵を負い、討ち死にして算を乱す状態だった。

信忠軍の猛攻によって高遠城内の錚々《そうそう》たる将が次々と討ち死にしていった。

原隼人。春日河内守。今福昌和らであり、城主の盛信も自刃して高遠城は落ちた。

信忠軍は武田の将兵二千八百を殺し、四百の首を取った。十蔵はそれらの遺骸や首を見たのだ。

降参しとったらこんなにぎょうさん人死にせんでよかったんやが、これが士の意地やな。

武田家の誇りがあるから、降参できんかったんや。

それが士というもんやという作兵衛の顔を、十蔵は心がここにないような虚《うつ》ろな眼でただ見つめていて言葉を発しなかった。

作兵衛はそういえば俺は十蔵のことを何も知らない、考えてみればこの男について何もわからないままここまできていると思った。


三月七日、上様は岐阜城に到着して宿陣。

三月八日、上様が尾張犬山に着陣した。

三月九日、美濃金山《かねやま》城に着陣宿泊。

なにごともなく、その翌日には高遠城に着いた。

その四、五日後のことだ。

十蔵は作兵衛から武田勝頼が天目山の麓の田野の平屋敷に柵を付けて居陣していたところを滝川一益に包囲され、自裁したと聞いた。

三十七歳の勝頼は十九歳の夫人を含む上臈《じょうろう》子供衆ら四十余人を刺し殺してから自刃したという。

十六歳の嫡子《ちゃくし》信勝も自害した。

信勝は容顔美麗で膚《はだ》は白い雪のごとく、余人に勝る美しさで、見る人は驚きを感じながら憐れまない者はいなかったという美少年であった。

ほかに士分の長坂長閑斎。秋山紀伊守。小原下総守・丹後守。跡部尾張守父子。安部加賀守など四十一人。

女房たち五十人も、これに殉じた。

勝頼夫人は武田氏の発祥の地といわれる鳳凰山の麓にある韮崎《にらさき》の武田八幡宮に願文を捧げている。

死の一ヶ月前のことだ。

勝頼累代重恩のともがら逆臣と心をひとつにしてたちまちくつがえさんとす。
そもそも勝頼、いかで悪心ありや。
思いの炎天にあがり瞋恚《しんい》なおふりかからん。
われここにして相共に悲しむ。涙攔干《らんかん》たり。

しかし、いま、二十代つづいた甲斐源氏の名門武田氏は滅亡しなければならなかった。

勝頼はひたすらみずからが甲斐源氏武田家の当主として、父信玄に勝るとも劣らない人物であることを証《あか》そうとする気持ちに急かされていた。

その結果、謀略調略戦略陰謀を専《もっぱ》らにし、そして、野戦に長じた巨大な信玄という父親の影に背中を押され、自滅に向かって一直線に生きた。

作兵衛はこういった。

いいかえりゃあ勝頼という男は巨大な父親の欲望から生み落とされた宿命の哀しさを体現していたということやな。

今という時代の無常の象徴であり、誕生した瞬間から滅亡への道を辿るべく運命づけられていたといえるやろと語り、日誌にこう記した。

我ラ化野《あだしの》ニアリ。世間ノ盛衰時節ノ転変フセグベキニ非ズ、間《かん》ニ髪《はつ》ヲ容《い》レズ因果歴然、マタ闇ヨリ闇道ニ迷ヒ苦ヨリ苦ニ沈ム　噫《ああ》　哀レナリ勝頼哉。


三月十九日。

上様は高遠から杖突峠《つえつきとうげ》を越えて諏訪に入り、諏訪上社本宮の隣の法華寺を本陣とした。

この法華寺在陣中のことだった。

法華寺の本堂へ上様を訪ねてきた家康をはじめ、諸将が集まって夕食の宴《うたげ》を開いていたときのことだ。

作兵衛と十蔵は二人そろって本堂の外縁の下の、篝火《かがりび》に照らされた庭に他家の家来衆と一緒に控えていたから、堂内の声も聞こえたし、なかの様子がよく見えた。

宴たけなわになったとき、日向様は上様さてもかようなるめでたきことは、まずおわしませぬ、と言上《ごんじょう》した。

武田を討伐できてこんなにめでたいことはまずございませんといったのだ。

いいや。

かくゆう某《それがし》も年来骨を折ってきましたん甲斐がござりましたんやがと日向様はつづけた。

お歴々も御覧《ごろう》じ下さい。諏訪はみな、見わたす限り織田軍ばかりですと、薄くほほえみながらそういった。

多少口調におもねる気配がこもっていた。

とはいえ、それまでの戦果を考えれば、その場にいたものならば誰がいってもおかしくないことで、そんなにべったり媚《こ》びた賤《いや》しげな物いいではなかった。

その証拠に、そこに居並んだ諸将もみな大きく頷《うなず》いていた。

明智。

だが突然上様の顔つきが変わった。

いまなんちゅうた。

わごれはどこで骨を折るような戦をやったちゅうだ。この俺が日ごろ骨身を惜しまず戦いつづけてきたからこそ、武田を討伐できるようになったんやろ。

何からなにまで俺がやってきたことやがな、といった。

上座《かみざ》にいた上様は立ちあがると広い本堂の畳をつかつかと歩いて、そこに控えている日向様に近づくと、髷《まげ》をつかんで引っ張って立ち上がらせ、そのあと襟首をつかんで、外縁まで引き摺《ず》っていくと、懸造《かけづくり》にしてある欄干に頭を押しつけて殴った。

殴ったというのは平手ではなく、拳《こぶし》で。

さらに上様は、何度も日向様の頭や顔を欄干に打ちつけた。

居並んでいた諸将は静まり返って誰も上様を止めようとしなかった。

ただ眼を伏せていただけだ。

上様をおそれてのことだったが、いずれにしても庭には作兵衛や十蔵のような家来たちも控えていたから、日向様は大恥をかいたことになった。

とてもにわかには信じられないほどの、きわめて屈辱的な出来事で、日向様の顔にはさすがに無念の思いがあらわれていた。

その場では上様のこの過酷な扱いを怺《こら》えたものの、日向様は本堂の畳を這いながら真っ蒼になって退出したあと、物陰で鼻血を垂らし、顔を歪《ゆが》めて嗚咽《おえつ》しつづけた。

法華寺の南に隣接する神宮寺の本堂の自陣に戻った日向様の腕をとり、作兵衛は脇から身体を支えて庫裏《くり》の寝所に横たえた。

日向様に下がってくれといわれて幕舎に帰った作兵衛は、いやあ、鏡のなかの痣《あざ》だらけの顔を見たときの日向様の憤《いきどお》ろしさは、たとえようもなく深かっただろうて、いや、さぞ口惜しかっただろうてといって溜息《ためいき》をもらした。

髪の生え際も額や頰も顎も、赤紫に腫れあがっとった。

左の上瞼《うわまぶた》が切れて、血が流れて腫れあがって顔が歪んでしもて、皆、なんや一体どないしたんやといいあっておったな。

なにがあったと思たやろな。

上様にしこたま殴られたとゆうたら、みんな二度びっくりしとった。

いや、ほんまに酷かった。

日向様は若いとき医方を学んだ方だで、病気にも怪我にも、どう治療せりゃあいいかわかっとるでいいようなもんだけど、のお、十よ。

おお、そうだなと、十蔵はこたえた。

ありゃあ、酷かった。

遠慮のういわせてもらえるなら、あんだけのことをやられたら黙ってはいられんな。

俺やったらなにがなんでも上様を殺すやろな。

俺ならゆるさん。

なにがあっても、つけ狙って、一人になったときに殺すわ。

そうかとこたえた作兵衛は、ことと次第によっては十蔵の心は瞬時に熱湯のよう猛々《たけだけ》しく煮えたぎる質《たち》なのだなと、改めて感じることになった。

それから半月ほど法華寺に本陣を置いて上様は論功行賞を行い、そのあとは何事もなく旅がつづいた。

次に動きがあったのは四月に入ってからだった。

この月のはじめに、信忠は武田一族の菩提寺である甲斐牧ノ荘の恵林寺《えりんじ》を焼き討ちにした。

六角承禎《ろっかくじょうてい》の子の次郎を恵林寺が匿《かくま》っていたことを理由に、信忠は僧や若衆稚児など老若百五十数人を山門へ追い上げて火を放った。

寺中老若の者どもを残さず山門へ呼び登らせ、廊門から山門にかけて籠草《こみくさ》を積ませて火をつけた。

初めは黒煙が立ちこめてよくわからなかったが、次第しだいに煙がおさまり、にわかに山門が燃える赤い炎の柱が空高く立ちあがった。

が、長老の快川紹喜《かいせんじょうき》はすこしも騒がず座に直ったまま動かなかったという。

快川は正親町《おおぎまち》天皇が大通智勝国師という国師号をあたえていた高僧で、死を目前にしても、少しも動揺しなかった。

本当か嘘かわからないが　安禅必ずしも山水を須《もち》いず　心頭滅却《しんとうめっきゃく》すれば火も自ずから涼し　という遺偈《ゆいげ》を残して座ったまま焼け死んだという。

それより問題は、快川が美濃の土岐《とき》氏の出であることだ。

ということは日向様と血のつながりのある一族のひとりであるということだった。

日向様にもかつて率先して比叡山焼き討ちに働いたという過去があるが、同族の快川和尚と老若大量焼殺をどう受け止めたのか。

やはり胸中に耐え難い痛みと悲しみが突き刺さってくるのを感じたのではなかったか。

恵林寺焼亡の報せを受けたとき、寺が燃えさかる炎と煙を想像して日向様は複雑な思いだっただろうにと忖度し、作兵衛は顔の前で両掌を合わせた。


上様は甲府を発って笛吹川《ふえふきがわ》を渡り、右左口《うばくち》峠のすぐ手前に陣をとった。

この四月十日にも、家康が上様を訪れた。

家康は同盟従属している者としてひたすら忠実に上様を接待していた。

それは、並みの接待ではなかった。

もてなしの行き届き方が、尋常ではなかった。

織田軍の兵がかついでいる鉄砲が道の両側の竹や木の枝にひっかからないように切り払い、道幅をひろげておいたし、道の左右にはひしと隙間なく警固の兵を置き、一個々々小石を拾い、均《なら》した路面には水を打ってあった。

陣屋をしっかりとつくらせ、これも隙間もないほど三河兵に取り囲ませ、加えて警備のために二重三重の柵で囲んだ。

さらにはそれらの陣屋の周囲には織田の将兵の小屋を千軒以上も建て、食べ物もすべてぬかりなく用意するように家臣に申しつけてあった。

上様は上機嫌で奇特なことやと感激し、きわめて殊勝で褒《ほ》めるべきことやと感服していたという。

翌日早朝に右左口を出発した上様は、女坂を登って山地に入った。

谷あいには立派な茶屋と馬屋が建ててあり、酒肴《しゅこう》が用意してあった。

柏坂の峠にも茶屋があり、酒肴が供された。いうまでもなくすべて家康の配慮である。

この柏坂でも、まわりの者が耳目をそばだてる事件が起こった。

筆頭陣参公卿衆である近衛前久《このえさきひさ》が、わざわざ馬から降りて馬上の上様に向かい、そもじ様と御一緒に駿河の方をまわってよろしゅうまっしゃろか、と訊いたからだ。

上様と一緒に東海道回りで京へ帰りたいということだったが、どうしたわけか上様は馬上からうっせえ、うっせえ、うっせえわと不機嫌を剝き出しにした声で応えた。

眉間《みけん》に皺をよせて、近衛、わごれなンどは木曽路を上《のぼ》らしませといい放って痰を吐いたという。

近衛はなんといっても太政大臣である。

位階からいえば上様よりはるかに上である。

上様はその近衛を馬の上から見下《みくだ》しながら傲然と、近衛、と呼び捨てにし、てめえなんざ木曽路回りで京都へ戻りゃあがれとこたえ、そのうえ痰まで吐いて追い払ったのだ。

作兵衛がその場で上様の馬の口をとっていた者から聞いたところによれば、さすがの近衛も顔色が蒼ざめ、黒く染めた歯を食いしばって退《ひ》き下がったということだった。

甲斐から駿河国に入って四月も半ばになろうとしている十二日の、灰色の雲が低く垂れこめて北風も強い真冬のような寒い日だった。

右左口峠を越え、上九一色村《かみくいっしきむら》や精進湖《しょうじこ》や本栖湖《もとすこ》のほとりを南下した織田軍は、本来ならば左手間近にある富士を眺めながら進むはずだった。

間近の富士の、高嶺に雪が積もっていて白い雲のように見えるはずだったが、裾の荒野しか見えなかった。

この街道は富士の西麓を南下して駿河に抜ける右左口道である。

富士の裾野の上野ヶ原や井出野の原野にさしかかると、上様の身の回りの小姓衆が隊列からはなれて無闇やたらに馬を乗り回し、鉄砲を乱射して狂ったように大声を出して騒いだ。

草がまばらに生えた荒涼たるだだっ広い原野のひろがりはたしかに馬を飛ばしたくなると十蔵も思った。

上様は富士の裾野の名所である人穴《ひとあな》を見物した。

富士山が噴火して流れ出したときにできた溶岩の空洞で、穴は相模の江の島までつながっているという伝説があるから、上様は好奇心に動かされたのだろう。

また、この穴は浅間《せんげん》大菩薩の御在所といわれる聖地であり、参拝した者が昔から奉納してきた相当な大金が穴の奥の奥に蔵《しま》ってあると聞いて、いちおう本当だろうかとは疑ったけれど、これは十蔵も作兵衛もおおいに好奇心をそそられた。

まもなく浅間神社の神官や社僧がきれいに掃き清めた道に迎えに出てきて、上様に挨拶した。

西の山の北で芝川の水の流れが真っ白な瀑布《ばくふ》になって落ちている白糸の滝があり、上様はこのあたりのことも社僧に詳しく尋ねた。

そのあと上様は広々とした浮島ヶ原でひとしきり乗馬を楽しんでから、浅間神社へ入った。

上様が乗馬を楽しみに出かけたとき、以後は夜まで気ままに過ごしていいと触《ふれ》がおりたので十蔵と作兵衛はほかに二人を誘って馬を飛ばし、人穴まで引き返した。相模江の島まで繋がっている洞窟をこの目で確かめて穴の奥に蔵われている金を盗《と》らまいと話しあったのだ。

人穴の前に到着したときには、すでに日が傾いてあたりは暗くなりかけていた。用意してきた松明《たいまつ》に火をつけて洞窟の入り口から身体を屈《かが》めてなかへ入っていくと、しばらくは頭が閊《つか》えそうだったし、幅も狭かったが、すぐ意想外に大きな丸い空洞があって天井に各々の歪《ゆが》んだ黒い影が映って揺れ動いた。

洞窟のなかは冷え切っていた。

おのれが吐き出している真っ白な息のむこうの、その大きな丸い空洞に四つの黒い穴が空いていて、更にその先へ行ける様子で、ならばそれぞれが別々の穴に入って金を捜そうということになり、十蔵は一番左の穴を選んだ。

作兵衛は右から二番目の穴へ、他の者もそれぞれの穴を選んで入っていった。

十蔵が選んだ穴の闇に松明をかざすと、下り気味になっていることがわかり、少し進むと足もとに凹凸があって左手でごつごつした壁面に触れながら歩かなければ危なかった。

それはさらに奥の方へつづいていることがわかり、長い下り坂を下りきると平坦になってさらに奥へつづいていた。

足もとに注意しながらすすんでいくと、穴はまた二股に分かれていて十蔵は立ち止まった。

どちらへ行くか迷ったからだが、左に進んだ。

左を選んだ根拠はなかった。

ただそちらに金がありそうな気がしたからだった。

いつに間にか手先で触れている左の壁は濡れていて、細い水が伝う音が聞こえてきた。

湿った黴《かび》のような土の臭いがしていた。

膝くらいまでの溜り水をざぶざぶと蹴散らして十蔵は頭の上でぱちぱちと焼け弾《はじ》ける松明をかざして前方を見透かそうとしつつ暗がりに向かって息を殺して歩きつづけた。

洞窟に反響するおのれの足がたてる水音を聞きながら。

と、ずっと先に小さな光が見えたような気がした。

おのれの進んでいる穴が誰かの入った穴に合流していてそいつの松明が見えたのだろうと思ったが、その小さな光はすぐ消えた。

おおおい、と叫んだが、返事はなかった。

もう一度わざと大きな声で咳払いしてみたが、その声はおんおんと響いて目の前の暗闇の奥へ吸い込まれていった。

大金が入り口からこの程度の距離におさめられているはずがない。

まだずっと奥の奥に置いてあるに違いないと考えた十蔵は先へ進んだ。

するると洞窟はその先でまた三股に枝分かれしており、穴はどれもそれまで歩いてきたよりも細くなっていた。

三つの穴の一番大きな穴へ、十蔵は松明を前に突き出し、頭を下げ、身を屈めて入っていった。

が、そのとき、じゅううと音を立てて松明が消えた。

顔の前の白い息と上から太さ一寸ほどの澄んだ水がまっすぐ垂れ落ちているのが瞼の裏に残っていた。

一瞬の油断だったが、光が失われ、それは取り返しがつかなかった。

十蔵にはなにも見えなくなった。

どこまでも真っ黒な深い闇が見えていたということで、そのときの十蔵にはなにかとてつもなく重大なものを見失ったのではないかとも思われ、はじめて背筋に怯《おび》えが走るのを感じて胸苦しくなった。

今おのれがなにも見えない暗黒の穴の迷路の奥にひとりで立ちすくんでいるというそのことを、強く自覚した。

ここはどこなのか。

黄泉《よみ》の、奈落の底とはこういうところではないのか。

その自覚は十蔵の胸に重い恐怖を呼びよせ、息を飲み、思わず叫ばずにはいられなかった。

その叫び声は闇に消え、戻ろうとした十蔵は、岩に躓《つまず》いて前のめりに倒れ、額をしたたか岩に打ちつけた。

十蔵はまた叫んだ。

凄《すさ》まじい痛さだった。

打ちつけた額から生あたたかい血が眼に入り、頬に流れた。

顔を顰《しか》めながらすぐ立ち上がったが、戻るべき方角がわからなくなっていた。

真の闇とはこういうものかと考えて両腕を前後左右に泳がせて指先で壁の位置を感じとり、もと来た道とおぼしき方角に向かって歩いた。

ほんとうは逆に向かって歩いているのではないかという恐怖があり、その恐怖に急《せ》き立てられて走り出したかった。

が、足もとが危なかった。

行く先がわからないまま、向かう先がわからないまま、おのれを取り囲んでいる冷え切った漆黒の闇のなかで両手を前に出してゆるゆると歩くほか、どうすることもできなかった。

とにかく思い切り眼を見開いても、どこもかしこも真っ暗でなにも見えない。

十蔵は身ぶるいした。

このときほど深く闇を恐れ、おのれがたった一人だと感じたことはなかった。

一人でいるということはこんなに恐ろしいことなのかと、息が詰まりそうだった。

何度も大きく息を吸い、何度も大きく吐き出し、もうじき洞窟が三股に枝分かれしていた少し広い場所に出るはずだと思ったが、そこに至っても戻る穴をどうやって捜せばいいかと想像するとどうすればいいのかわからず、闇雲《やみくも》に恐ろしく、胸の動悸がはやくなり、十蔵はただこれが冥土か、ここが黄泉の国かと両膝が慄《ふる》えてしばしその場に立ちすくんでいた。

が、しかし、この冷えた闇の底から逃げ出したいという気持ちが勝《まさ》ってふたたびゆるゆると歩きはじめた。

四半刻《しはんとき》ほど歩くと、ふっとかすかな風が顔にあたり、後ろへ通り抜けていくのを感じ、とにかくずっと左手で壁に触れながら進んでいくと、指先から壁が消えた。

ということは、広い場所、三股に穴が枝分かれした場所までもどったということではないかと見当をつけた十蔵は左手を壁に触れさせたまま前へ進んだ。

そうすればやがては壁が途切れて、そこにおのれが入ってきた穴があるはずだった。

そうして随分長い時をかけて十蔵はおのれが入ってきたとおぼしき穴までおぼつかない足どりでたどり着き、左へ曲がり、そこからまたゆるゆると歩いた。

おおいと叫んだが、その声はまたおんおんと闇に消えていってなんの返事もなかった。

しばらく耳をすませていたものの、なんの音も聞こえてくることはなく、諦めた十蔵は深く溜息《ためいき》をついた。

さらに、しばらく歩いてゆくと、明らかにそれまでと違うかすかな風が十蔵の顔に触れた。

まだこれから平坦な穴がつづき、それからゆるい傾斜の穴を登ってゆくと外へ出ることができるはずだと判断した十蔵は、ここで内腿《うちもも》がつめたくなっていることに気がついた。尿を漏らしていた。恐ろしさのあまり失禁していたのだった。

平坦な道が予想したよりとてつもなく長かった。

ここまで来たが経路を間違えたかもしれないと思い、その思いは十蔵の胸を締めつけ、心を脅《おびや》かした。

何人もの悪辣《あくらつ》な敵に刃をつきつけられて殺すぞと脅《おど》かされるよりもはるかに恐ろしかった。

その恐怖をさらに助長するように、道はなかなか上り坂にならなかった。

十蔵はその場にしゃがみこんだ。

心の臓がどくどくと波打っていたそのとき、再び風が頬をかすめた。そのかすかな風は明らかにさっきとは違う風らしい風か、と感じられた。

だから十蔵は光のない宙に向かって立ち上がり、おおいと叫んだ。

叫び声はまたしてもおんおんと響いて消えていき、返事はなかった。

その静けさが不気味で恐ろしかった。

音もない闇の抑圧から一刻も早く開放されたかったから、十蔵はまた歩きはじめた。

気がつくと、仰向けにひっくりかえっていた。

十蔵の両眼が空っぽの真っ黒な天を見つめていた。

おい、えらく戻りん遅いと思《おも》っとったら、十はこんなところで寝とったか。

どうしたんや。ひどい怪我だな。

金はあったんか、こっちはなんにもなかった、金目のものはなかったんか、おい、十、
という作兵衛の声と、鳥居につながれている馬が地面を蹴る蹄《ひづめ》の音が聞こえ、眼の前に松明の眩《まばゆ》い赤く黄色い炎が見えた。

まぶしさに瞼を閉じて、十蔵は呻《うめ》いた。

呻き声しか出せなかったのだ。


織田軍は払暁《ふつぎょう》に浅間神社を出立《しゅったつ》し、浮島ヶ原から愛鷹山《あしたかやま》を左手に眺めながら田子の浦を経由して富士川を越えた。

そのあとは家康の行き届いた支援を受けつつ東海道を西進し、岐阜経由で安土に向かった。

四月二十一日に全軍が安土城に到着し、翌日の朝至急登城せよとの使いがあって、日向様が伺候《しこう》すると、上様は命令書をあたえた。

惟任日向守在荘《ざいしょう》申付《もうしつく》という。

休暇をあたえられたのだが、そのかわり、上様は五月十五日に安土へ伺候してくる家康と梅雪の接待饗応役を日向様に命じた。

それも、最大最高級の豪奢《ごうしゃ》で行き届いた接遇をせよと命じた。

ええか。

一廉《ひとかど》の馳走あるべきやでなと上様は日向様にいった。

徳川ら安土逗留《とうりゅう》のあいだ、用意馳走はもってのほかやからな。

大盤振る舞いせなあかん。

疎漏《そろう》なきように、しかとせなあかんぞ。

甲斐征伐であんだけ散々世話になっとるでなとのことだった。

家康が安土へ伺候するのは、駿河一国をあたえられたことに対する御礼のためであった。

一方の梅雪は、すでに述べたように家康の調略に従って上様側に寝返った武田家の筆頭重臣であり、武田討伐直前の寝返りで危ういところだったが、上様はこれを受け容れて本領を安堵《あんど》した。

梅雪もそのことに対する御礼の訪問をするということである。

命令を受けた日向様は作兵衛にとりあえず二、三日休め、すぐ忙しくなるでなと休暇をあたえた。

休みをもらった作兵衛は十蔵ら配下五、六人をつれて安土城下の白首屋《ごけや》へくりだした。

十蔵の馴染みの白首屋でもあり、あがった座敷でみな大いに酒を飲んだ。

作兵衛は昨日のことだが京じゃあ武家伝奏の勧修寺《かじゅうじ》晴豊《はれとよ》が京都所司代の村井貞勝殿を訪ねて上様の官職について話し合いをやって、三職推任《さんしきすいにん》することが決められたそうだと話した。

三職とは太政大臣か関白か征夷大将軍のいずれかに推任するということで、これ以上の出世はなかろう、上様の権力と御威光は頂点に達しとるといえるやろと噂しあった。

誰かがそらあほんとにたいしたもんやでといい、あとは飲んで酔って誰かれかまわずたてつづけに馬鹿話をしたり、女の品定めをやったりして酒臭い笑い声が湧き、大いに盛り上がった。

が、どういうわけか十蔵は黙りこんでいた。

それぞれが女を選んでそれぞれの部屋へおさまったあと、赤い膳の前に胡座《あぐら》をかいた十蔵は壁の柱にもたれかかって自分で自分の盃に徳利《とっくり》から酒を注いで飲んだ。

座敷にはかねてから見知った女が二人残っていて、若い方がお酌くらいさせて、今夜は陰気だねえ十様、と話しかけて膝に手をかけて気を惹《ひ》いたが、まったく応じようとしなかった。

そして、女に応じる気になれない自分を変だと、十蔵自身もそう思っているようだった。

甲斐征伐の前なら女を裏の部屋か外へ連れ出して暗がりに押し倒してとっくに抱いているはずなのだ。

そういうおのれをどうもおかしいと、十蔵自身も考えていた。

その翌日のことだった。

日向様のいいつけで、作兵衛は十蔵と馬丁と三人で奈良に向かって急いで出立した。

荷を積む馬を十頭以上も引き具していたので、その世話をさせるために馬丁を連れて行くことにしたのだが、奈良の興福寺や大乗院と一乗院の両門跡寺に家康接待に使用する什器その他の調度品を借りるための使いであった。

家康公と梅雪公接待のための椀や皿を奈良の寺へ借りに行くぞというと、十蔵はそんなことが士の仕事かといいたそうだったが、作兵衛がこれでも大事な士の仕事なんやぞというと、十蔵はおうとこたえてうなずいた。

つけ加えて敵と戦をするのだけが士の仕事やないんやというと、黙ってうなずいた。十蔵がほんとうにそう思っていたかどうかはわからなかったが。

安土から奈良へ向かう道筋は、まず安土から瀬田まで舟で行き、瀬田川を大山崎まで下る。

大山崎からは、木津川を木津までさかのぼる。

木津で舟を降り、奈良街道をまっすぐ行けばすぐ奈良だ。

歩くのは木津から奈良までだけで、大した距離ではない。

あとは舟のなかで寝ていればいい。

川舟は速い。

本気になって急げば一日で行けるし、のんびりでも二日あれば充分だ。

道すがら日が暮れて旅宿に入ると、作兵衛と十蔵は酒を酌み交わした。

かなりの量の酒が入ったが、十蔵はほとんど口をきかなかった。

ただ黙々と飲んで、飯を食うとすぐ眠ってしまった。

作兵衛は十蔵の心のなかでなにかが起こったのだろう、それはなんだろう、知りたいと思ったが、たずねるのは今しばらく様子を見てからにしようと考えた。


四月二十八日。

奈良の寺々から借り出す什器調度の数量が予想以上に多く、朝早くから坊主たちも総出で手伝って布や紙で梱包箱詰めをする作業を行った。

夜は酒。

料理屋の奥の小部屋で飲みはじめると、寡黙《かもく》になっていた十蔵がとつぜん作兵衛に士になったはいいが、上様のようになるにはどうしたらええんかなと、突拍子もないことを訊《き》いた。

そうよのお。

作兵衛はこたえた。

俺にもようわからんが、名将とはどのような人物なのかについて俺が過去に上様を見てきたことから導き出したことは、誰が見ても秀逸な将たらんとすれば、五つか六つの必須の条件が必要だわといった。

まず第一に、身体が頑強でなければならぬ。

上様は見た目に花車《きゃしゃ》で痩せぎすに映る身体が、意外に強くできている。

どこからこのような耐久力が出てくるか不思議に感じるほどだ。

次に、物知りで、頭がよくなければならぬ。

古今東西の森羅万象《しんらばんしょう》を知っていることだ。

物事をなにごとによらずよく知っている。

そしてそれらの知識を上手に運用する術《すべ》を心得ているということやな。

したがって、どんな意想外のことにも即座に柔軟に対応できること。

心の動きも身体の動きも機敏でないとあかんのや。

それから人を説得する口説《くぜつ》がなければならんな。

世間からは上様はなんでも力ずくで叩きつぶして進んできたように思われとるが、その実は、やさしくわかりやすい言葉で人を諭し、説き伏せて、その口説には人をたらし込む力があった。

さらに、上様はおのれの起伏の烈しい感情をおさえることができないような男だと思われとるが、絶えずみずからを冷静に抑えてその場で激昂《げきこう》してなにかを判断したり、方針を決めるというようなことは、一切ない。

一切だ。

そうだ。

ただの一度もない。

おのれを御《ぎょ》することに長《た》けているというべきかな。

そおゆうことんできてはじめて、とてつもなく大胆なことができるんや。

そして、こうと決めたら、その道から外れぬこと。

その道をまっすぐ真っしぐらに貫き通すことよ。

天下布武と決めたら、いかなることがあっても、たとえ天が裂け、地が回転するようなことが起きても、どこまでも天下布武を突っ通すこと。

最後に運だな。

たっぷり幸運がついていなければならぬ。

それから、まあ、顔だ。

顔はいいほうがええわな。

なにも美男でなくともいい。

人が見ていい顔ならええということだわ。

こおゆう条件のひとつ二つでじゅうぶん将だといえなくもないが、上様はさすがにすべてを兼ね備えている将のなかの将だな。

御主《おんしゃ》はおのれ自身と上様を比較したら、いろんなことがわかってこようて。

すると十蔵は、いかにも不満げにそれだけかと訊く。

まあそんなもんだとこたえると、十蔵は首をかしげてまだある、まだ他にもあるはずだが、と不服そうだった。

上様にそれ以上のなにか、もっと、本来、将たる者が持っていなければならない何者をも寄せつけない絶対的ななにかを切実に求めているような口調だったが、それが何なのかをはっきりといわなかったから作兵衛には想像がつかず、応えようもなかった。

そして、奈良から安土へ帰った日、作兵衛と十蔵は奈良の寺々から運んだ什器や調度品を安土城へ運び込んだ。

堺の津田宗及《つだそうぎゅう》に注文してあった最高級の高価な葡萄酒《ちんた》も届き、日向様はそれらを一つひとつ小皿一枚に至るまでしかと確認して記帳した。

作兵衛や十蔵にも、日向様の帳面を見る真剣な目から、さすがに配慮がしっかりと行き届いていると上様に褒められたい一心から懸命になっていることが感じられた。

すべが揃っていると確認できると、京都や堺で珍物を調えているゆえ、金にあかした豪華な接待饗応、生便敷《おびただしく》結構にて、ということになるはずだと日向様はうれしそうに喜んだ。


五月十二日は上様四十九歳の誕生日である。

多くの人々が着飾って安土城を訪れた。

みな祝いの言葉を述べ、祝いの金品を贈ろうと考えて安土城に集まって来ていたから城のなかは祝いの品々で足の踏み場もない状態になった。

いちいち受けこたえするのが面倒になったからか、上様は安土城摠見寺《そうけんじ》本堂二階に一抱《ひとかか》えほどの石を運ばせた。

そのあたりに転がっている変哲もない石である。

本堂の前に立つと、下から二階の窓のなかの、その盆山《ぼんさん》と名付けた石が見えた。

この石を拝め。

上様は今日が聖日であると布告の高札《こうさつ》を大手道と百々橋口《どどばしぐち》の石段下に立て、諸将に必ず摠見寺に参詣《さんけい》せよと命じた。

キリシタンはジェスの生誕日の十二月二十四日の宵《よい》から二十五日を盛大な祭りにしておるそうやないか。

この国じゃあ信長誕生日の五月十二日を参詣日と決めてお参りすりゃあええ。御利益《ごりやく》んあるで。

拝みゃあ長生きする。

得をするだ。

その石は織田信長だで、と上様はいった。

上様はご自身を神か仏にして民に崇拝させようとお考えのようだった。それも、神仏もキリシタンも超えたみずからを唯一絶対の力をもって世界を支配する神になることを望んでおるんやないかのおと、日向様はそう解釈した。

せみなりよのウルガンはキリシタンの神父《ぱあどれ》らしく上様の盆山の布告を途方もないことで狂気じみた暴挙だと否定し、反対したようだが、日向様はいつも上様は偉大なお方で、人ではなく、神か仏のように感じられるありがたいお方だと誰彼なく話していたから、上様の考えをそのまま受け容れていたと考えられる。

久しぶりに十蔵が家に帰ると、於万《おまん》が飛びついてきた。

囲炉裏《いろり》の前に座った十蔵に茶碗を差し出して首の長い壺から酒をつぎながら、於万は意外なことを切り出した。

わたいは京へ行く、という。

この家を売って、お金に換えて、それはわたいが預かる。

わたいは十様の女房やから。

ほほえみながら誰がなんてったって、わたいは十様の御正室様やから、といった。

そいで、京へ行って、鴨川の洲鼻《ぼんと》の白首屋《ごけや》の鈴村へもどる。

なんやと。

なんでや。もういっぺんゆうてみい。

銭が足りんか。御主《おんしゃ》はまた遊び女になりたいか、と十蔵が訊くと、そやかて日向様は坂本のお城と亀山のお城を行ったり来たりしてはるんやろと於万はいった。

御家来衆の十様も、作兵衛様たちと一緒に坂本と亀山を行ったり来たりで、日向様の京の御屋敷はその真ん中やろ。

となると、十様は京にいることが一番多いちゅうことや。

十様がいるところにわたいはいる。

けど、鈴村にもどるゆうても、遊び女やない。

女中や。

いろんなことよう心得とるで、女中ならすぐできる。

だから、十様は鈴村を家にしたらよろし。金はわたいがどうにでもできる。

おお、白首屋を我が家にするか。

そらあええわ面倒が省けて。

十蔵は帰るところが白首屋なら、こんな便利なことはない、そらあええわと笑って承知した。なんちゅっても白首屋育ちだでな、俺は。


徳川家康と穴山梅雪が安土に到着したのはその翌日の五月十五日である。

上様は二人の宿泊所を城中の大宝坊と決めてあったから、その日は何事もなく休息することになった。

そして、家康は上様に対して誕生日に三日遅れて安土に到着したことを詫びると同時に三千両を貢納した。

梅雪も同様に金二千枚を上様に貢納した。

上様は上機嫌で御両所大儀と二人をねぎらい、明日から十七日までの三日間、大い飲んで食べてくりょう、明智が万遺漏《ばんいろう》なく接待饗応役をつとめるゆえといい、十五日、十六日、十七日と祝賀の饗宴がつづいた。

十九日には、上様は摠見寺で能興行を催した。

幸若八郎九郎の舞と丹波の梅若大夫の能であった。

梅若は能を三番演じたけれど、台詞《せりふ》を忘れるところがあったから、上様は激怒してこのような失態が今後あったら首を刎《は》ねるといいながらも、家康のための祝いの宴であるからとして褒美をあたえた。

また、二十日、上様は家康一行を城内の江雲寺御殿で接待した。

上様自身がみずから膳を運んだり、安土城の天守に家康の手を引いて登ったりした。

家康に対する上様の感謝の気持ちの大きさ深さが想像できよう。

ところが、こうして上様は家康梅雪を接待饗応したり能興行を催したりしていながら、頭のなかでは毛利征伐を考えていた。

実はすでに日向様は家康梅雪接待の晩餐《ばんさん》が終わった十七日の夜おそく、上様の命で安土城から船で坂本城へ帰っていた。

備中へ出陣する準備のためで、もちろん作兵衛、十蔵たちも同行していた。

諸将も同様で、それぞれ国許《くにもと》へ帰ったり、帰る途次にあった。

すでに羽柴は五月八日に黒田官兵衛の提案で備中高松城《びっちゅうたかまつじょう》を水攻めにする戦術をたてていた。

堤防を築いてそのなかに足守川の水を引き、城廻りに導き、城を完全に孤立させる作戦で、対する毛利輝元は吉川元春と小早川隆景の数万の軍を援軍として出陣させた。

その報を受けた上様はみずから出陣して毛利を討ち、勢いに乗って九州を一気に征圧することを堀秀政を使いに立てて羽柴に伝えさせた。

と同時に上様はただちに中国侵攻は以下の諸将に出陣を命じた。

まず第一に日向様。

次に細川忠興。池田恒興。塩川橘大夫。高山右近。それに中川清秀らで、それぞれ至急国許へ帰って遠征の準備を整えて上様の出京を待機することになり、いずれも同時に自国へ帰って出陣の用意にとりかかった。

羽柴は備中高松城水攻めのための堤防を完成させ、このあと毛利と羽柴の両軍は高松城を挟んで対峙したまま、戦況は膠着《こうちゃく》状態になっていた。

その毛利との睨《にら》み合いの状態こそ羽柴の狙い、深慮であり遠謀であった。

羽柴は高松城を水没させ、包囲軍と自軍の戦況が膠着状態になっているところへ上様が到着して城攻めを仕立て上げ、さすがは上様と喜ばせる筋書きを考えていたのである。

坂本城に入っていた日向様は五月二十六日に亀山城へ移動した。

その日向様を追いかけるようにして鷹匠頭《たかじょうがしら》として上様に仕えている青山与三が亀山城に来た。

青山の、上様からの口上は日向様に出雲《いずも》と石見《いわみ》をあたえるというものだった。

ただし、丹波《たんば》と坂本城のある近江志賀郡は召し上げるという命令を伝えにきたのである。この命令によって、日向様も家子郎党《いえのころうとう》たちも、ともに闇夜に迷う心地に突き落とされた。

なんといっても出雲も石見もまだ手つかずで、日向様一人の力で平定できるかどうか、見当もつかない。

日向様はあの富士の裾野の人穴の闇の底へ突き落とされたも同然だった。いわばある日、突然、一文無しにされたということだったから、さすがの作兵衛も十蔵も日向様は先行きどうなるのか、我々はどうなるのかと心配することになった。このとき日向様が具体的になにをどう考えたかはわからないが、ただ、あらゆる希望を失って目のなかが真っ暗になったことだけは想像できた。日向様はもう先行きのことをなにも考えられなくなったのではなかったか。

五月二十七日。

日向様は愛宕権現と勝軍地蔵をまつる愛宕山に詣で、この夜は城へ帰らず泊まって参籠《さんろう》した。

太郎坊の前で二度、三度と籤《くじ》を引いた。

五月二十八日。

日向様はかねてからの予定通り、愛宕山五坊のひとつである西坊威徳院《いとくいん》で連歌の会を催した。

ときは今あめが下知る五月哉《かな》　が日向様の発句である。

水上まさる庭の松山　行祐
花おつる流れの末を関とめて　紹巴《じょうは》
国々はなほ長閑なる時　光慶
日向様は百韻《ひゃくいん》を威徳院に奉納し、この日のうちに愛宕山から亀山城に帰った。

五月二十九日。

上様は蒲生賢秀《がもうかたひで》を安土城留守役として二の丸に入れ、早朝安土を発って降りしきる雨のなかを京へ向かった。

途中、瀬田川に架けられた瀬田の唐橋のすぐ東南にある瀬田城に寄り、城主の山岡景隆と歓談した。

吉田神社の神官であり神祇大副《じんぎのおおきすけ》であり、従三位の公卿である吉田兼見が山科まで上様を迎えに出た。

彼はまた日向様の親友である。

しかし、上様はこれを謝絶した。

迎えの衆は帰るようにといわれ、吉田は京の自邸へ引き返した。

上様は日暮れ前には本能寺に着いた。

上様が前回上洛したのは前の年の天正九年二月二十八日の、日向様が仕切った大名小名武将たちを召集した七百名ほどの馬揃え以来で、一年三ヶ月ぶりの入京であった。


六月一日。

天正十年五月の晦日《つごもり》は二十九日で、翌日が六月一日という暦である。

本能寺へ勅使や公卿衆や僧侶ら、四十人ほどが挨拶に訪れ、訪問者たちに上様は四日には中国へ出発したい、また、毛利はすぐ征圧できようと語った。

公卿衆とは暦の件が話題になった。

尾張や美濃、関東では天正十年十二月のあとに閏《うるう》十二月が設けられているが、京暦は天正十一年一月のあとに閏一月が設けられている。

上様は尾張と美濃で使用している関東式にしたいと考えていたが、京暦に慣れ親しんできた公卿たちは反対し、どちらとも決着しないまま散会となった。

そのあと上様は茶会を催した。

本能寺の書院で催されたその茶会の正客には、博多の豪商島井宗室を招いてあった。同じく博多の豪商である神屋宗湛《そうたん》も招かれていた。

この夜の茶会と同じころ、亀山城にいる日向様は腹心である明智秀満と次右衛門、藤田伝五郎と斎藤内蔵助の四人の側近を集めて鳩首《きゅうしゅ》談合し、上様を討ち果たして天下の主となるべく調儀を究め、上様弑逆《しいぎゃく》をどう実行するかを決めていた。

談合の席上、もしこれに同意できんとゆうのなら、俺の首を刎《は》ねよと日向様はいった。

だが、一方で日向様はみずからを瓦礫沈淪《がれきちんりん》の輩と称し、それを召し出され、余《あま》つさえ織田家の莫太《ばくた》のご人数をお預け下さっていることを深く感謝し、上様を、深く崇めるように尊崇していた。

したがって、右へか、左へか、判断を下すに至るまで躊躇《ちゅうちょ》し、狐疑逡巡《こぎしゅんじゅん》をくりかえし、懊悩《おうのう》し、迷いつづけただろうと推量できる。

しかし、結局、日向様は本能寺襲撃を決断した。

第七章　坂本

明智軍一万三千は上様のいる本能寺を囲んだ。

御殿《ごてん》の寝所から出てきた上様は外縁で作兵衛に槍を脇に当てられたものの、そのあと再び御殿に入り、あちこちに大量の火薬を撒《ま》き、火を放って自害した。

明智軍はさらに二条　衣　棚《ころものたな》の妙覚寺を包囲し、信忠を自害せしめた。

六月二日朝の辰《たつ》の刻をまわったころか。

本能寺の焼け跡をはじめ、京都市中をどう探索しても上様の首はおろか遺骨の破片も見つからないことを恐れながら、日向様は上杉、北条、長宗我部《ちょうそかべ》などに同盟を呼びかける手紙を発送した。

畿内にいる上様の家臣にも文書を認《したた》めて連絡をとった。

また、日向《ひゅうが》様は羽柴軍が水攻めにしている備中高松城の後詰《ごづ》めとして五万の大軍をひきいて出陣している毛利輝元宛てに、原平内という者を使者として派した。

輝元の家老杉原盛重に連絡をとって連携しようとしたのだ。

そのあと日向様は京から安土城へ向かい、作兵衛も従ったが、日傭組《ひようぐみ》の十蔵は兵五十を預けられて京に残ることになった。

二条御所の焼け跡に仮陣所を設けて駐屯《ちゅうとん》し、京の警固に当たれということだった。

日向様が安土へ向かったのは、まず、近江国《おうみのくに》を制覇しておくためだった。

安土城の留守を守っている者たちを中心とする近江衆の軍勢が反撃してくると考えたからで、その移動の途中、粟田口《あわたぐち》で吉田兼見《かねみ》と会った。

吉田は馬で日向様の後を追ってきたのだ。

すでに吉田は日向様の親友だと述べたが、ただ親友というだけでなく、二人は格別に因縁の深い、きわめて親しい間柄であった。

まず、なによりも吉田が自分の下に属している細川藤孝の従兄弟であることが日向様に心強い思いを抱かせていた。

藤孝の嫡男《ちゃくなん》忠興には、日向様自身の愛娘《まなむすめ》の玉《たま》が嫁いでいる。

また忠興の妹の伊也は、吉田の子の兼治《かねはる》に嫁いでいる。

それに加え、日向様の近臣である佐竹出羽守宗実と称吉兄弟の存在も大きかった。

佐竹家は室町幕府将軍の足利義昭が上様に追放されたとき以来、日向様の幕下に加わっていた山城国愛宕郡《おたぎぐん》高野の地侍で、その妻が吉田の妻と姉妹だから、日向様と吉田は三重の深い縁があった。

いやあ驚きましたが、まずは祝着至極《しゅうちゃくしごく》に存じますと、吉田は日向様に向かって深々と頭をさげた。

御所でおのれよりも位階の高い者に対して以外、厳密にいうと、これまで吉田は人に頭を下げることがなかった。顔を伏せずに正面を見ながら、むしろすこし顎をあげ、顔を仰向かせ気味にし、腰を半ば折って挨拶する。

つまりいつも頭は下げず、腰を曲げるだけなのだが、このときは顔を伏せて日向様に頭頂部の烏帽子《えぼし》を見せたから、真正の敬意を表しているように映った。

長いつきあいでこれを心得ている日向様は従三位《じゅさんみ》様他人行儀はおやめ下さいませとおどけてみせた。

それから吉田が差し伸べた手を両手で握り、これまでの御交誼《ごこうぎ》を心から感謝しておりますと心をこめていった。

これからもさまざまお世話になることになりますが、何卒なにとぞよしなにお取りはからい下さいますようお願い申しあげます。

吉田は用心深く、他人行儀な口調を改めることなく、日向様にはこれまで何度もお話し申しあげてきました通りでございますといった。

吉田家の大きな憂いが取り除かれたと、ひと安堵しておりますといい、そこで息をつないでつづけた。

もう耳に胼胝《たこ》ができておるかと存じますが、この日の本の国は八百万《やおよろず》の神々と天子様を推戴《すいたい》して成り立っております。神々はどれほどお喜びになっておられるか想像もつかないほどでございます。

これは天子様をはじめ、衆目の一致するところでございましてな。

わが吉田神道は御伊勢様とともにその八百万の神々の頂上に立つ神でございます。

信長は少々南蛮のデウスとかジェスやらいう神に肩入れをし過ぎでしたから、日向様のおかげでこれからまた神様仏様が復活することになりましょう。

これほどめでたいことはあるものではございません。

日向様は長男の光慶《みつよし》がイエズス会の神父《ぱあどれ》ニエッキ・ソルド・オルガンチーノをウルガン様と呼んで親しくしていることを思い出しながら、はい、心得ておりますと応えた。

吉田様から御教示いただいております通り、キリシタンはどうも、神々と帝と足利将軍、それからお寺様とも対立することになっておりますゆえ、用心せねばならんと思うとります。

なにとぞご安心くださいますよう。

にもせよ、キリシタンの連中、なかなかの教勢のようですな。

早急になんとかせんと、と吉田。

ご心配にはおよびません。

足下《そっか》から承っております故、しかと抑えましょうと日向様が応じた。上様の時代が去ってゆく喪に服して新しい明智惟任《これとう》日向守十兵衛光秀様の時代をお迎えするということですな。

いやいや。

これからどうなりますことやらと、一応へりくだってみせた日向様に、吉田は最も値の高い賛辞を送った。

当家は人を神にする仕事を司《つかさど》るこの国の、ただひとつの家でございます。ご存じかと存じますが、代々一子相伝《いっしそうでん》でその秘法を伝えて参りました。ですので、日向様の神社を創立せんといかんのでは。

御社《おやしろ》をどこに建てたらよいか、方角を占っとかないかんと思てます。

吉田はのちに豊臣秀吉という人間を豊国大明神という神に仕立てあげているが、このときは生きている日向様を神格化しましょうと持ち上げたということである。

卑賤《ひせん》の身でございますよって、お恐れ多いことで。

日向様はさすがにうれしそうにうなずきながらそれはまた恐悦至極《きょうえつしごく》にございますとこたえた。

それからしばし二人は歓談し、おおいに笑って、帰って行く吉田を見送ったあと、日向様は粟田口から安土へ向かった。

すでに早馬をたてて日向様は瀬田の唐橋をおさえている山岡景隆景佐《かげすけ》兄弟に書状を送って恭順を勧め、人質を出すようにと要求していた。

ただし、その書状が着く前に本能寺の変を報らされていた景隆は、すでに準備を整えていた。

すぐさま瀬田の唐橋に火を放って焼き落とし、日向様の要求を拒否したのだ。

そのため山科を越えて進撃していった日向様は大津の町に入りはしたものの、瀬田川に行く手を阻《はば》まれ、そこで足止めされることになった。

山岡兄弟は瀬田城にも火を放ち、一家をあげて逃亡し、甲賀の山に立て籠《こ》もってしまった。

その報告を受けて日向様はなにかに躓《つまず》いたような気持ちになった。

とにかく瀬田の唐橋を渡らなければ安土城へ行くことができないと、日向様はそれだけを考えていた。逆に、唐橋がなければ安土から京へ攻めのぼる織田家側の軍勢も身動きがとれないではないかとは考えなかった。

日向様には加えるか差し引くかの両方を勘案する気持ちの余裕がなかった、ということだろう。

ここで女婿《じょせい》の秀満と善後策を相談し、川に新たな橋を架けるように命じた日向様はやむなく唐橋の西詰に兵を割《さ》き置いて軍を反転し、夕刻には坂本城に入った。

一方、安土城に本能寺の変報が届いたのはその日の巳《み》の刻ごろである。

当然ながら城内は大騒ぎになった。

本能寺から逃げ帰った下男衆がこの突然の変報は本当のことだというので、人々は狂騒状態に陥った。

みな逃げるための身の回りの処置をすることばかりに追われ、上様の死を悲しむ暇さえなかった。

まさに騒ぎ立つことと正体なしという状態に陥り、わけても美濃尾張から安土に転居していた者たちは、日ごろの貯えも高価な品物も家もうち捨てて妻子眷属《けんぞく》を引き連れ、思いおもいに国を目指して早々に撤収退散し、小走りに落ちのびていった。

安土城下の人々はほとんどがどこかへ逃げ散り、町は捨てられほとんど無人になって静まりかえった。

イエズス会の安土の せみなりよ には、先の神父《ぱあどれ》オルガンチーノとジョアン・ステファノーニをはじめ、修道士のシメアン・ダルメイダとディオゴ・ペレイラとジェロニモ・ヴァスと日本人の修道士ヴィセンテたちや せみなりよ の少年たちが残っていた。

彼等はこのあとどうするかを相談し、とりあえず七、八名を残してひとまず安土から安全そうな場所へ避難することにした。

安土から最も近い琵琶湖の沖島へ避難し、混乱沈静の経緯を静観することにしたのだ。

京では前の日に降っていたのと同じ陰気なしとしと雨が降っていた。

作兵衛は日向様に従って山科を越えて近江へ向かったが、十蔵は先に述べたように京から動かなかった。焼け落ちた二条御所跡に拵《こしら》えられた仮の陣所に残れと命じられたのである。

この段階で日向様はまだ正式に命じられていなかったが、朝廷の不安を忖度《そんたく》して軍勢の一部を裂いて禁裏御所警衛をすることにし、それで十蔵は京都に残留する組に配されたのだ。

十蔵は夜を待ち、鎧《よろい》を脱いで陣所を抜け出した。

昨夜からの働きでさすがに昂《たか》ぶっていた。

初めての戦、初めての闘いで敵を斬殺したことには興奮しないではいられなかった。

頭に血がのぼって、女を抱きたくて仕方がなかった。

最近親しくなった丹波《たんば》本目の城持ちの、野々口清親家中の地侍の本城惣右衛門と連れだって、鴨川の洲鼻《ぽんと》の鈴村へ遊びに行った。

鈴村はあいにく満員だったが、かろうじて二人の女をあてがわれた。

いったんは、今日はもうお部屋があらしまへん、満員でございましてと断られたが、店先に主を呼びだした十蔵は親しげに肩を抱き込むようにして軽く背中を叩きながら低い声でいった。

於万《おまん》を預けとるやないか。

俺や。

御主《おんしゃ》あ俺の顔を忘れたんか。

馴染《なじ》みやないか。

これまでこの店でぎょうさん金を使こてきたが、どうしてもあかんいうならこの暖簾《のれん》に火いつけるがええか。それともおのれのその出っ張った腹でも斬り裂いたろか、と耳に口を近づけてささやいた。

脅《おど》すのに大声を出してはいけない。

表情を変えることなく至極おだやかに静かなやさしい声で話すにしかずだった。

あ、いや。

苫野《とまの》様と気いつきまへんで申し訳ございまへん。

今日はいつもとぜんぜん違ったお顔をしておられますよって、初めてのお客様やと思て、と主はいった。

そうか。

はじめて戦《いくさ》の場に出て緊張し、よく見知った者が他人と見まごうほどおのれの顔の、顔つきが変わっていたことに、十蔵はここでようやく気がついた。

それで客の誰かを追い出して部屋二つと女をあてがわれたのはいいが、惣右衛門の敵娼《あいかた》はあばた顔だったし、十蔵の敵娼も身の丈の低く、鼻が平べったくて赤い上唇から白い前歯の先が突き出ていた。

首に塗っている白粉《おしろい》がまだらに剝《は》げていてそれまで何人かの客を相手にしたあとだとわかったから、十蔵はおい惣衛《そうえ》よ、どうするといって肩をすくめた。

いや。

惣右衛門も肩をすくめた。

まあ仕方あるまいて今夜は、とこたえて苦笑した。

仕方なくうなずくと、出っ歯の女がそうや、わてで我慢しいなといい、十蔵の股間に手をのばして、おや、もうわてを恋しがってはるわといって含み笑いした。

とにかく、まあ、討ち込みが無事に済んだ祝いや、とりあえず飲ままいということになって、飲みはじめたところへ於万がきた。店の主が他の席に侍《はべ》っていたのを呼んだのだ。

この店の、女中働きになっていた於万は鈴女《すずめ》という源氏名に変わっていた。

俺はこの鈴女がいるでな、惣衛よ。

二人はまかせるだ。

三人で楽しめ、と十蔵は空の盃を鈴女に向かって差し出し、酒を注がせた。

すると、惣右衛門は首を振りながら、それにしても今朝のことは驚いたのといった。女どもを意識して、まあ、われらよりも本能寺に一番乗りしたとゆう輩《やから》がいたら、それはみな嘘やでといった。

一番乗りはこの本城惣右衛門だでの。

いやいや俺かもしれんで、と十蔵はからかう口調でこたえた。

はようわっちに一番乗りして、とあばた顔の女が茶々を入れた。

いやあ、わっちにして、と出っ歯の女が混ぜ返して大声で笑った。

とにかくや。

亀山を出て老ノ坂から山崎へ向かうと思とったら、急に京へ行くっちゅう。あんときゃあ家康様が御上洛しとられるから、家康様を討つというたんやな。といっても、そもそも本能寺がどこにあるのかも知らなんだ。

そしたら軍列から馬の二人が離れて誰や思たら蔵助様の御次男の甚平様と小姓で、われらはそのあとについて伏見の片原町へ入って、甚平様たち二人が北のほうへ行ったから、われらは堀川沿いに東へ向かって、それから本道に出て本能寺に向こたんや。

橋のところに一人いたんで、これを斬り殺してそいつの首をとってぶらさげたまま、本能寺の東門に入った。

門は開いとったが、これが、鼠一匹おらなんだ。

おそらく北門から入ったんやろが、秀満様と母衣衆《ほろしゅう》の二人が来て、なんだその首は、はよ捨てんかいちゅわれた。

これから戦うんやから、たしかに邪魔になる。

そらそうやと思て、首を堂の縁の下へ投げ入れて、堂の上へあがって、なかへ入って行ったら、広間にも人っ子ひとりおらなんだ。

蚊帳《かや》が吊ってあるだけでの。

庫裡《くり》のほうから下げ髪の白い着物を着た女が一人きたから捕まえたんやが、士は一人もおらなんだ。

それで、その女がいうには、上様は白い御寝間着《おねまき》をお召しですということやったが、それが織田信長様のことだっちゅうこともわからなんだ。

ほんで、女は蔵助様に渡したんやが、上様の御奉公衆が二、三人片衣で股立《ももだち》を高くとって、堂のなかへ入ってきた。そこでまたひとつ首をとった。

それから浅黄の帷子《かたびら》を着て奥からひとりで刀を持って出てきた者がおって、こいつは帯もしておらなんだ。

それで、われらは吊ってある蚊帳のかげに隠れて浅黄の帷子を着た奴が通り過ぎようとするところを、後ろから袈裟懸《けさが》けに叩き斬ってやった。

これも首をとったんやが、先に縁の下へ投げ込んだ首とこの首の合計三つで褒美に槍を一本もろたぞ。

よおがんばった。

とにかく仕事が無事にすんでよかったわとこたえた十蔵に、惣右衛門は今になってなんやけど、それにしても日向様はなんで突然本能寺を攻めるようなことをしたんやろなと、首をかしげた。

わからんと十蔵はこたえた。

日向様の謀叛《むほん》の理由を考えるより惣衛よ、俺あこの鈴女《すずめ》と急ぎ仕事があるんや。向こうの部屋へ行く。

そやなと、惣右衛門もいった。

本能寺のことはもう終わってしもたことや。

なにをどう考えてもしゃあないわ。

それよりわれわれもそろそろ床《とこ》へ入るかと女たちにいいながら銭をわたした。

出っ歯の女ははよ寝よ三人で、はよ、はよといった。

もう一人の女もはよ寝てやらしいことして楽しもと応じ、大きな声で笑った。

鈴女は床に入って十蔵に抱かれると、わたいは鈴の女と書いてスズメと読むんやから、どこにでもいる雀だよと耳もとでささやいた。

十様がどこへ行っても雀はいるでしょう。

山へ行ってもわたいはいるよ。

海へ行ってもわたいはいる。

どんな田舎にも、繁華な町にもいるし、十様がほかの女を抱いているときも、わたいはすぐそばにいて、朝になったらちゅんちゅんちゅんうるさく鳴いてやる。

十様がひとりでいるつもりでも、わたいはずうっと一緒にいるといって十蔵の口を吸った。


本能寺急襲の翌日である六月三日は、早暁《そうぎょう》から横殴りの大雨が降っていた。

本城惣右衛門と鈴村に泊まった十蔵は、明け方暗いうちに目を覚まして早々に二条御所の陣所へ帰った。

朝飯の湯漬けをかき込んでいると、ちょうど日向様から早馬が着いて二条御所に駐留している軍は至急坂本城へ集まれということで、十蔵は兵とともにすぐ出発した。

日向様は坂本城にあって大津と松本と瀬田の三カ所に陣を構えさせていた。

近江勢に備えたのだが、戦略的にはほとんど意味のない作戦である。

それから日向様は古くからの友人であり姻戚関係にある丹後《たんご》田辺城の細川家に同盟を乞う書状を送った。

つづいて備後《びんご》鞆《とも》の浦近くの津ノ郷に鞆幕府を構えていた将軍足利義昭にも書状を送った。

もちろんそのほかの近隣の諸将にも、連携同盟を呼びかけた。

わけても高山様をはじめ、中川清秀や池田恒興などの本来日向様に従属していた摂津《せっつ》衆《しゅう》には、懇篤《こんとく》な筆致で呼びかけた。

なぜなら摂津衆の領地は日向様の勢力圏の西側へ勢力を張ってゆこうとしている羽柴軍と、それを迎え撃つ明智軍の接する地点に位置していたからである。

また、日向様は京の南西の、乙訓郡《おとくにぐん》大山崎に禁制を発出した。

古くから名水で知られる大山崎は、天王山《てんのうざん》などの山や丘陵地が平野部に突出しており、その麓に桂川と宇治川と木津川の合流点があって合流点から下流は淀川になっているから、高地と三本の川に挟まれたせまい平野部が狭い通路ということになる。

この隘路《あいろ》に沿っている大山崎こそ、京と大坂をむすぶ戦略上きわめて重要な節所で、その大山崎に日向様が禁制を発したということは、そこが日向様自身の支配下にあるという宣告であった。

ところが、大坂にいた織田信孝も大山崎に禁制を出した。

それに加えて丹羽長秀《にわながひで》が大山崎惣中《そうじゅう》宛てに信孝の制札を保障するという書状を送った。

となると、大山崎惣中は日向様と信孝の、どちらのいうことを聞けばいいのかと、戦乱を予測しながら迷うことになった。

いいかえれば、このことは日向様が京に間近な大山崎も完全に支配下に収めることができていなかったということを表している。

安土城にあっては、上様に留守役を命じられていた蒲生《がもう》賢秀が城をそのままにして上様の妻妾たちに警固をつけ、みずからの城である近江蒲生郡にある日野城へ避難させることにした。

賢秀は息子の氏郷《うじさと》に日野城から荷物を運ぶ牛馬人足をつれて腰越まで迎えにくるようにと指示し、三日の未の刻に安土から関係者を撤収させた。

城から出るにあたり、天主にある金銀や太刀をはじめ宝物などを取り出して火をつけて焼いてしまおうという者もいたが、賢秀はまったく無欲な人物で、上様がこれまで心を尽くして集めた金銀や天下無双の安土城を焼き払うことはしたくないし、金銀や価値の高いものを奪いとるのは世間の嘲《あざけ》りを受けることになるといってなにも持ち出さずに安土から引き上げた。

引き上げる前に賢秀はかつて普請《ふしん》奉行をつとめた在地の土豪で上様に信頼されていた木村高重に安土城を預けた。

賢秀一行の他の、たくさん逃げ出す者は裸足で足が血に染まってまことに哀れな様子であった。

日向様は細川家につづいて、これまで心やすくしてきた高山様にも連携を求める書状を送った。

そして、京の二条御所から粟田口経由で山科を越えた十蔵たちの軍勢が坂本城に入ったのは午《うま》の刻ごろだった。

また、清水宗治が立てこもる備中高松城を二万五千の兵とともに水攻めにしていた羽柴が上様父子の死を知ったのは、この日の深夜子《ね》の刻前後のことだ。

羽柴は水攻めにしながら上様の来援を待ち、最後の詰めを上様自身にまかせる手はずを整えていた。高松城の東にある石井山に陣を構えた羽柴は刻一刻と増えてゆく水が城をひたしてゆく折からの梅雨《つゆ》の雨をながめながら、これで毛利攻略の大きな足がかりができると前祝いでもやりたいような気分でいた。

その夜のことだった。

日向様が小早川隆景に送った使者が捕らえられた。

闇夜のことで、城の南の日差山に陣取っていた毛利軍と間違えて羽柴軍に迷いこんだこの使者の密書には、本能寺の顛末《てんまつ》とともに羽柴軍を挟撃《きょうげき》すべしと認めてあった。

こうして毛利勢より早く上様の死を知ったことは、羽柴にとってはまことに大きな幸運であった。

日向様が意図した通り、密使が無事に毛利側の軍陣に着いていれば、羽柴軍は挟撃されて窮地におちいることになったかもしれない。下手をすれば背腹の敵によって殲滅されることになっていたかもしれない。

だが、羽柴ははやくもこの夜から毛利との講話交渉に入った。

この夜、辰の下刻ごろ家康は近江甲賀の小川城に入った。

前夜泊めてもらった宇治田原城城主の山口甚介の父である多羅尾光俊《たらおみつとし》の城である。

規模は大きくないが、分厚く高い土塁《どるい》を隙間なく巡らした山の上の堅城である。

多羅尾が家康たちに赤飯を供すると、皆それを手づかみで頬張った。

朝早く宇治田原城を出発してなにも食わずに歩きつづけたから、腹が減って行儀も品格もあるものではなかった。

一言も発することなくみな供される食べ物をがつがつと食らった。

安土の せみなりよ ではこの日も早朝から協議した結果、ウルガンら二十八名で沖島へ脱出した。琵琶湖の海賊の船を雇うことができたのだ。
かれらは教会にとって大切な銀の燭台や吊り香炉や聖杯や緋色のビロードの飾りを持っ

ており、海賊はこれらに目をつけた。

それで沖島に着くと約束を違《たが》えて所持品の半分を脅し取られた。

漁師の家を借りたウルガンたちはその家に入った。

けれどもウルガンたちは眠らなかった。

夜半に危険を承知で沖島の小さな港に停泊していた海賊に連絡し、再び舟を雇った。

海賊には漁師に金を借りたと嘘をつき、隠し持っていた金を支払った。

危険を冒してまでなぜそうしたのかと思うが、理由があった。

ウルガンは皆を引き連れて沖島から坂本城に向かったのだが、かねてから日向様自身やその家族と親しく交際してきてお互いに好意を持っていたので、本能寺の一件がどうなってゆくかを憂慮したと同時に、情報を収集して日向様の今年十三歳になった嫡男《ちゃくなん》の光慶《みつよし》にかねてから請願されていた洗礼を授けるためであった。

ウルガンはこの段階で日向様が早晩諸侯から糾弾されるであろうことと、彼等諸侯の連合軍に敗北して日向様は家族もろとも殺されるであろうことを漠然とながら予想していたということであり、いいかえればいま光慶《みつよし》に洗礼を受けさせなければその機会を逸してしまうことになるという切羽詰まった気持ちから危険を冒してまで沖島から坂本城へ向かったということだった。

日の出るころ、坂本城に着いた。

今回は、海賊は阿漕《あこぎ》なことをしなかった。坂本城の真下に着岸したから、明智の軍を恐れたのだ。

ウルガンの到着はただちに日向様に報告され、すぐ引見されることになった。

瀬田の唐橋が焼かれなければ日向様は前の日に安土へ直行していたはずである。たまたま瀬田の唐橋が焼き落とされていたから、やむを得ず日向様は坂本城へ入っていた。

ウルガンは極めて稀な、偶然によって日向様と会うことになった。

ウルガンと日本人修道士のヴィセンテはまず最初にとり急ぎ光慶に会い、坂本城の本丸御殿の広間において洗礼の儀式をとりおこなった。

黒い祭服を着たウルガンは分厚い聖書の何頁かを声を出して読み、大きな丼鉢に満たした水を手で掬《すく》い、その水を光慶の頭にたらたらと滴らせた。

その前に跪《ひざまず》いている光慶は感激してか涙を流しながら胸の前で十字を切り、両掌を組み合わせて祈りの言葉を唱えた。

もちろん父親の日向様も御正室煕子《ひろこ》様もこの儀式に参列してウルガンに過分な礼金を渡した。これらのことは、広間の末席からではあったが、作兵衛も十蔵も実際に見たことである。

人が洗礼を受ける儀式を十蔵はまばたきもせずに見つめていたが、その席でなにを感じていたのかははっきりわからない。

ただ、すぐ横にいる作兵衛は高山様や亀八が見たら喜びそうな場面やなと呟《つぶや》いた。

洗礼の儀式がおわったあと、光慶は京都の南蛮寺へ向かうウルガン一行に途中の危険を勘案して明智家の者を供としてつけることを申し出た。だが、ウルガンはこの親切な申し出を断り、通行証のようなものをもらえれば有難いといい、光慶はただちにその書類を作らせてウルガンに渡した。

そのあとの日向様とウルガンの会見だが、これは本丸御殿の書院で行われた。

かつて上様がこの城を訪れたときに使用した部屋である。

日向様はウルガンに対して光慶に洗礼をあたえてくれたことに礼を申し述べ、安土からお越しいただいたということならばすでにご承知と存ずるが、余儀なき次第でこういう事態になり申したといった。

したがって、ウルガン殿にも、是非ぜひ御助力いただきたいのですと日向様は切りだした。

これからすぐにでも安土へ向かわねばならぬゆえ、少々急いで話をしたいんやがというと、ウルガンは心得たもので日向様のご命令であれば何なりと、と応じた。

これまでのわれわれの親密なるご交誼はデウス様も祝福されております。

なにもかも日向様の仰《おお》せのままにいたします。

それはありがたい。

とにかく、あの信長という御仁《ごじん》は天魔《てんま》やった。天魔とは第六天魔波旬《はじゅん》のことやから。他化自在天《たけじざいてん》ともいうが、仏道の修行を妨げる邪悪な悪魔のことや。

まあそれは比叡山《ひえいざん》の坊主どもだの門徒だのがそういいはじめたんやが、それは身共《みども》もそう思うておる。

いや違いますとウルガンはいった。

それはなにかのお間違えか、日向様の勘違いですときっぱりした口調でいった。

ウルガンは異人らしくない達者な言葉使いで話しつづけた。

上様は天魔などではございませんでした。

安土を出発される日の、二十九日の朝はやく、上様は　せみなりよ　へおいでになって、これから秀吉のいる中国へ出陣するが、中国征伐が終わったら九州まで平らげて、無事に治めたら唐天竺《からてんじく》まで出張《でば》って、あとはなにもかも伜どもにまかせようと思とるとのことでした。

それが無事に終わったら、安土へ帰って、予もお前らのジェスとやらいう男を信じてやってもええでと仰せでした。

安土の山の上は城と屋敷で一杯になったで、イエズス会に隣の観音寺山をくれてやってもええ、とも仰せでした。

教会をどう建てるか、予が何をどうゆう風に拝むかとか、細かいことは帰ってから相談せまいと仰せで、その話がまとまったら洗礼を受けてくださるお約束でした。

安土の城も、天守といわず天主とゆうておりますのもそのためですから。

もっとも、予の手が触れたものはすべて壊れると仰せでした。

予の指に触れたものはかならず毀《こほ》たれてゆくゆえ、お前らもそれなりの覚悟をして予とつきあうことになるぞとのことでした。

まさか。

それは信じられん。

日向様はウルガンの話を受けつけなかった。

ほんとうでございます日向様と、ウルガンは強い口調でいった。

あの御仁が神仏など信じるはずがないと、日向様は首を振った。

ならばあの摠見寺《そうけんじ》の盆山《ぼんさん》はなんであったのか。

上様はみずからが神として崇《あが》め奉られようと思っていたではないか。

そもそも上様自身は神仏を礼拝尊崇しなかった。

法華の寺に参ることはあったけれど、日蓮を崇拝していたわけでもなかった。

というより、そういうものを見下《みくだ》していた。

違いますと、オルガンチーノがまた強い口調で断言した。

それは違います。

上様がみずから神になることも、新しい神をつくることも、決してゆるされません。イエズス会もローマのパッパ様もそんなことは容認しないことを、上様はご存じでしたとウルガンはいった。

ですから上様はわしゃあこおゆう立場だで、ジェスのように磔になるわけにはいかんで、とりあえず盆山を拝ませておくということだでのと仰せでした。

それから、上様は悪戯《いたずら》っ子のようなお顔で笑いながら皆々に拝めば大いに御利益《ごりやく》んあって、八十まで長生きして金持ちになるとゆうておけとのことで、とにかくキリシタンのことはなにもかも、帰ったら相談せまいということでしたから。

上様の目にはジェス様の生き方がよく見えていました。

上様には私たち誰にも見えないものが、ちゃんと見えていました。上様はジェス様とよう似ておられました。

というか、最後はジェス様のように生きたいと願っておられたと思います。

ああ。

たしか、あの日は、日向様は細川藤孝様と丹後の方へ検地にお出かけになっておられるとのことで、安土にはおられませんでしたね。

あの、去年の七月十五日の盂蘭盆会《うらぼんえ》の夜のことはほんとうに、どんなに小さなことでも、よおく覚えています。

覚えているというより忘れられるものではありません。

上様はわれらのイエズス会の日本巡察使のアレッサンドロ・ヴァリニヤーノ師を安土のお城にお招きになりました。これはもちろん日向様もすでにご存知かと存じますが、あの夜は城下の家々の灯はすべて消しておくようにというお触れを出されて真の闇をつくり出した上様は、安土のお城の七階層の天主や摠見寺の屋根や軒下や縁側などすべての場所におびただしい数の提灯を吊ったり置いたりしておいて、いっせいに火を点《とも》させました。

安土のお山だけでなく、同時に城下の道にも大勢の人々を配置し、松明にいっせいに火をつけさせて、それはそれは、みごとなものでした。

それよりもっと美しかったのは、お堀にも琵琶湖にも馬廻衆の方々がたくさん舟を漕ぎ出して、松明に火を点けました。松明の火の光がお掘りや琵琶湖の真っ暗な水面に映って、ゆらゆらと輝いて、燦めいて、これもほんとうに素晴らしい景色でした。

織田家中の皆様も、そうでない方々もこぞって、こりゃあ言語道断面白き有様だと、絶讃なさっておられました。

十蔵も作兵衛も、その日は京の明智屋敷で羽をのばして鈴村へ遊びに行っていたからウルガンのいうみごとな光景は見ていなかったが、あとから誰かに聞いてほう、それは見たかったなといった記憶があった。

ヴァリニヤーノ師も、それは、大喜びでした。

さらにですと、日向様がなにかいおうとするのをさえぎってウルガンはつづけた。

安土の城と城下町と琵琶湖や黄金の雲を描いた狩野探幽の描いた屏風をローマのパッパ様にとお贈りくださって、これには師はほんとうに心から恐縮しておりました。

いえ、私たちにそこまでしてくださる上様がジェス様をお信じになっていなかったとはいえません。それを申し上げたかったのです。

上様は、ジェス様をお信じになっていたからこそ、私たちに御厚遇を示されたと考えるべきではないでしょうか。

なるほどそうか。それはわかった。

ここで一歩退いた日向様はまあ上様のことはひとまず脇へ置くとして、ウルガン殿、話は高山殿のことやと、本題に入った。

身共は高山殿に是非とも与力してほしいと考えて、昨日も書状を送ったんや。だから、高山殿と神信心の世界でほんとうに親しいウルガン殿に是非ともその仲立ちを頼みたいと、心から願っとるんやが。

日向様はキリシタンに関係のある者に信望があつく、影響力の大きい高山様を味方につけることによってキリシタンに入信している武将をごっそりまとめて明智軍側に取り入れたいという意向で、そのためにウルガンに力を貸してほしいということだった。

お安い御用でございます。ウルガンは掌《てのひら》を合わせて請け負った。

尊敬する高山様のことでございましたら、喜んで、なんでもやらせていただきます。

日向様と高山様の組み合わせは素晴らしゅうございます。

身共の甥《おい》にキリシタンの信徒がひとりおるゆえ、その者にウルガン殿の書状を届けさせる。いまここでぜひその書状を書いては下さらぬか。

明智日向がなにとぞお味方くだされと伏してお願い申しておると。

はい。承知いたしました。

すぐさま日向様の口述をヴィセンテがしたためた高山様宛ての書状に日向様が目を通し、花押《かおう》を書き込んだ。

ウルガンも読んだが、読みおわるとウルガンは懐中《かいちゅう》から別のつるつるした紙をとりだして硯《すずり》に残っている墨でもう一通の手紙を書いた。鳥の羽の先に墨をつけ、そこにいる者には内容がまったく理解できない異国の文字で書かれた手紙である。

日向様はさすがに訝《いぶか》しげな顔をした。

これは確かにこのウルガンの書状だと証明している手紙でございますとウルガンはいった。

御心配には及びませぬといって日向様を納得させた。

いや、ウルガン殿ありがたく存ずると、日向様は頭をさげて感謝の意を表した。

けれども、この異国の文字を読み解ける高山様に宛てた異国の文字で書かれた手紙の内容は日向様を否定するものであり、たとえ磔にされるようなことになっても、決して上様に対する謀叛《むほん》に加担してはなりませんと書いてあった。

片方で日向様の協力依頼の書状を届ける。

片方で金輪際《こんりんざい》同盟はならぬと書き送る。

なんのことはない。

日向様はこのときウルガンにまんまと謀《たばか》られたということであり、高山様は最後まで日向様の味方になることはなかった。

というより、どちらかといえば高山様は日向様と親しかったにもかかわらず、上様の死を知ってからは終始明確に日向様の敵であることを選んだ。

それも、日向様に向かって徹頭徹尾最前線で激しい敵意の牙を剝きつづけた。

おそらくはキリシタン信徒としての厳格な正義感がそうさせたのだろうと思う。

神父《ぱあどれ》ウルガン一行が京の南蛮寺に向かったあと、日向様は近江国の諸侯がことごとく日向様に服属し、若狭《わかさ》の武田元明《もとあき》が降伏したという報告を受け、それに満足してこの日も次々と美濃や尾張の諸将にも連携を呼びかける書状を発送した。

書状の書き出しはすべて同じで、信長父子悪逆にして天下の妨げ討ち果たし候、と書いた。

一方の羽柴は本能寺の凶報を得ると、ただちに電撃的な速さで動いた。

まず毛利の政僧安国寺恵瓊《えけい》を仲介役にたてて講和を進めた。

交渉力に優れていた羽柴は上様の死を隠して急いで毛利と和議を結び、備中高松城主清水宗治を切腹させることで城内の将兵の命を保障し、同城の明け渡しと備中、美作《みまさか》、伯耆《ほうき》三国の割譲を認めさせた。

その結果、高松城の城兵五千の命と引き換えに切腹に至った清水宗治の死は、小舟で城から漕《こ》ぎ出し、両軍将兵が見守るなかで自刃するという劇的な形になった。

こうして毛利と停戦講和すると、羽柴は水攻めの堤防を切って水を流し出し、備中高松城の周囲を泥沼にしたままとりあえず反撃の有無を確認した。

この日の夕刻である。

酉《とり》の刻ごろに毛利側も本能寺の変を知った。

日向様は六月二日に原平内という者を使者に立てたが、この男が毛利に変報をもたらしたのであったかもしれない。

第八章　山崎

瀬田川に新たな橋が架けられたという急報を受けた日向《ひゅうが》様は早朝に坂本を出発して軍勢を進め、安土城に入ることができた。

安土城は無血開城したということである。

日向様は安土城に残されていた金銀財宝を将兵の分捕《ぶんど》り放題にし、明智軍の将兵はこぞって本丸の御殿や天主を目指した。

が、十蔵は十人の手下を七人と三人に分けて七人に城の御金蔵で好き勝手に盗《と》り狂えと命じ、配下の若くて力のある喜兵衛、金三、元助の三人と馬十頭を連れてまっしぐらにせみなりよへ走った。

まず金銀。

金銀がなければ、キリシタンの儀式に使う珍奇な道具や異国の品々を掠《かす》めるためだ。

燭台や香炉など儀式用の品々の大部分はウルガンらが持ち去ったことは知っていたが、残りのものがあるかもしれなかった。もしそれらが隠されたり盗られてしまっていたら、

深追いせずに せみなりよ の北側の陽当たりの悪い場所を選んで建てられた納戸にしまわれているはずの葡萄酒《ちんた》をいただこうと考えたのだ。

想像した通り せみなりよ は空っぽになっていたが、裏の小さな納戸は手つかずだった。小さな納戸といっても八割は地下になっているから極く粗末なただの物置だと思われたのだろう。地下の大きな酒蔵は手つかずだった。

片っ端から葡萄酒の瓶を十頭の馬に積み、そこから配下の三人に真っ直ぐ京の白首屋《ごけや》の鈴村へ運ばせた。

一般の町の衆にはまだまだ葡萄酒は稀にしか手に入らず、身分の高い人々との間でかなり高価で取引されている。

鈴村の主が酒屋に売って鞘を稼ぎ、残りの金は鈴女《すずめ》に渡る。

鈴女は安土から重い葡萄酒を運んだ三人に分け前を払い、残りの銭は上手に隠匿《いんとく》しておくという筋書きになっていた。


日向様は羽柴の本拠地である長浜城を阿閉貞征《あつじさだゆき》と山田八郎右衛門に攻撃させて攻め落とし、蔵助《くらすけ》様を入城させた。

さらに丹羽長秀《にわながひで》の佐和山城を武田元明《もとあき》に攻めさせて落城させると、山崎片家《かたいえ》に接収させた。

琵琶湖をおさえて制海権を確保したのである。

こうして日向様は近江と美濃をおさえるなどして明智政権の形を整え、次は謀叛人《むほんにん》ではないという自らの立場を正当であると世間にも公認させ、権威づけようとした。

すでに明智光秀謀叛はあちこちに影響をおよぼしていた。

四国の長宗我部元親《ちょうそかべもとちか》を制圧するため大坂城に駐屯《ちゅうとん》していた織田信孝と丹羽長秀に攻められ、自害に追い込まれた。千貫櫓《せんがんやぐら》に追い詰めて殺してしまったのだ。

信澄は上様の弟信勝の子で、日向様の娘の京子を娶《めと》っていたため日向様に加担するはずだという疑いを抱かれたからで、その首は堺の町に曝《さら》された。

畿内では、しきりに羽柴についての風評が流れていた。

毛利と和睦した羽柴が早くも備中《びっちゅう》から近日中に上洛するという噂である。

この日、羽柴は停戦後の毛利側の出方を窺《うかが》いながら、摂津茨木の中川清秀に上様は生きているという虚偽の手紙を書いて味方してほしいと連絡したり、他にも織田の諸将に協力を求める同様の書状を発送した。

羽柴はこの日のうちに極秘裡に備中高松城からの撤退準備を済ませた。

翌日には吉川《きっかわ》元春と小早川隆景の軍が岩崎山の陣を撤収するのを見て毛利の追撃がないことを確認すると、突然軍令を発した。

備中高松から至急陣払いせよという命令であり、未の刻には全軍二万五千が撤退を開始した。

羽柴は辛川から一の宮へ。

半田山の南麓を通過し、釣りの渡しで旭川を越えた。

岡山城には寄らず、備前《びぜん》の沼へ直行した。

備中高松から沼までは約五里半である。

この日は激しい雨が降り募っていたから西国街道は泥濘《でいねい》と化していた。

その悪路を全軍泥まみれになって疾駆《しっく》したのである。

六日の夜に宇喜多直家の居城である沼城に着いた羽柴は、ここを宿陣とした。

翌早朝、羽柴は沼を出発し、暴風雨を衝いて福岡の渡しで吉井川を渡った。

この福岡は黒田官兵衛の出身地であり、のちに官兵衛は九州博多に同じ名前の城下町をつくることになる。

福岡から備前焼の産地である伊部《いんべ》を通り、片上へ。

船坂峠を越えて備前から西播磨《にしはりま》の平野部に入ってゆく。

このあたりの道はのべつゆるやかに登り、またのべつゆるやかな下り坂になっている。

刀や槍や銃をかついだり着ている鎧兜の重量と藁でつくった粗悪な草鞋や足半《あしなか》で走ることはかなり難儀だが羽柴配下の将兵はひたすら走った。

走って走って、ただ走って走りつづけた。

同じ日の申下刻《さるのげこく》に吉田兼見《かねみ》が勅使として安土城の御殿《ごてん》に日向様を訪ねた。

吉田は誠仁親王《さねひとしんのう》から日向様に対する京都の儀は別義《べちぎ》なきの様に堅く申付くという言葉を伝えるようにと、命じられていた。日向様に京都の秩序をしっかり守ってほしいという命令である。

また吉田は、朝廷から禁裏《きんり》御所警衛を日向様にまかせるという言葉も預かってきていた。

日向様はこれで一介の反逆者から朝廷に新しい政権の長《おさ》であると、正式に認知されたということである。

吉田はかねてから日向様ときわめて親密な公卿《くぎょう》であり、日向様とすればこれで以後の朝廷工作はうまくいくという見通しが立ったと判断した。

そして、吉田は日向様に朝廷からの贈り物を渡したあと、友人としての心やすさからこのたびの謀叛に関する日向様の存念を尋ねた。

日向様は本能寺強襲にいたるまでの経緯を語った。

もちろん日向様がなぜ上様を誅殺《ちゅうさつ》するに至ったかという核心について語った。

が、その内容を吉田はなぜか誰にも語ろうとしなかった。用心深い吉田は誰になにを話してもどこからか自分の身に危険が及ぶ可能性があると考えたからだ。

吉田は話柄《わへい》を変えた。

前々月の四月二十五日に京都で武家伝奏の勧修寺晴豊《かじゅうじはれとよ》が上様配下の京都所司代である村井貞勝を訪問し、信長の官職について話し合いを行ったことについて話した。

御存知の通り、朝廷は信長を太政大臣と関白と征夷大将軍のいずれかに推任するという案件ですわ。

それから五月四日には安土に三職推任《さんしきすいにん》の勅使が三人派遣されましたわなと、吉田はいった。

そうでしたなと、日向様はうなずいた。

正親町《おおぎまち》天皇は内廷で最も位の高い上臈局《じょうろうのつぼね》を。

皇太子の誠仁《さねひと》親王様からは誠仁親王御自身の乳人《ちひと》で大御乳人《おおおちびと》を使者として派遣して、この度も勧修寺晴豊を付き添わせていました。

朝廷としては、信長を征夷大将軍に任じる積もりやったんですわ。

が、信長は誰にも会おうとせんかった。

昨年の三月にも、帝は信長を左大臣に任じようとして勅使を送られましたが、信長は断ってます。それで、今回も信長は帝の御申し出に応じようとしまへんでした。

三度《みたび》ですわ。

これはなんとも不届き至極で、天を恐れぬ所業です。

まことにけしからぬことや。

つまり朝廷は上様を三職の征夷大将軍にでも就任させて朝廷の官位体系の一員に組み込んでしまいたいという意図だったが、それを読んでいた上様が断ったということである。

だから、吉田は朝廷の意思を重んじることなく、三職推任に応じなかった上様を倒した日向様を間接的に持ち上げたのだった。

しかし、なんですなと、日向様はこたえた。

天下取りとは容易ならざることで、まずは都および周辺の支配権を握ることですわな。三職を蹴ったというのは上様は少々大きく構えすぎて躓いたんでしょうな。

今度は吉田が深く頷《うなず》いた。

都と都の周辺に位置する五畿内が天下ですよって。

京を含む山城《やましろ》とその周辺の摂津《せっつ》、河内《かわち》と大和《やまと》、和泉《いずみ》。

天下はこの五つの領国を占領した者の手中に帰するのが常ですさかいな。

帝は絶えず日の本のすべてを統《す》べておられる栄誉と名声に飾られてはおりますけれども、現実はこの時期になんらの指揮権も権力も有してはおりまへん。

いうたらなんですが、いまはみすぼらしく貧しく身を養っておられるに過ぎまへんよって、と嘆いてみせた。

つまり、吉田は天下とは京および周辺の五つの領国のことで、日向様にまずはこの規模の天下の主になって足もとを固めることと、天皇への献金を勧めたのである。

そして、こうして日向様が安土城で吉田と語り合っていたころ、北陸にいた柴田勝家がようやく本能寺の変を知ったが、上杉景勝と対峙《たいじ》していた柴田は越中魚津《えっちゅううおづ》の松倉城の攻略にとりかかろうとしており、ただちに兵を撤収してそのまま迅速に上洛することなどできなかった。


羽柴軍は徹夜で走り続けて船坂峠を越え、つまり備前から播磨に入って早暁《そうぎょう》には姫路の城に着いた。

備中高松から姫路までの約二十五里をわずか二日で走破したのである。

長い道を、力をふりしぼって駆けて走り、羽柴軍の疲労は極限に達していた。

鎧の草摺《くさず》りは千切れ、袖は落ちて泥土によごれ、兵たちの身体からは肉が落ちて窪《くぼ》んだ眼だけが底光りしているという状態だった。

こうした将兵たちに、羽柴は午《うま》の刻まで休息をあたえ、そのあと全軍に出陣の準備を整えさせ、出陣は翌九日朝と触れさせた。

この姫路城に籠城して日向様に対抗するという方法があったが、羽柴は野戦で正面から対決する積極策を選んだ。

羽柴は湯舟の湯に顎まで浸かってゆっくり身体を温め、湯女に全身を洗い清めさせると、粥《かゆ》を食べながら相伴《しょうばん》している堀秀政に今度は大博奕《おおばくち》を打つでなといった。

秀政は世間の様子を見ますと、博奕にも目が出そうでございますでと応えた。

羽柴はさらに続々と姫路に到着してくる兵たちを休ませ、蔵奉行に姫路城内の蔵に貯えてあった金銀や銭や蔵米を調べさせた。

それらをすべて何もかも、すっからかんになるまで将兵の身分に応じて惜しみなく分けあたえた。

ありったけの金品をばら撒いたのだ。

天守においてあった銀七百五十貫《かん》、金八百枚、米八万五千石《ごく》、さらに毛利と戦う軍資金の使い残し銀十貫、金百六十枚。

これらを全部、残らず配下の将兵に配った。

日向様との合戦に負ければ死んでしまうから、すべてを失うことになる。

金などどんなにたくさん持っていても、意味がない。

だが、勝てばすべてを手に入れることができる。

いま持っている金など比較にならない。

莫大なというより無限の富がおのれのものになる。

だからありったけをばら撒《ま》いたのだが、この豪気さによって羽柴軍の士気はいやがうえにも高まった。

羽柴の人心掌握の絶妙なうまさである。

そしてこの日、日向様は女婿《むすめむこ》の秀満に安土城をまかせ、みずからは坂本城へ移り、大津や山科《やましな》へ兵を配したのちに、明日は神楽岡の吉田神社の吉田兼見邸へゆくと連絡をとった。

日向様の書状を持って吉田神社へ走ったのは十蔵である。

しかし、吉田神社から帰ってきた十蔵が作兵衛の顔を見るなりどうも吉田は気に食わん、いけすかない奴ちゃと不機嫌な声でいう。

吉田様を呼び捨てにしてどうした。

なんぞあったんか。

前々から厭《いや》な感じの奴だと思っていたが、日向様はなんであんな下司《げす》な吝臭《けちくさ》い奴と親しくしているかがわからんという。

ちょうど晩飯のころ吉田神社に着いたんやが、書状をわたしたあと飯を食ってけというんで、遠慮したんや。それでもしつこく勧めるから、まあ、馳走《ちそう》になったんや。

けど、これが見るからに食い残しの残り物でと十蔵は不快そうにいった。

あきらかに吉田が指図して残り物に誰かが使った割り箸をそえて出しゃあがった。

割り箸というものは一度使ったら捨てるもんだ。

身分の低い俺に新しい割り箸を出すのがもったいないちゅうことだな。

人が使った割り箸を使うというのは、気色わるいで。逆さまにして使ってもよかったが、これ見よがしに手で食うて半分以上残してやったわ。胸糞悪い奴ちゃ、あいつは。

おいおい、十《じゅう》よ。

御主《おんしゃ》、吉田様の頭を玄翁《げんのう》でぶち割ったらあかんぞといって作兵衛は苦笑した。

日向様は丹後田辺城の細川藤孝忠興父子に対して二通目の書状を書いた。夜《よ》っぴてこの書状書きにとりかかって、一睡もしなかったらしい。

書状の内容は何卒同盟御助力いただきたいということだった。条件として藤孝に摂津をあたえ、百日以内に京都周辺の国を征圧して嫡男光慶《ちゃくなんみつよし》や忠興らに政権をまかせたいといっている。

その文言は提案ではあるけれど、実質は切々と哀願している内容であり、いかにも弱々しい口調だ。

かつて出世の緒《いとぐち》をつくってくれた藤孝とは古いつきあいであり、愛娘《まなむすめ》の玉が藤孝の嫡子忠興に嫁いでいる姻戚《いんせき》関係であるから、容易にというより、当然手を組むことができると予測していたが、案に相違して細川父子は動いてくれなかった。

動きはしなかったが、細川父子は最初から日向様とはどうあっても同盟しないと決めていたわけでもなかった。

この段階では迷って決めかねて動けなかったということである。


日向様は坂本城から堂々と隊列を組んだ将兵を率いて山科越えで上洛した。できるだけ多くの人々に明智軍の偉容を見せたかったのだ。

京の町には未《ひつじ》の刻ごろに入った。

摂家や清華家《せいがけ》をはじめとする公卿衆や京の人々らが白川や神楽岡あたりまで迎えに出ていた。

例によって強大な武力を持っている者に対する諂《へつら》いである。

日向様はこれを断りはしたものの、町なかに入るとさらに夥《おびただ》しい数の人々が沿道に迎え出ているのを見て、いちおう困ったような照れ臭いような顔をしていたが、満更ではない表情は隠すべくもなかった。胸の底から湧きあがってくるうれしさを抑えかねていたというべきか。

しかしながら。

つい先達《せんだっ》て日の四月十九日。

武田勝頼討伐を済ませて甲斐から右左口道《うばくちみち》を田子の浦へ南下し、駿河《するが》から東海道を経由して安土に向かった上様は、途中尾張に入り、織田家の地元の清洲に凱旋した。清洲の町の、大勢の人々が満面に笑みを浮かべて万歳と叫んだ。

織田信長様万歳。

万歳。万歳。

万歳。

織田信長様万歳と、人々は何回も、何回も、喉が破れんばかりに叫びつづけて讃え、拍手し、祝福し、その英雄を讃える万歳に上様はうれしそうに笑顔を向けて何度も何度もうなずき、右手を挙げて応えた。

しかし、あのときと今とでは、根本的になにかが違っていた。

京の道に並んだ人々は、ただ本能寺に上様を襲った日向様がどんな顔をした男なのかを見物に出た、というだけだったのではあるまいか。

老若男女多くの人々が見物に出ていたが沿道は静まりかえっていた。

日向様の京への凱旋を言祝《ことほ》ぐ歓声をあげた者も、拍手した者も、ただの一人もいなかった。

こうして吉田神社の吉田兼見の屋敷に入った日向様は、吉田を通して朝廷に銀子《ぎんす》五百枚を献上した。

京都五山にもそれぞれ銀子百枚。大徳寺にも銀子百枚を献じた。

すべて政治工作の献金であり、勅使の役をつとめた吉田には吉田神社修理の名目で銀子五十枚を贈った。

天皇や僧侶神官などに金を貢納して日向様はみずからの地位と権威を確立させ、味方につけようとした。

いいかえれば、天皇や公卿僧侶たちなど、御所や寺の奥深くかその周辺にいて戦場とはなんの関係もない権力者に献金して歓心を買ったということだ。

が、一方の羽柴はこれから戦場という殺し合いの現場で刃や銃弾に身をさらし、泥と血と汗にまみれて命がけで働く男どもをふるい立たせるべく、有り金をすべてはたいた。羽柴のために命を賭して地を駆け、這いまわって敵を倒す、そういう将兵たちに金をばら撒いた。

日向様も人々の支持を求めて京の上京下京《かみぎょうしもぎょう》の地子銭《ぢしせん》を免除して民心収攬《しゅうらん》にも配慮しはしたが、彼等は戦とは無関係な者ばかりだった。

日向様は的が外れていた。

この日、日向様は終日吉田邸に入ると、あちこちへ書状を書いた。

そこへ連歌師の里村紹巴《じょうは》と昌叱《しょうしつ》と蘆中心前《ろちゅうしんぜん》が挨拶に来た。

吉田が招いたからだが、これも新しい権力者に対する阿諛追従《あゆついしょう》である。

吉田は夕食を供し、紹巴たちが相伴《しょうばん》した。

日向様自身を含むそこにいた者全員が日向様の先行きに対する不安を抱いての食事で、話はあまり弾《はず》まなかった。顔にほほえみこそ浮かべていたもののお互いに肝腎な部分に触れまいと忖度しながら、当たり障りのない雑談に終始した。

会食が終わったあと、吉田の点前《てまえ》で茶を服することになり、小間《こま》へ移動した。

その茶室で京の町人某から吉田神社気付で日向様に献上された祝いの粽《ちまき》が供された。

ほう。

これはうまそうだといったまではよかったけれど、日向様は粽の笹の葉を剝《む》き取らずにそのまま口に入れ、すぐ口から引き出した。

これを見た吉田も紹巴も目を伏せた。見なかったことにしようとした。

他の者も顔には出さなかったけれど、内心日向様は大丈夫だろうかと思った。有体《ありてい》にいえば、日向様は天下を取れる大君の器ではないのではないか。

これまではたしかに上様を奇襲してたまたま殺すことに成功し、上様にとってかわる男ではないかと読んでいた。

が、日向様は何を以て天下を保つのか。

不日にして寇《あだ》に至るのではないか。

いい方を変えれば日向様に接近しておけば、なにか得になることがあるかもしれないと計算したものの、見込み違いではなかったかと、それぞれがみずからの期待を疑いはじめた。

あるいは、もしかすると禍《わざわい》になりはしないかと考えたのだ。

たしかに、上様の横死《おうし》に拍手する者も少なくなかった。

日向様を勇者だとたたえる者もたくさんいたが、当の日向様は粽を包んである笹の皮を剝かないまま口に入れた。

無防備な上様を強襲して討ち果たしたまではよかったが、そのことに対する怯えと先行きに対する不安で動揺し、なかば茫然として上の空になっていることが期せずして粽の食べ方にあらわれたのではないか。

この日から数えて六ヶ月前の正月元旦。

日向様は正月参賀のため安土城へ赴き、上様に拝謁した。

松井夕閑《ゆうかん》とともに上様に拝謁し、新年を寿《ことほ》ぐ言葉を申し述べたのだが、そのあと諸将の誰よりも先に帝を迎える御幸之御間《みゆきのおんま》を、最初に拝見させてもらった。

日向様が筆頭重臣としてそれだけ上様に重んじられていたということであり、日向様と松井夕閑がこの部屋を拝見したあと、はじめてここが解放されて身分を問わず見物してよいということになった。

同じ正月の七日の夜。

安土から坂本城へもどった日向様は小天守の茶室で茶会を開いた。

招かれた堺の津田宗及《そうぎゅう》は千利休の弟子の山上宗二《やまのうえそうじ》とともにこの会に参加して茶頭《さどう》をつとめた。

茶室の床《とこ》には上様の書が懸けられていた。

薄墨を使った上様自筆の 帰太虚 という文字が書かれた軸を床に懸けたのだ。

書を床に懸けるということは、その書を書いた人物がおのれにとって貴い存在であるということを示している。

それほど日向様は上様を畏敬し、心の底から感謝していたという証左《しょうさ》であろう。

とはいうものの、このことを日向様はどうしたら上様を喜ばせることができるか腐心していた証拠のように感じていたが、それは間違っていたのかもしれないと吉田は考えた。

こんなにも上様に媚《こ》びているのだと、みずからにいい聞かせながら、実は胸の底から湧き上がってくるおのれの抑えきれなくなりそうな謀叛気《むほんぎ》を抑えていたのであったのかもしれない。

いずれにしたところで、上様を討つことに日向様としては大きなためらいがあったはずであり、そうした屈折した思いも、はからずもこの粽の食べ方に露呈してしまったということだ。

茶を喫したあと、吉田や紹巴たちは路地《ろじ》を出て吉田山を下り、大通りまで日向様を送ったが、みな目を伏せてなにもいわなかった。

沈黙に見送られた日向様は闇のなかを急ぎ、下鳥羽の陣所に向かった。

一方、羽柴は態勢を整えて浅野長政を姫路城の留守役として置き、九日早朝には明石《あかし》に向かって出陣した。

朝から延々と、執拗に降りつづく土砂降りの雨のなかを、姫路から御着城《ごちゃくじょう》へ。

御着城から加古川城へ。

加古川からは大明石へと将兵を走らせ、夜半には兵庫に出た。

また、羽柴軍の別働隊は淡路島の洲本にいた明智側の菅平右衛門《かんへいえもん》を攻撃した。

羽柴はやることが速い。

羽柴から細川家宛てに、毛利とは講和した旨の書状が届けられた。

羽柴の書状を受けとった細川藤孝忠興父子は日向様に同心するか否か、まだ迷っていた。

決断するために家老の松井康之に諮《はか》ってみた。

それはいかがでしょうと松井は即座に日向様に同心することに反対した。

日向様は古くからの殿の盟友であらせられることは重々承知しておりますが、今回の本能寺一件は大義も名分もありませぬ。

また、遠慮なく申し上ぐれば、羽柴様を相手に勝ちを制することは到底かなわぬと存じますと、松井ははっきり申し述べた。

その根拠は、まことに恐縮に存じますが、日向様と羽柴様とでは、御器量が異なりますゆえ、即決なさいますようと藤孝父子の怒りを買うことを恐れず、思い切ったことを明確に申し述べた。

あいわかった。

ようゆうてくれたとこたえた藤孝は松井のこの言葉で肚を括り、ただちに剃髪《ていはつ》して幽斎《ゆうさい》玄旨《げんし》と名乗ることにした。

つまり藤孝はこの問題には関わらないということを、剃髪して示した。

息子の忠興は忠興で新しい当主として自由に行動すればいいという判断を下し、父親の藤孝と同様剃髪し、日向様の娘である正室の玉に舅の日向様とは絶縁したと告げた。

それに加えて玉を丹後の味土野《みどの》に幽閉することとし、羽柴や神戸信孝や丹羽長秀たちへ日向様とは同盟しないという書状を送った。

筒井順慶は羽柴と誼《よしみ》を通じているという風評があったけれど、日向様は摂津や河内に出兵した。下鳥羽から宇治川と木津川を越えて大山崎の川の対岸の男山近くの、山城と河内の国境になっている洞ヶ峠《ほらがとうげ》に出陣し、ここですでに連絡をとってある順慶が大和から味方として駆けつけてくれるのを待ったのである。

上様の口添えで日向様の長男の光慶は順慶の養子になる約束をしていたし、松永久秀を信貴山城《しぎさんじょう》に討伐したあと大和がそっくり順慶の領地になり、守護に任じられたのも日向様の尽力によるものだったから、日向様としてはなにもいわなくてもさまざま慮《おもんぱか》って順慶が駆けつけてきてくれるのは理の当然であると考えていた。

日向様は蔵助様の弟の大八郎を使者に立て、安土城にあった金のうち千両を手土産《てみやげ》に持たせ、末っ子の乙寿丸を人質に出すといわせた。

順慶がいま領有している大和国に加えて和泉国と紀伊《きい》国も差し上げようという条件も示した。

だから、これなら充分だろうと読んでいた。

ところが、順慶は使者の大八郎に諾否のはっきりとした回答をしなかった。

ということは婉曲《えんきょく》に拒否したということで、結局日向様が洞ヶ峠でいつまで待っていても順慶は姿を見せなかった。

それよりも順慶は前日から大和郡山城で米や塩を搬入して籠城する準備を整えていた。

順慶にとって最も大切なのは自分自身と家臣たちの安寧《あんねい》であり、親しい友でもある日向様との信頼関係を重んじることではなかった。

これもまた、日向様の大きな誤算であった。

日向様はまったく無駄で意味のないことに貴重な金と時間を浪費したということであり、強く期待していた順慶と手を結ぶことができなかったことは日向様の心の急所を深々と傷つけ悲しませ、失望させた。

このように、細川が動かない。

筒井も動かない。

これは日向様にとっては大誤算であった。

暴虐な上様を殺せば呼応する武将たちが他にもいるはずだと見込んでいたけれど、誰も動こうとしなかった。

力のある協力者は一人も出なかった。

日向様の読みが甘かった。

日向様には上様を討つ大義がないと判断された。

日向様には前々から人望がなかった。

日向様にとってはこれも誤算、あれも誤算で、しかも、それらはどれもが予想もつかないほど大きく重い決定的な打撃であった。

これでは日向様はおのれの仲間はおのれ自身の影だけだと思い知らされたも同然である。


作兵衛は蔵助様から別の仕事を命じられた。

このときすでに蔵助様も日向様も、羽柴軍と雌雄《しゆう》を決するのは山崎あたりになるだろうと予想していた。

まだそこだと確信して最終決定こそしていなかったが、蔵助様たちが集まって何回か作戦の展開について打ち合わせをしているとき、山崎が決戦場の最も有力な候補地に挙げられていたことは確かだ。

となれば、本陣をどこに置くかということになる。

羽柴軍が西から京へ進出してくることになると、天王山の出っ張りと淀川に挟まれて隘《あい》路《ろ》になっている細長い街道沿いの褌町《ふんどしまち》になっている山崎は急所の喉である。迎撃する側はこの節所で敵の進出を食い止めなければならない。

攻撃する側にとっても、それは同じことである。

羽柴軍はおそらく高槻《たかつき》の東の端に本陣を置くことになる。

では、明智軍はどこに本陣を構えるか。

淀城か勝龍寺城か、それとも平野部の小泉川の東のどこかに展開した鶴翼《かくよく》の陣にするか。

いや。蔵助様はさすがだった。

戦に勝てば明智軍は山崎という漏斗《じょうご》の首を通り抜けて高槻方面へどっと流れ出していくことになる。

高山様の去就次第でどんな形になるかわからないが、次に高槻城を確保して新しい根拠地として勢力を拡げてゆけばよい。

問題は敗《ま》けたときだ。

最終的には退《しりぞ》いて坂本城へ入って籠城戦、ということになろう。ならば、山崎の東のどこかに置いた本陣から坂本城まで、どの道を辿って落ちることになるか。敗軍の将兵が戦場から逃げてどこかへ向かうとき、どんなに残酷で惨めな目に遭うかを、蔵助様はよく心得ていた。

運がよくて身ぐるみ剝《は》がれて丸裸であり、悪ければ殺されてから身ぐるみ剝がれる。それが常識というものだから、蔵助様はあらかじめ撤収するときの安全な経路を探しておかなければならないと考えたのだ。

戦う前に敗けたときのことを考えておく武将は、なかにはいるだろうが作兵衛は聞いたことがなかった。

だから蔵助様はさすがだと思ったのだ。

作兵衛は蔵助様からとりあえず小畑川と犬川の合流地点、西国街道と久我縄手《こがなわて》が交叉する位置にある勝龍寺城を起点にして坂本城までゆける安全な近道を探してきてほしいんやと命じられた。

さて、では、その道をどうするかということだが、そのあたりの地理に疎《うと》い作兵衛がこれを十蔵に話してみたところ、このあたりの出の者に聞き合わせし、それから地図を描いてから確かめにそこここへ行かまいといわれ、その案に飛びついた。

すぐさま作兵衛配下の二十人を集めて道筋をたずねてみた。

伏見の百姓の出の者が二人と、醍醐《だいごじ》寺近くの同じく百姓に生まれた者がいた。

その三人にあまり知られていない安全な経路を話させてみると、いい道が見つかった。

勝龍寺城を出たら久我縄手を通り、西ヶ岡を経由して桂川を渡って下鳥羽に至る。

下鳥羽からは大亀谷へ向かい、桃山の北の鞍部を東に越え小栗栖《おぐるす》に出、以後は山科の勧修寺の東を北上し、追分から逢坂《おうさか》へ向かう。

逢坂から大津まで行けば坂本はすぐだから、逢坂か追分まで秀満に迎えに来てもらえばいい。

これが最も目立たない経路だった。

その経路を作兵衛は十蔵と馬で走ってみて地着きの力のある百姓や危険な野伏《のぶせり》になりそうな連中のことをひと通り調べ、万一に備えてかなりの金を渡して話をつけ、蔵助様に報告した。

普段は穏やか生活をしている百姓が、いったん事あれば落ち武者狩りをやる凶暴な野伏に変わることを確認したということではあったが、いちおう逃亡経路の安全は確保したということだった。

こうして日向様や蔵助様たちの逃走経路を調べているとき、十蔵は合戦に敗けて逃げることになったら、そのときは勝手気ままに動けばいい、また坊主の格好でとんずらすりゃあいいと決めていた。

日向様は篠突《しのつ》く雨のなかを急いで軍陣を撤収し、洞ヶ峠には蔵助様を残して下鳥羽へ戻った。

そして、当時廃城になっていた淀城の補修普請《ふしん》を命じた。

白川と浄土寺と聖護院《しょうごいん》の三郷の百姓を徴集して淀城の南堀の普請をやらせたのである。

この段階では、日向様は淀城をひとつの拠点にしようと考えていたのだが、前日来すぐそこまで羽柴の軍勢が迫ってきているという風評が頻々《ひんぴん》と届き、油断ならないと考えていたからだった。

それどころか、羽柴は巳《み》の刻には摂津尼崎まで進出していた。

羽柴の将兵は鎧兜を着け、鉄砲槍刀を持ってまたしても姫路から尼崎まで二十里を二日で踏破していたのである。

羽柴は使者を走らせ、四国征圧のために出陣しようとしていた大坂の神戸信孝や丹羽長秀、有岡城の池田恒興らに自分が尼崎に着いて陣を構えていることを知らせ、一刻も早く参陣するよう促していた。

羽柴軍がほんの数日で備中高松から姫路まで駆けもどってきた。

このことを、羽柴軍を迎撃すべく布陣しはしたものの、日向様はにわかには信じられなかった。

備中高松城を水攻めにしている以上、作戦が終了するまでには最低一ヶ月はかかる。二ヶ月か三ヶ月かかってもおかしくない作戦だから、羽柴はそれまで高松攻めから動けないだろう。

うまくすれば毛利に背後を衝かれて羽柴は潰されるかもしれないと日向様は楽観的な予測をしていたが、毛利に送った密書の返事は届かなかった。

毛利の家老である杉原某宛ての使者として早々に書簡を隠し持った原平内は雨で増水して渡れない川に行く手を阻まれ、遅れて到着することになった。

日向様が同盟を切望していた高山様は、二千の兵を率いて西宮で羽柴に会っていた。

それも、八歳の長男長房を伴っていた。

高山様の摂津高槻領に隣接する茨木城主中川清秀も、娘の糸を連れて羽柴のもとへ駆けつけた。

高山様と中川がそれぞれ子供を連れて羽柴軍に参じたのは人質として差し出すためだ。

これに対して羽柴は二人を丁寧にもてなした。

極悪非道な行いをした明智の阿呆《あほう》に御主《おんしゃ》ら御両所が味方するはずがないと信じとったでといって人質を受け取らなかった。

羽柴の人心掌握術はみごとである。

梅雨は明けていなかった。

雨がまだじとじとと降りつづいていた。

日向様は紀州の雑賀衆《さいかしゅう》のひとりで土佐にいた土橋《つちはし》重治に宛てても六月十二日付の書状を送った。

御入洛《ごにゅうらく》ノ事、即《すなわ》チ御請申上候《ごこいもうしあげそうろう》　其ノ意ヲ得テ　御馳走《ごちそう》ガ肝要《かんよう》ニ候事《そうろうこと》。

その意味は、将軍義昭公に京へ入ることを要請しました。義昭公はすでにご承諾されておりますから、それを心得てじゅうぶんに奔走してくださいということである。

今更ながら義昭を奉戴《ほうたい》して室町幕府を再興し、権威として利用しようとしたということだ。

洞ヶ峠に在陣していた蔵助様は早暁日向様に使者を送り、羽柴軍は三万の軍で進撃してくるということなので、明日の戦いは避け、一旦は坂本城へ退くべきだと伝えた。

が、日向様はこの案を受け容れなかった。

蔵助様に明日十三日は山崎へ来て合流せよと返信した。

この蔵助様宛て返信のなかで、日向様は啖呵《たんか》を切った。

予がごとく大利を得たる大将にはいかなる天魔波旬も向かい得ざるものぞという文言であり、そのたいそう威勢のいい言葉の底にはあきらかに虚勢と怯えが透けて見える。

蔵助様は苦笑したことだろう。

日向様は下鳥羽から勝龍寺城の南南西約六町ほどの御坊塚《おんぼうづか》に本陣を移動させた。

そのすぐ西の小泉川両岸一帯には深田と低湿地帯がひろがっている。

また、この日、すべてではないけれど、日向様の兵が持っている火薬が雨に濡れて使い物にならなくなった。不運である。

対する羽柴軍ははやくも摂津富田《とんだ》に着いていた。

摂津衆である有岡城の池田恒興と茨木城の中川清秀らが羽柴のもとに馳せ着けて合流していた。

すでに高山様は備中へ向かうため高槻城を出て大坂まで進んでいた。

ということは、高槻城には女子供しか残っていなかったということだが、日向様はなんの手出しもしなかった。

明智軍は高槻城に一旦は入城したものの、なにもせずに放棄した。ここに至ってもなお高山様を味方にしたいという切実な気持ちからだが、高山様が日向様に靡《なび》くことはなかった。

まだこの段階では大坂の神戸信孝と丹羽長秀が参着合流していなかったので、羽柴は摂津富田に陣を構えた。

羽柴はこの本陣で作戦会議を開いて翌日の陣立てを決めた。

左翼・山の手─羽柴秀長・黒田官兵衛・神子田《みこだ》正治など三千五百人
中央・中手道筋─高山右近・中川清秀・堀秀政ら四千五百人
右翼・川の手─池田恒興・加藤光泰・木村隼人・中村一氏など五千人
遊軍（予備軍）─秀吉の馬廻二万人と神戸信孝四千人と丹羽長秀の三千人
総計約四万人

羽柴軍の主力部隊はやがて申《さる》の刻ごろ富田から高槻の天神馬場へ移動し、その天神馬場の四ッ辻北の上宮天神宮に本陣を置いて、ここから芥川にかけて布陣した。

羽柴軍の先鋒《せんぽう》は、高山様がつとめることになった。

戦場の最も近くに領土を持つ者が先鋒をつとめるという不文律があったからで、高山様の軍勢は山崎の集落に進出し、西国街道を東に向かい、東黒門の木戸まで進出した。

この段階では、まだ両軍の本格的な合戦にまでは至らなかった。

とはいえ山崎や勝龍寺城近くにまで侵入した羽柴軍の足軽が所かまわず放火したり明智軍と鉄砲を撃ち合ったりしたため、淀城南堀普請のために日向様が集めた三郷の人足たちは怖がって逃げ散ってしまった。

羽柴軍は足軽や乱波《らっぱ》のたぐいを放って明智軍の偵察をさせたり、挑発したり、小競《こぜ》り合いを展開して前線の布陣の状況把握をしようとしていた。

この情報収集をもとに羽柴は陣立てを決め、幕下の将兵に明日の十三日には山崎に集結せよという命令を発した。

羽柴もまた信長に勝るとも劣らない天才であったが、その羽柴の天才が日向様の目には見えておらず、これは日向様の最も大きな誤算であった。

なんといっても、羽柴軍の行動の速さに日向様はおどろいていた。

ありえざることが起こったことを訝《いぶか》しむばかりだった。

日向様にとってせめてもの慰めは、丹後弓木城の一色義有が味方になってくれたことだけだ。

といっても一色義有は具体的にはなんの役にも立たなかった。

日向様は御坊塚《おんぼうづか》の本陣の左翼は淀城とし、小泉川に沿う東一帯の集落に陣を布《し》いた。

淀川と天王山に挟まれた山崎の隘路《あいろ》を細長い隊列で前進し、突出してくる羽柴軍の先端を迎撃して潰してゆこうとする陣形であり、進んでくる軍団の先端を潰しながら兵の一部を裂いて迂回させ後方を攻めるという手も考慮に入れていた。

日向様の陣立ては次のようなものだ。

先鋒―斎藤内蔵助、柴田勝定の五千人（近江衆）
山の手―松田政近、並河易家《なびかやすいえ》の二千人（丹波衆）
本隊の右翼―伊勢貞興、諏訪盛直、御牧《みまき》三左衛門、藤田行政ら二千人（旧室町幕府衆）
本隊の左翼―津田信春、村上清国の二千人
予備の遊軍として光秀が五千人
総計約一万六千人

羽柴軍約四万に比べるとまことに貧弱な兵力だが、日向様は安土城に明智秀満を置いていた。

長浜城には阿閉貞征を置いたままで、勢力を分散してしまっていたことが明智軍の決定的な脆弱《ぜいじゃく》さになっていた。

乾坤一擲《けんこんいってき》の勝負には全軍を使うべきだということを、日向様は考えなかった。まんべんなく目配りするという、ここにも日向様の愚直なまでにまともさを重視する平凡さが表出している。

それに加えて明智軍の士気がどうしてもあがらなかった。

というより沈みがちだった。

原因はやはり日向様に上様を討った大義名分がないということにあったと思われる。

第九章　小栗栖

この日も朝から灰黒色の空から粒の大きな雨が降っていて遠くまで見透しがきかなかった。

十蔵は六月に入ってから毎日ずっと、雨がいつまでも長く延々と絶え間なく降り続いているように感じていた。

午までは明智軍と羽柴軍の両軍が対峙《たいじ》したままで、ほとんど動きがなかった。

午後になっても両軍は動かず、申の刻ごろ粉のような雨が降る山崎の小泉川を挟んでぱらぱらと鉄砲の応酬があった。

かと思っていると、急に明智軍と羽柴軍の本格的な戦いがはじまった。

決着がつくまでそれから前後一刻《いっとき》もかからなかったのではないか。

明智軍の丹波《たんば》衆が実によく戦った。

自軍が崩れはじめてからさらに一刻ほども激闘し、なんとか持ちこたえようとした。

が、羽柴軍に敵わなかった。

最初日向様は松田政近に天王山《てんのうざん》を確保し、山の上から下の山崎めがけて弓や鉄砲を撃ち込めと命じた。

羽柴も同じことを堀尾吉晴に命じ、これは堀尾の動きが速く、松田が遅れて天王山は羽柴側の支配下に入った。

羽柴軍の先鋒の高山様は大山崎の東黒門まで進出し、自分の背後の西国街道の南門木戸の扉をみずから閉じた。これで高山軍は後退できなくなった。

というより後退はしないと宣言したのだ。

同時に、他の者が追随することは許さない。

自軍だけで戦うという強い意思の表明であり、だから高山軍が戦の口火を切り、対する明智軍の伊勢貞興や諏訪盛直や御牧《みまき》三左衛門が打って出た。

それに対する羽柴軍の中央の、中手道筋にいた中川清秀と、川の手の池田恒興が進撃して明智軍の先鋒を囲み込んで攻めたてた。

西国街道をさらに東へ突出した高山軍の兵は、先の尖った三角に似た陣形で明智軍に突き刺さっていった。

両軍は小泉川の東一帯にひろがる泥田のなかでぶつかりはしたが、高山軍は鋼のような結束で、蔵助様がこれを抑えようとしても、なんとも抗《あらが》う術《すべ》がなかった。

安土城下のむくり屋根の御屋敷で、みずからの若いころのことを至極おだやかに語りつづけたあの高山様がこれほど激烈な戦《いくさ》をするとは、十蔵には寸毫《すんごう》も想像できなかった。

高山軍はさらに互い違いに構えた竹束を盾にして鉄砲の弾丸を防ぎながら総員で さんちゃご さんちゃご さんちゃご とキリシタンの掛け声を叫びながら激しく攻め立て強襲し、明智軍の陣を崩して穴をあけた。

それがひいては明智の軍全体を総崩れさせることになった。

明智軍は非常に善戦したものの、なんといっても圧倒的な士気の高い四万という羽柴軍の多勢《たぜい》と、戦意が高揚していない明智軍一万六千の無勢《ぶぜい》で、負けると判断した最前線の御牧《みまき》三左衛門は日向様に伝令を飛ばした。

某《それがし》 はもうじき討ち死にいたしますが、日向様はとりあえず退《ひ》き給えと伝えさせたのだ。

この報知に、御坊塚《おんぼうづか》にいた日向様は五千の兵で御牧を応援するために出陣しようとした。

日向様の馬廻《うままわり》の作兵衛や十蔵たちは、ほかの将兵たちとともにこの本陣で覚悟を決めよといわれた。

おおやるかと応じた作兵衛と顔を見合わせ、息が止まるまで暴れまいのとうなずきあいはしたが、十蔵はそんなことはまっぴらだった。

十蔵は、いま俺はおのれの意思ではなく、自分以外の誰かの意思に絶対従わなければならず、危険が迫っているのにその枠の内側から外へ出られない状態にあると感じていた。

おのれに上から命令する者がいるということに耐えられなくなっていた。

これは出口のない狭苦しい壁に囲まれた牢獄に閉じ込められているのと同じことではないか。

狭い場所は嫌いだ。

大嫌いだ。

この苦痛は耐え難い。

十蔵は何かにでも誰かにでもおのれがいる場所を制限されることに耐えられなかった。

鎧《よろい》をぬぎすてて出奔《しゅっぽん》しよう。

今いるここでなければどこでもいい。

以前、寺にいたころ閉ざされた空間にいてどれほど嫌気がさしていたか。毎日を制限している僧衣《そうえ》を脱ぎ捨てたら翼がはえてくるのではないかと空想した。

そうだ。

今もそうだ。

ほんとうに翼がほしい。

十蔵は重い鎧を脱ぎ、翼で天空高く自由にどこかへ飛んでいきたいと願った。

結局、日向様の御牧後援は間にあわなかった。

間に合うはずがなかったのだ。

御牧はそのときすでに残りの兵二百とともに羽柴軍に突っ込んで玉砕していた。

その御牧軍玉砕の報せが本陣に届いたとき、五千で突撃するか陣払いするかだが、突撃せねば御牧に申し訳がたたぬではないかと日向様はいった。

だが、老臣の比田帯刀《ひだたてわき》が日向様の馬の轡《くつわ》をとってここは攻めではなく、一旦陣払いして東へ退きましょうと、押し止《とど》めた。

いまから勝龍寺城へ入って籠城するか、夜になってから勝龍寺城から抜け出して坂本城へもどって籠城《ろうじょう》するがよかろうと存じますと進言したから、日向様はとりあえず御坊塚《おんぼうづか》から勝龍寺城へ退却することに決めた。

どちらにしても、夜になる前には決着がついていた。

結局、羽柴軍四万余の、約三分の一の明智軍は多数が討ち死にしてあっけなく潰走《かいそう》し、兵たちは久我縄手《こがなわて》や淀や鳥羽などをばらばらにめざす壊滅状態に陥り、追撃され、背後から次々に捕縛《ほばく》されたり殺されたりしていった。

日向様の根拠地のひとつである丹波亀山へ敗走する将兵は高山軍と中川清秀軍が激烈に、それも執拗《しつよう》に追撃した。

明智軍は完膚《かんぷ》なき惨敗で、日向様は御坊塚の本陣を棄てて退却し、勝龍寺城へ逃げ込んだ。七百余りの将兵が従っていたが、勝龍寺城に向かう途中で多くの兵たちが戦いを放棄して逃げ散っていった。

この段階で多くの兵たちがもはや日向様に見切りをつけていた。

このとき十蔵は四、五名ほども連れていたか。

十人の配下とともに一度は最後部近くまで出た。殿軍《しんがり》となって追撃軍に抵抗したのだが、最初は十蔵も踏み止まり、小返しし、小返しして薙刀《なぎなた》を振り回し、おめきながら追ってくる高山様の軍に突っ込んで揉み立て、二人まで首の付け根に薙刀をぶちこんで斬り倒したことは覚えているが、あとは薙刀の刃が笠や鎧の胴に当たった手応えしか記憶に残っていない。

攻めていたのは極く短く、そのあとはもう悲鳴をあげながら逃げた。うしろから長槍で突かれたり足の速い奴に追っつかれて背中を薙刀か刀で斬られたりするかもしれないという恐怖から叫ばずにはいられなかった。

だからとにかく逃げた。

走って逃げて、躓《つまず》いて倒れた。

誰も助けてくれないし、誰かを助けることもしなかった。蹴躓《けつまず》いて倒れたから起き、十蔵は走って逃げた。

それだけだった。

これが十蔵の山崎の合戦だった。

敵味方入り混じっての戦いで明智軍の四割以上が戦死して減っていた。皆よくやったということだが、あるいは五割以上やられていたかもしれない。

冗談じゃねえ。

もうええわ。

勘弁だ、これで充分だと十蔵は首を振った。

日傭者《ひようもん》がこれ以上やる義理はない。

こんな負け戦をやってられるかと思い、十蔵はまわりの者にここで解散だと叫んだ。

もうええわ、御主《おんしゃ》らこっから今すぐ、はよ逃げよと叫んだ。

十蔵はいの一番におのれが逃げたかったから皆に逃げよと、叫んだのだ。

逃げて走る者たちに交じって東の方角に勝龍寺城の丸太で組み上げた井楼《せいろう》の灯が見えてきたとき、あんな小さな城に入って籠城戦をやるなんぞ愚の骨頂だわ、足に重石《おもし》を縛りつけて海へ飛び込むのと同じじゃねえか、とてもやってられねえわと判断した。

いくら士でも、はあ、ここまでやりゃあいいで、と十蔵は配下にいった。

生きてりゃなんかいいことんあるで、みんなここでそれぞれ散っても死ぬな。

またどっかで会わまい。

はよ逃げまい。

戦の場に出る前から背負っていた僧衣と豆金を入れた打飼袋《うちがいぶくろ》を背中から胸に回した十蔵は、主がいなくなった迷い馬を拾ってさらにそこから逃げた。

羽柴軍に捕まって殺されてたまるかとだけ考えて、馬腹を蹴り続けて逐電《ちくでん》した。

作兵衛には、俺は身勝手だで、どっかでお互いを見失ったりはぐれたりしたら京の白首屋の鈴村で落ち合おうと話してあった。

そして、日向様が勝龍寺城へ逃げ込んで四半刻ほど経ってからか。

誰もが明智軍は万策つきていることに気づかざるを得なかった。

空には死んだ兵を狙って夥《おびただ》しい数の鴉の群れが大きな声で鳴きながら何度もなんどもゆっくり鉛色の空を大きく旋回していた。

日向様は羽柴軍に包囲され、その包囲網を絞って攻めてこられる勝龍寺城を捨てることにした。

勝龍寺城は日向様にとって思い出深い城だった。

上様に叛旗を翻した松永久秀の拠る信貴山《しぎさん》城を攻め落とした直後の天正五年十月十日、日向様は安土城において上様から三女の玉と細川忠興を娶《めあわ》せよと命じられた。

上様の命令通り、翌天正六年秋八月、当時細川家の居城であったこの勝龍寺城で玉と忠興の華燭《かしょく》の典が挙げられることになった。

日向様はかつての人生の盛りに向かう日の幸福とかわいい娘を嫁がせる寂寥《せきりょう》を奥歯で嚙《か》みしめるように何度も思い出したにちがいない。

それから日向様は馬廻の作兵衛たちにやむを得ぬ仕儀に立ち至ったが、以後は勝手にされよといい残し、その場に土下座して土に額をつけ、泣きながら皆みな相済まぬと詫びた。

いかい世話になった。

まことにかたじけない。

そう感謝の気持ちを述べ、兵たちにもすまんのおと繰り返し頭をさげながら堀に架けられた橋を渡っていった。

その影のうすい両肩の落ちた貧相な後ろ姿が作兵衛が生きた日向様を見た最後であり、蔵助様と二人の息子も、このとき日向様のあとを追って勝龍寺城から闇のなかへ消えていった。

これもすでに十蔵と話し合い、打ち合わせてあったことだが、このときをもって安田作兵衛国継はこの世から消滅した。

新しく改名して天野源右衛門貞成という男が生まれた。

作兵衛はおのれにいい聞かせるために、わざわざ安田作兵衛は死んだ、今から俺は京の室町の裏店《うらだな》に住む浪人の天野源右衛門貞成だとつぶやいた。

死ぬ気はない、これからも生きるぞという意思の表明である。

作兵衛は源右衛門に生まれ変わり、生きられるだけ生きてやる、死んでたまるかと意を新たにしていた。

勝龍寺城を棄てて闇に紛れた日向様は深田を這い進み、なんとか包囲網の哨戒《しょうかい》を免《まぬか》れ、かねて作兵衛と十蔵が調べた淀川沿いの道に出、久我縄手から小栗栖《おぐるす》経由で追分へ抜け、逢坂《おうさか》大津経由で坂本城へ逃れることにしていた。

羽柴は城の北側を意図的に開いておいたから容易に逃げることができたのだ。

とっくに戦場から遁走《とんそう》していた十蔵は、同じ刻限には早くも久我縄手から西ヶ岡を通過し、桂川の浅瀬を渡って小栗栖《おぐるす》に着こうとしていた。


日向様も二人が調べて報告した通りの久我縄手を経由し、西ヶ岡に出て桂川を渡り、下鳥羽、そして大亀谷から桃山の北の鞍部を東に越えて北へ向かう道を落ちていた。

月が高くのぼっていたが、黒い雲が通るたびに暗くなった。

そして、日向様一行は、巳の刻過ぎに小栗栖に至った。

小栗栖を抜ける細い道の左側には田圃《たんぼ》が開けている。

細い道だから歩いても、馬に乗ってでも、一列で進むしかない。

その細い道が左へ湾曲してゆく右側は太く背の高い孟宗竹の林が延々と続いており、その竹林の足もとは深い笹籔《ささやぶ》になっている。

ここにさしかかったときだ。

先頭の者から六番目に通った日向様は笹藪の底から野伏《のぶせり》の作右衛門という男が斜め上に突きあげた竹槍に深々と右脇を突き刺された。

深い刺し傷であったものの、日向様はそこからさらぬ体《てい》で馬に鞭《むち》をいれて駆け抜け、供の者たちも追った。

だが、三町ほど走り、小栗栖の里の東のはずれで馬から転げ落ちた。

仰《あお》のけに大きな音をたてて落馬した日向様は助け起こされはしたものの、脇に負った刺し傷の深さから死を悟り、こりゃあいかんで、ここにするわといった。

ここでええわ。

その場で自害することにしたということで、落馬したその地面に座り直した日向様は兜《かぶと》を脱いで傍らへ置いた。

介錯《かいしゃく》たのむといい、肩で大きく息を吸い込むと、思いざま下腹に短刀を突き立て、かねてから命じてあった通り溝尾庄兵衛が介錯した。

斬り落とした首を拾い上げた庄兵衛はそれを地上に据え、孟宗竹の林のなかに分け入った。

短刀で細めの竹を斜めに切り取り、尖端で穴を掘った。

それから地べたに据えてあった首を拾いあげ、鞍覆《くらおお》いに包んでその穴に埋めて落ち葉をかぶせた。

日向様の享年は五十五だった。

この年四十六歳の羽柴はまことに周到な男で、山崎まで軍団を進めながら同時に八方に使いを立てて重要な緊急動員令を発していた。

日向様と戦う前に山城の村々に明智軍の敗残兵の退路を遮断せよという百姓の動員令を発出していたのである。

駈け落ち候わば之を打ち止め候。

村々で自警団を組織して落武者を見つけしだい殺せという指令であり、手柄を立てれば相応の褒美をあたえるということで、日向様にはこんなことは思いもよらないことだった。

考える余裕がなかったからではなく、そういう発想がなかったということだが、一方の羽柴はそうした天才的な周到さによって天下人への道を歩みはじめていた。

いや、このような羽柴の細部の細部にまで行き届いた作戦が励行されていなくても、日向様はこの小栗栖で討ち取られていた。

なぜかというと、その夜、笹藪に潜んで日向様一行が通るのを待ち伏せ、竹槍で日向様の脇を斜めに突きあげた野伏の作右衛門のすぐうしろには十蔵がついていた。

作右衛門は地着きの飯田党を名乗る一団に属する水呑み百姓で、歳は四十前後か。

すぐ目の前を通り過ぎてゆく闇のなかの松明《たいまつ》の、光が兜の前立《まえだて》の仁王の剣の影の輪郭を浮かびあがらせ、六番目が日向様だと見分けた十蔵がうしろから作右衛門の肩をたたいて合図したのだ。

十蔵は勝龍寺城の井楼が見えてきたところで早々と明智軍から離脱し、拾った馬を走らせながら小栗栖に小体《こてい》な館を構えている飯田党に話をつけることを思いついた。

そのあたりは誰が勢力を張っているかは作兵衛とともに道筋を調べたときに聞き合わせてすでに探索済みだった。それで十蔵は飯田党の居館を訪ね、たまたま出てきた作右衛門を外へ連れ出してうまくいけば、こりゃあ儲《もう》けもんやでと誘った。

誰にもゆうたらあかんことやが、俺は羽柴軍の物見の安田蔵助という者だがと偽名を名乗り、作右衛門の肩を抱き込んでもらった金は山分けにしよや、どやと耳もとでささやいた。

ここの笹籔に隠れて待てば、必ずくる。

よしんば明智が来んで失敗したところで、なんの損もなかろうと持ちかけ、結局はその通り討ち取ることになった。

十蔵は無論、おのれの所業を悪いことだと思っていなかった。

それまでのおのれの主を売ることになんの呵責《かしゃく》も感じていなかった。

良心の呵責《かしゃく》。十蔵はそんなものは感じたことも想像したこともなかった。

そもそも良心とはなんなのか。馬鹿こけ。たわごとをぬかすな。この乱世にあって良心というものなどどこにあるというのか。いま目の前の、敵だと思う者を殺す。今のいま、それが親兄弟であろうと親しい友であろうと一刻後に敵になればなんのためらいもなく即座に殺す。そういう今御世《いまみよ》にあってどこにあるかもわからぬ良心などというものにどう呵責を感じよというのか。

ただ奥三河の満水寺の、おのれの父親である住職を殺して庫裏《くり》に火をつけて逃げたとき、漠然とだがなにか借りができたような感じがしたが、そのときと似たような気持ちにはなった。

けれども男は人を裏切らずに生きていくことはできない。

男は必ずどこかで誰かを裏切る。

十蔵はそれがあらゆる男の宿業《しゅくごう》であり、今おのれがやっていることはまあちょっとした金儲けをやるだけで至極あたり前のことなのだと割り切っていた。

あれほど日向様と親しかった吉田兼見《かねみ》は山崎の合戦のあと明智軍の逃げ場を失った落武者どもが頼って尋ねてきても吉田神社の境内《けいだい》に入れないように要所要所に柵を立て、門扉を固く閉じて社人《しゃにん》を武装させ、神社まわりを巡回させた。

万一明智の兵が流れてきたら追い払えと命じていた。立ち向かって来るようなら容赦なく討ち取ってしまうように。

さいわい誰も訪ねてこなかったが、吉田は怯《おび》えきって屋敷のなかにも部屋ごとに腕の立つ警衛の者を置いていた。

吉田はそれまで日向様とは親しい関係ではあったものの、山崎で羽柴軍との戦に負けたことを知ると、そもそも自分は信長弑逆《しいぎゃく》とは無関係であって知ったことではないと、瞬時に立場を切り替えた。

日向様が敗北したことを世間では　天罰眼前《てんばつがんぜん》之《の》由《よし》流布《るふ》　了《しおわんぬ》　といっていると、この日の日誌に突き放した言葉を書き記した吉田は、更にこうつけくわえた。

惟任《これとう》日向《ひゅうが》一切合財《いっさいがっさい》凡庸《ぼんよう》。

そして、吉田はすぐさま医師の施薬院全宗《せやくいんぜんそう》に連絡を取り、訪ねて仲介を依頼して新しい権力者羽柴秀吉に接近してゆこうと画策しはじめていた。

全宗が羽柴と近いことをずっと以前から知っていたということだ。

いかに親しい友であっても、時と場合によって信義や節操など無視して平気で裏切ることが戦国を生き抜く不可欠の知恵であった。

従って、もし日向様が吉田神社に逃げ込んできたら吉田は容赦なく日向様を捕らえるか首を取って羽柴に献上していただろう。

これは賢明さであり柔軟さであり、卑怯であり老獪さであり、無節操であり冷酷さであり巧妙さであり卑しくもあり、逞《たくま》しい生き方であったともいえよう。

それがこの時代の男らしい男の生き方であるともいえると吉田は考えていた。

でなければ、自身の地位を高く保ちつつ戦乱の世に先祖から受け継いだ家を存続させ、子孫の繁栄を継続させられなかったからである。

吉田だけではない。

上賀茂神社は本能寺の変の翌日の六月三日に日向様と蔵助様と明智秀満の三人に銭一貫文ずつを献金している。

また、六日には羽柴をはじめ織田信孝と丹羽長秀、そして池田恒興と堀秀政にも、銭一貫文ずつを献金している。

誰がどちらへどう転んでも自社にいいようにする布石であった。


日向様は辞世にいう。

順逆無二門《じゅんぎゃくにもんなし》　大道徹心源《たいどうしんげんにてっす》　五十五年夢《ごじゅうごねんのゆめ》　覚来帰一元《おぼえきたりていちげんにきす》

善も悪もない。

大いなる道は心に徹している。

これまで生きてきた五十五年の夢から覚めてみると、すべては土に帰するのだという。

また、いまひとつの辞世は　心知らぬ人は何とも言わば言え身をも惜しまじ名をも惜しまじ　であったともいう。

安土城を占拠していた日向様の女婿《むすめむこ》の明智秀満は、夜になってから日向様が羽柴軍に敗れたことを知り、全軍を坂本城に移動させた。

その途中、秀満は琵琶湖大津の打出の浜で堀秀政の軍と遭遇したが、これを回避するために大津から唐崎まで、騎馬で湖水渡りをして坂本城に入ったという。

その坂本城を、勢いに乗った高山様の軍勢が包囲した。

後詰めの軍勢も続々と到着した。

秀満は城中の金銀を湖に投げ捨てたあと、日向様の正室熙子《ひろこ》や嫡男《ちゃくなん》の光慶《みつよし》をはじめ一族の女子供を刺し殺し、大天守と小天守に火を放ち、みずからも腹を切った。秀満は四十五歳であった。

坂本城は燃え落ちた。

すべて日向様の辞世の通り灰燼《かいじん》に帰し、土に帰した。

安土城も炎上し、煙となって空に吸い上げられて消えた。

誰が安土城に火を放ったかはわからない。

空が赤い炎の色に染まり、その赤い空は京からも見えた。

十蔵も安土城が燃える炎の赤い色が黒い空に映えているのを見た。

あの美しい城が燃えて消えてゆくのかと思い、石を曳く男たちの掛け声が耳の底にひくい地響きのように聞こえてくるような気がした。


えんや、えんや、えんや。

ああ、えんや。

ああ、えんや。ああ、えんや。

ああ、えんや。

ああ、えんや、えんや、えんや。


こうして坂本城と安土城が燃えさかっているとき、吉田兼見の屋敷を背の低いでっぷりと食い肥えた赭《あか》ら顔の男が訪ねていた。

その風貌《ふうぼう》を見て吉田神社の警固の者たちはこの男は日向様の敗残兵ではないかと疑う者は誰もいなかった。

だから、二人の供を連れてゆったりした足取りで境内に入ってきた腰の低いこの男を、だれも誰何《すいか》しなかった。裕福な身なりの氏子《うじこ》の代表のひとりが宮司《ぐうじ》様になにかの祭式か神事について相談に来たのだろうとしか思わなかった。

その赭ら顔の男は玄関で吉田兼見に面会を乞うて、返事も待たず履き物を脱いで上にあがった。

奥から小走りに出てきた吉田は訪問者が津田越前入道だとわかると腰を折り、さあさあこちらへと書院へ案内し、向かい合った。

吉田は一別以来御無沙汰申し上げましてと挨拶した。

二年ほど前に日向様の御屋敷でお目にかかって以来でございますかな。

すると津田入道は愛想良くほほえみながらなんの前置きもなくついこの間、日向が吉田殿に渡した銀子五十枚のことやが、と切り出した。

そして肥えた身体つきに似合わぬ甲高《かんだか》い声で、吉田殿が銀子五十枚を日向から受け取ったというのは、まことでございますかなとほほえみながら尋ねた。

それは。吉田はこたえた。

帝にさまざま御取次申しあげましたので、お礼にと当社修繕の費用として御奉納いただきましてございます。

また、帝のお付きの長橋局様にも御取次いたしましたので、御礼の女房奉書も頂戴いたしております。

で、奉書は下鳥羽の日向様の御陣へお届けいたしました。

だろう。

だとすればだ。

それは曲事《くせごと》ではないかと申すのだ。その銀子は安土のお城の御金蔵から盗み出した銀子であって、本来日向のものではないが、御主《おんしゃ》はこれをどう説明するだ。

説明と、そう申されてもと、いいよどんだ吉田は日向様から御執奏《ごしっそう》の御依頼がございましたゆえ、お使いをいたしましたまでと、弁解した。

だから。

津田入道はたたみかけた。

それが曲事だと神戸信孝様は申されておる。

聞くだに腸《はらわた》の腐るような汚い話ではないか。

上様も信忠様も亡きあと、信孝様が織田家をお継ぎになられることになり申すゆえ、銀子は信孝様が所有者ということになり申す。御主はこれをただちに織田家へ返納なさるべきかと存ずるが。

絵に描いたような恫喝《どうかつ》だったが、吉田はどう対応すればよいのかわからず、仔細をご説明申しあげますとこたえた。

いや。

津田入道は掌をひらひらさせ、小さく首を振って説明は不要やと、遮《さえぎ》った。

どのような説明でも承服できぬ弁解に決まっておろうゆえな。

話は至極単純で、御主は日向に加担したということだからの。

曲事であるから、銀子はただちに返納せよということだ。

その銀子は儂《わし》が今日預かって、もちろん信孝様にお届けして吉田殿のことはよしなにお伝え申そう。もしお返しなくば、信孝様はなんらかの処罰を吉田一族にしなければならなくなるということになり申そうの。

わかり申したと吉田はいった。

たしかに津田入道のいうことには一理あることだと考え、わかり申したと、くりかえした。

いや、と申されましても銀子はすぐには御用意できかねますので必ず明日までには。

そうか。

わかったと津田入道はまたほほえんだ。

ならばお待ち申そう。

今からゆっくり寛《くつろ》いで、今夜はここへ泊めていただくことにいたす。巫女でも遊び女でも女子《おなご》どもを呼び集めてもらって、酒など馳走にあずかろうかの。

いいえ、それはと、いい澱《よど》んで吉田は畳に両手をついた。

津田入道は大口をあけて笑った。

冗談だ。では、くれぐれも明日までには銀子を調《ととの》えて拙宅までお届けあるようにといい残し、席を立った。

津田入道を丁重に送り出したあとの、吉田の行動は速かった。

ただちに厩舎《きゅうしゃ》へ行き、馬に飛び乗って東山青蓮院《しょうれんいん》近くの施薬院全宗の屋敷へ走った。全宗に会った吉田は、津田入道がたずねてきて云々と話し、事情を信孝様に説明してはもらえまいかと頼みこんだ。

前の日も羽柴への仲介を全宗に依頼していたから、吉田はほとんど哀願という口調で、同情した全宗はすぐ支度して二条御所の信孝の陣へ赴き、縷々《るる》説明した。

屋敷へもどっていた吉田のもとへ、その日のうちに全宗から返事が来た。

津田入道が吉田神社に難題を申し懸けたということだが、そういう命令は発していない。信孝様のあずかり知らぬことだ。

いいがかりをつけた不審の者がいるのではないかと思われるが、明日また訪ねてくるようなことがあったら搦《から》め捕らえて当方に突き出されたしという回答だった。

これで吉田は安堵した。

安堵《あんど》の息をついてあす津田入道の使いが銀子をとりにくるか督促にきたら、捕縛して鼻でも削いでやろうと考えたという。

夜遅くこの話を聞いたとき、作兵衛こと天野源右衛門はすぐ気づいた。

反射的にははあ、十蔵がやったなと思った。

九日に坂本城を出た日向様が吉田の屋敷に入って書状を書いたり里村紹巴《じょうは》らと会って夕食の会を催したから、その日の昼間はとりあえず喫緊《きっきん》のことはなかろうということで、十蔵の希望で二刻ほどなら構わぬだろうといって休みをとらせてやった。

その二刻の間に十蔵は馬を走らせ、室町の津田入道の家を訪ねて知恵をつけたに違いなかった。

十蔵は日向様が敗《ま》けたときは台所で自分に残り物を食わせ、誰ぞが使って穢《けが》れた割り箸を使わせた吉田に一矢《いっし》報いてやろうと隙を窺《うかが》っていたのだ。

銀子五十枚のことは、ごく限られた者しか知らない。

津田入道はそんなことは知るよしもない。

日向様からの急の報せですとでもいって津田入道の屋敷に行って取り継がせ、十蔵はうまくすれば吉田は銀子五十枚に加えて足代十枚くらいをつけてよこすかもしれませんとでもいって唆《そそのか》したに相違ない。

うまくいったら某にも二、三枚をくだされば、と。

津田越前入道と同じ室町の、露地の奥の長屋に逼塞《ひっそく》していた源右衛門は、十蔵の奴、まったくようやってくれるわとひとり苦笑せずにはいられなかった。

雨が降っていたが、この日ようやく晴れて燃えさかる陽の暑熱が空から降り注いだ。

夜明けに十蔵と作右衛門が、二日前の夜に溝尾勝兵衛が鞍覆いに包んで竹籔のなかに埋め隠した日向様の首をようやく見つけ出した。前日の早朝から飯田一党の連中とともに一帯を探したが容易に見つからず、この日の朝になってようやく探しあてて掘り返したのだ。

十蔵が首を見て、確かに日向様だと確認してから羽柴軍の本陣がどこにあるか噂を聞き集め、いまは三井寺《みいでら》に置かれていることを突き止めた。

ならば行かまいよ、ということになって馬を借りた。

日向様の首は、作右衛門が村井清三のもとへ届けることにした。

村井清三は信忠とともに二条御所で死んだ村井貞勝の一門衆のひとりでその側近である。

ただし、同行していた十蔵は村井の陣へ行くまで作右衛門とは遠く離れて歩いて三井寺の八、九町手前の茶店に入り、馬をつないで戻ってくる作右衛門を待った。

一刻ほど待つと、作右衛門はほくほく顔で茶店へやってきた。

どやったと、聞くと銀三十枚やという。

そらあ大枚《たいまい》だな。俺に分前をくれるやろうな。

十蔵は笑いながら祝いだといい、一盃飲もうといった。

そやな。

祝い酒だと作右衛門がこたえて飲みはじめた。

が、まもなく作右衛門は悪いがわしゃ今からすぐ小栗栖へ帰るわと、すまなさそうにこたえてまた乾盃といいあった。

腹いっぱい食べて満足した作右衛門が便所に立ったとき、十蔵は卓袱台《ちゃぶだい》の脚もとに置いてある銀三十枚を懐《ふところ》に入れ、怪しまれないように店の表につないでおいた馬に堂々と乗り、逃げた。

酒を飲んでいたから馬に乗っていても息が切れ、懐に入れた銀三十枚がことのほか重く、鞍の上で何度も細帯を締め直した。

山科の手前に旅籠があったから、裏手に馬を繋いでもらい、その旅籠へ入って部屋でまた酒を飲んでぐっすり眠った。

次の朝の明け方の、まだ暗いうちに目を覚ました十蔵は、髷と髪を切って剃刀《かみそり》で頭を青々と剃《そ》りあげ、墨染めの衣に着替えた。

そして、馬は旅籠に売り、出入り口の壁にかけてあった笠をかぶると、山科越《やましな》えで京へ向かった。

十蔵が宿で眠っている間に、羽柴は村井清三から受け取った日向様の首を実検確認したあと、三井寺の本陣から直ちにそれを京へ送り、本能寺に曝《さら》させた。

早々に勝利を宣言しなければならなかったからである。

山崎の周辺地域に対する緊急動員令が効を奏した形で、羽柴は数日後の書状にただ素っ気なく 光秀は百姓ニ首をひろわれ候事 と書いている。

第十章　鴨川

人目を憚《はばか》るならばどこぞの田舎《いなか》より格段に人の数が多い京の町なかに紛れ込んでいるほうが却って目立たないだろうと、かねがね作兵衛と話し合っていた通り、十蔵は白首屋《ごけや》の鈴村へ転がり込んだ。

そのまま飲んで鈴女《すずめ》や他の女を抱いて夜明け方に目覚めたのだったが、前の夜したたか飲んだ酒が残っていて少し頭が痛かった。

昨夜遅くから先刻までしとしとと雨が降り続いていたが、いまは曇天に変わっていた。濁って水かさが増した鴨川に黒ずんだ鉛色の空が映っているのが窓から見える。

その窓から河原に次々に立てられ、何列にもなって並んでいる磔《はりつけ》柱《ばしら》の骸《むくろ》の腐った臭気が湿気《しっけ》た川風に混じって流れ込んできて吐き気を催すし、胸焼けもあった。

十蔵が盆の茶碗の水を一杯飲んだところへ朝飯を運んできた婆様《ばさま》が明智はんの首が本能寺に届いたそうやでといった。

曝《さら》しもんになっとるそうやけど、明智はんは、まあ、なんでこないな騒ぎを起こしたんじゃろのお。

怖いなあ、怖いわ。十様も気いつけんと。

わしゃ坊主やから関係ないでのと、剃《そ》り上げたのにもう髪がにじみはじめた頭を撫でながら応じた十蔵に、婆様《ばさま》は明智方の大将やら足軽衆やらの首が何百も犬か羊の頭みたいに縄に突っ通されて売られとるそうやでと皺顔を顰《しか》めた。

首を買うたら織田はんの御供養《ごくよう》のためにお供えにするのやそうやけど、お武家さんはそないなことをようやりまんな、ほんまに。

まあ戦《いくさ》があるたんびの、いつものことやさけ、といい婆様は顔の前で掌を合わせた。

それで、鈴女はどないした。

なんでおらんのやと十蔵は訊いた。

ここにいるあいだ身の回りの世話をしてくれるようにと、縛りの銭を前払いして頼んであったはずだった。

なんや。

あいつはどこで浮気しとんやと、不機嫌な声を出した十蔵に、すぐ戻るゆうてましたからもう帰りますさかいといい、婆様はそそくさと部屋から出て行った。

十蔵は塩焼きにした川魚の身をつつき、飯に漬物を入れ、水漬けにして掻《か》き込んだ。

爪楊枝をくわえたまま、網代笠《あじろがさ》をかぶって外に出た。

のんびりあちこちの店をのぞきながら、ゆっくり歩いて半刻ほどで本能寺の焼け跡に着いた。

あの夜、目標にした背の高い皀莢《さいかち》の木はそのままの姿で空に聳《そび》えていた。

緑色の畑や田圃《たんぼ》に囲まれた築地塀《ついじべい》と、だだっ広い黒い焼け跡の焼け焦げた板や、斜めに傾《かし》いだ柱や梁《はり》や、焼け崩れた壁の土や瓦礫だのに混じって見渡す限り首の山があった。

山盛りに積み上げられているその首の山の数がいったいいくつあるのかわからなかった。

火に焙られて焼け焦げて炭色になった屍体。

腐ってぐじゃっとした腸《はらわた》の塊。

傷口から流れだして黒く変色した血にまみれ、あるいは膚の黄ばんだ首のない死骸もまだあちこちに無数に散乱し、吐き気を催す腐臭を放っていた。実際道端でもどしている者が何人もいた。

羽柴が見せしめに明智軍の将兵の死骸や首を山崎から運ばせてそこへ置かせたのだった。

これは甲斐《かい》征伐のとき高遠城で見たことがあったけれども、さすがに十蔵も悪臭に辟易《へきえい》し、吐きたくなって掌で口もとをおさえ、生唾を飲みこんだ。

首は見渡したかぎりで三千ほどもあろうか。

やはりどの首もびっしりと白い蛆《うじ》に覆われていて、今更ながら十蔵はおのれの首がこのなかに混じっていたかもしれぬと思うと早々に戦場から遁走《とんそう》したことは賢明な判断だったと思った。

敗《ま》けた主にいつまでも忠節をつくすなど愚かなことだわと、人ごとのように感じながら十蔵は溜息《ためいき》をついた。

鈴村の婆様《ばさま》がいったような首を売っている者こそいなくなっていたものの、腐りかけて形が崩れはじめた首や胴や腕やがあちこちに転がっていてひどい臭いを放っていた。

ときおり腐敗してずんぐり膨れあがった腿《もも》から下の脚の、脹脛《ふくらはぎ》の皮が弾《は》ぜ裂ける鈍い屁のような音が聞こえた。以前に弾ぜた脹脛の長い裂け口にもくろずんだ血の色を際立たせるように真っ白な蛆虫が蠢いていた。

本能寺のだだっぴろい黒い焼け跡の東南角に人だかりがあって、十蔵はたまたまそこを通りかかったという体《てい》でその人混みのなかへ入って行った。

たしかに、日向様の首が地面に突き立てられた一間《いっけん》ほどの青竹の先に突き刺されて曝されていた。

横に高札が立てられていた。

明智惟任日向守光秀　本能寺於正二位織田信長様弑逆云々

十蔵は声には出さずに、最後までそれを読んだ。

日向様の禿げ頭の首の、額の二本の横皺と閉じられた両の目のあたりと口を堅く結んだどす黒い顔を見上げながら、もう一度たしかに日向様だと思い、十蔵は腹の前で両掌を合わせてその両掌を揉み手するように摺り合わせた。

周りにいる者たちの目につかぬように。

また今ここに曝《さら》されている罪人と自分はなんの関わりもない、ただの行きずりの坊主だということを殊更《ことさら》はっきり表そうとしたのだ。

とにかく上様のいないこの世はあり得ないという男だった、日向様は。

したがって、みずから上様を取り除いたのだから日向様自身も消えてなくなる。

おのれがおのれ自身をこの世から削除した。

それだけのことだ。

と同時に十蔵はすぐさま意想外なことに気づいて驚き、お、と声を出した。

すぐ左斜め前でというより、最前列で鈴女がぶつぶつと呟《つぶや》きながら涙を流して日向様の首を食い入るように見上げていたのだ。

鈴女が。

なんでだ。

日向様の縁者でもあるまいに。

なぜここにいるのか。

十蔵はうしろから鈴女の腕をつかんで帰るぞと声をかけた。

ここで、なにをしてるだ。はよ店に帰ろといい、人混みから引っぱり出した。

鈴女はさほど抵抗するでもなく、十蔵にいわれた通りうしろから俯《うつむ》きながらついてきた。

鈴村へ一緒にもどり、部屋へ連れて行って酒と肴を運ばせ、改めて店にいるもんだとばっかり思《おも》とったが、どうしたわけやと訊いた。

すると鈴女はのっけから明智は十様の御主人やけど、悪魔や、人であって人ではない極悪なド悪人やわと、真顔でいった。

きっと罰があたる。

明智にひどい罰があたったんやろと思て、本能寺までたしかめに見に行ってたんや。

なんだ、籔《やぶ》から棒に。

いったいどうしたちゅうんやと十蔵は訊いた。

十様は明智のすぐそばにいて明智が悪人だってわからんかったの。

わたいが涙を流していたのは明智のためやなくて、信長様のためやといい、あの三月の八日の夜中に東の空が突然明るく輝いたのも、こないだ星が流れたのも、本能寺の騒動の前の日にお日様が半分以上も隠れたのも、信長様がこの世の皆のすべての罪を背負うたという証《あかし》やったんや、間違いないわと断言した。

信長様はみんなの魂を救うために自分を犠牲にしたんや。

あのお方は正真正銘の神の子やから。

特別気にもしなかったが、十蔵も、たしかに三月に東の空が急に明るく光った夜があったことや、先々月の四月の二十二日に東の空に突如として大きな彗星《すいせい》があらわれたことを鈴女から聞いてよくおぼえていた。

常のことなら流れ星はすぐ消えるか長くても一夜で消えてしまうが、二十三日も二十四日もその翌日も、夜になると流れ星はあざやかに明るい銀白色の長い尾を曳《ひ》いたまま、黒い空のおなじ場所にありつづけたという。

それから鈴女がお日様が半分隠れたといったのも、本当のことだった。

本能寺へ討ち込む前日の六月一日に太陽が六割ほど丸い影に覆われ、陰って町が暗くなった。

暗いといっても闇のようにとまではいかなかったけれど、それでもかなり暗くなった。

が、暗くなったからなんだっちゅうだ。

他人の魂を救うためにおのれを犠牲にするというのは、どういうことなんや。

捨身飼虎《しゃしんしこ》ということか。

それが上様とどういう関係があるっちゅうだ。

だいたい人はそんなことができるもんか。

神の子とはなにごとや。

天界のことについて特別詳しいわけではなかったが、日食《にちじき》というものがあって陽が月に隠れてしまうことを十蔵は子供のころ寺で聞いたことがあったから、別段不思議な出来事だとは思わなかった。

だから、あの方が亡くなったときとおんなしや。

鈴女がいつになく真剣な面持ちなので、十蔵はそれを訝しんであの方て、誰のこっちゃ、誰がそんなことゆうとるんやと訊いた。

南蛮寺へ来る衆はみなゆうとるわ。

信長様は無惨で哀れな末路を遂げたけど、稀に見るすぐれたお方で、非凡なお方やったって。神父《ばあどれ》もほかの衆もみなそうゆうとる。磔にされたジェス様みたいやて。

ジェス様はもうもうこれ以上やさしくなれないというまでやさしいお人やった。

あらゆる人の犯した罪や借りを全部、なにからなにまで、ぜんぶ一人で背負って磔になったんやから、どこをどうさがしても、これ以上やさしい人はおらんのやわ。

十様はジェス様のことなんにも知らんの。

少しは知っとるわと、こたえた十蔵はウルガンが坂本城で上様はジェス様とよう似ておられましたといっていたことを思い出した。

鈴女は信長様はジェス様の生まれ変わりやでとくりかえすと、両の拳を固く握りしめて遠くの方を見るような目をして、ほかの誰でもない信長様やから天変地異が起こったんやといい、うなだれて涙ぐんだ。

そして、少年のように拳《こぶし》で涙をぬぐったが、その拳の指の間から血が出ていた。

どしたんやと訊ねて十蔵が固く握られた鈴女の両の拳を開かせて見ると、四本の指を固く強く握ったため、伸びている爪が掌に刺さっていたことがわかった。

窓の手すりに干してある手ぬぐいを裂いて怪我《けが》を縛ってやると、鈴女は信長様が亡《な》くなったことをみんなが悲しんだからや、十様は何でわからんの、なんで信じないのと詰る口調でいった。

それから気を取り直してでもだいじょうぶなんや、信長様は火に飛び込んで死んだけど、灰のなかからよみがえるでとつぶやいた。

そしたらわたいが証人になる。

そんな阿呆《あほう》なと、鼻白《はなじろ》んだ十蔵はこたえた。

そんなことは、なんの関係もない。

信じられんわ。

そらあ妄想だ。

上様と天変地異に関係があるはずがない。

一度死んで灰になったらよみがえることなんぞない。

灰は死んだら風に吹き飛ばされて消えてなくなるだけだで。

なにもかも虚だで。

朝夕に涙を流し、日夜に慟《いた》みを含むといえども亡魂《ぼうこん》に益なしだと、弘法さんもゆうとるだ。上様が神の子なんかであるわけんない。

すべては無に帰すだ。

そのあと鈴女は数珠《こんたつ》を繰りながら、祈りの言葉をつぶやきはじめた。

数珠はキリシタンがマリア様に祈るときに使うと聞いていたが、十蔵はまあお勤めはあとにして一盃のもうぞといった。

しかし十蔵はなにか鈴女に虚を衝かれような気分になっていた。

見も知らぬ場所で道に迷っていたおのれを鈴女が見つけてくれたような思いがしたのは多分この瞬間だったのではないか。

それはなにか錯覚したのだったかもしれないが。

十蔵のなにかが変わった。

おのれのことなのにどこがどのように変わったのか、十蔵自身もよくわからなかったが、おのれのどこかが変わった。

このときなにかが変わったということははっきりわかった。

そして、そのことに勘づいたか、鈴女はいった。

それにしてもこのところ十様はおかしい。

士《さむらい》になって、なんだかすっかり変わってもうたといった。

今日突然かわったんやない。

せみなりよへ仕事に行くようになって、それから高山様の御屋敷へ行くようになってから、何かいつも考えごとをしてるみたいや。十様本人が気づいておらんでも、そんなこと以前は一回もなかった。

でも、そんなことよりとにかくわたいを棄てて迷子にせんで。

いやや、いやや。なんにも考えなくてもええから、はよ抱いてちょうだい。

腰だけをくねらせるようにしてはよと催促した。

なあ、はよ抱いて。

わたいを可愛《かわい》がって。

鈴女の身体を抱きよせながら、十蔵は群れからはぐれ疲れた鳥がいっとき羽根を休めるために木の枝に舞いおりるようにひとときの安心、その場かぎりのやすらぎがあればそれで充分で、余計なことはわずらわしいと思う。

ただ、狐は穴に入って眠るし、鳥は巣で寝るが、俺の寝床はどこにもない。

鈴村に流連《いつづ》けて十蔵はその日も午過《ひる》ぎから鈴女に相手をさせて酒を飲んでいた。

鈴女はどこで誰から仕入れてきたのか、またおかしな話をした。

阿弥陀寺があるでしょう今出川《いまでがわ》の大宮の近くに。

実はあそこの清玉 上人《せいぎょくしょうにん》様があの日、本能寺の焼け割れ瓦の下から信長様の御遺体を見つけたんやて。

そんでお上人様は明智に死骸を申し受けたいて申し入れて、着ていた衣を脱いで、そおっとその死骸を包んで、弟子たちといっしょに阿弥陀寺へ連れて帰って本堂の裏手の墓地を掘って棺桶《かんおけ》に入れて埋めて、分厚い四角い石の板で蓋《ふた》したんやて。

それなのにその翌日の四日の朝にお経をあげよう思て、お上人様がお墓のところへ行ったら、掘り返されて石の蓋が横にずれとったんやて。

そおゆう噂を聞いたから、見に行ってきたの。穴には誰もおらんかった、たしかに。だからみんなに教えてやらんと。

埋めるとき棺桶のなかには刀や水晶の数珠《じゅず》などを入れておいたが、それらはそのまま残されていたのに、不思議なことに遺体だけが消え失せていたということだった。

はじめて聞いたな、そんな話は。埋められた者が自然に消え失せるはずはない。

誰かが掘り返したにちがいないけれど、蒸し暑い梅雨時のことで遺骸などすぐ腐れるものなのにそんなものを掘り盗むのは一体だれがどういうわけでと、十蔵は訝《いぶか》しんだ。たぶん縁のある者か、上様を慕う者がどこかへ改葬するために掘り返したのにちがいない。

しかし十蔵は心のどこかであるいは自然に消え失せたのは本当かもしれないとも思った。

確たる理由はないが、鈴女の話を聞いているとなんとなくあの上様ならあり得ないことではないような気がしないでもなかった。仮にそうかもしれないと考えてみると、だんだん本当のように思えてきて、それがわれながら滑稽なことに感じられて十蔵は苦笑した。

鈴女は目を輝かせて西に向かってすわったまま何度もなんども胸の前で十字を切ると、よみがえったんやと機嫌のいい声でいった。

わたいがあのお方はきっと灰のなかからよみがえるってゆったでしょうに。

上様がよみがえったちゅうのかと十蔵は皮肉な気持ちで応じた。

冷静に考えてみると、やはり鈴女の話をそのまま信じることはできなかった。

死んだ者がよみがえってたまるか。

どんな顔でよみがえったのか、ゆうてみい。

一度死んだ者が生き返るなど、見たことがない。

阿呆なたわごとだわ。

そんなことん起こるはずがないやないか。

どおしてわたいがいうことを信じないのと鈴女は口を尖らせた。

子供は疑わない。

なんも知らんから、なんか起こると、かならずなんでって、訊く。

どうしてなのって訊くけど、大人がわけを説明すれば、それを信じるでしょう。たとえそれが嘘でも、いい加減なこたえでも、納得するんやわ。

納得して信じるの。

信じるから納得できもするんやといわれたが、十蔵はなにも応えなかった。

それよ、と鈴女はさとすようにつづけた。

十様もそういう気持ちでジェス様を信じたらええのに。


その日が暮れてからである。

安田作兵衛が鈴村へたずねてきた。

部屋へ入ってくると、十よ、安田作兵衛は山崎の合戦で死んで、今ここにいるのは天野源右衛門やから、間違えたらあかんぜといった。

とにかく要領よくなんとか死なずに済んだわ。

よかった、兄弟。

源右衛門が兄弟といったので、わかっとる兄弟、大丈夫、わかっとる兄弟と、十蔵もいった。

ありきたりないいかただが、お互い、生きとってよかったな。

よかった。

ほかにいいようがないでといって微笑《ほほえ》み、二人は握手し、顔を見つめ合った。

それでな。

源右衛門は、高山様は羽柴から領地高山の隣りの能勢郡《のせぐん》をあたえられたそうなとうなずきながらいった。

羽柴は明智討ちに高山様が抜群の戦功を挙《あ》げたことを賞したんやな。

源右衛門は膝を前へ進めるようにしていった。

そいで、そんときそばにいた誰ぞが、本能寺の御殿の外縁の上様の脇に槍を付けたのは明智日向の馬廻《うままわり》の安田作兵衛であったそうですと、そういうてくれたそうな。

ほう、と十蔵はいった。

で、それを聞いた高山様は、おお知っとる知っとる、あの作兵衛がかといったあと、続けてそうか、あやつが ろんぎぬすの槍 を持つことになったかと、ゆうたらしいんや。ジェス様を槍で刺した者がいたことを思い出してな、とゆうたそうな。異国の話でようわからんのだが ろんぎぬす とは磔柱にぶらさがっているジェスの右脇にとどめの槍を刺した兵士のことだそうだ。

どんなもんだ。

まあ御主《おんしゃ》が相手やから自慢するんやが、凄いやろうと得意そうにいった。

いやあ、あんときはさすがだと思たわと、十蔵は褒め、乾杯の盃を上げた。

だがなあと、源右衛門はいった。

日向様はなんですぐ誰かを立てなんだのかの。

備後の鞆《とも》の浦におる足利義昭公でも早くに立てとったら、どの大将もみな日向様に靡《なび》いただろうによ。

自分自身を立てたのがまずかった。

おのれを立てて、おのれの利のために上様を討ったというんじゃあ、人はついては来《こ》やへんでな。

そういうことなんだなと、十蔵はこたえた。

考えもしなかったことだったから、そういうことなんだなと、二度曖昧な声を出した。

それからな、徳川家康のことだがと、源右衛門はつづけた。

今日はこれを御主《おんしゃ》にゆっとかんといかんと思てきたんや、実は。

家康は今後意外な動きをすることになるやもしれんから、御主もそれをよう注意深く見極めて動かなあかんのやわ。

本多忠勝の用達《ようたし》をしている古い知り合いの呉服商人がおるんやが、岡崎で聞いたという話を教えてくれたんやといった。

源右衛門の話というのは次のような内容だった。

日向様が本能寺に討ち込んだその日のことである。

本能寺を落としたあと士卒が京都市中の家々に踏み込んで上様の首を捜していたころ、上様の勧めで安土から堺へ赴いていた家康は、それまで滞在していた堺を出て京に向かっていた。

備中《びっちゅう》高松城を水攻めにしている羽柴を後援するために安土を進発した上様が入京して本能寺に滞在していたからで、この六月二日の朝、本多忠勝だけが家康一行よりひと足先に堺から馬で京へ向かっていた。

家康が本能寺を訪問することを、上様に前もって報《しら》せる先駆けである。

その忠勝が河内の飯盛《いいもり》まで駆けて行くと、反対側から馬で走ってくる茶屋四郎次郎と出会った。午の刻ごろのことで、茶屋は上様が本能寺で殺されたことを家康に知らせるために堺へ急行する途中だった。

茶屋は徳川家用達の京の豪商で、本能寺と目と鼻の先の蛸薬師《たこやくし》東南角に屋敷を構えていたから、早朝の町の騒ぎに起こされて日向様の謀叛を知った。

この本能寺の一件を茶屋から聞いて驚愕《きょうがく》した忠勝は、茶屋とともに道をとって返し、家康に変報を伝えた。

これが未の刻ごろであった。

上様の横死を告げられたとき、家康は、忠勝と茶屋になにをゆってるだねと大声を出した。

ほんとかいねといい、あたりを歩き回り、そんじゃあただちに京の知恩院へ行って、追い腹を切らにゃあいかんだといった。

家康の顔が強い酒を飲んだときのようにあかくなっていた。

このときすでに四十一歳になって冷静さと分別を備えていた家康も、さすがに逆上した様子だった。それとも周辺に対する配慮からいちおう忠義顔をしてみせたのであったのかもしれないが、井伊直政以下重臣たちは口々にここはひとまず逃げるにしかずかと存じますと、強い口調で言上した。

すぐ逃げにゃあいかんです。

こっから伊賀あ越えてどっかの港に出りゃあ三河まですぐですでと、かわるがわる諭して家康はようやく思い直した。

同行していた穴山梅雪は、声も出さなかった。

口をへの字に結んで胸の前で腕を組み、視線を宙に放ってなにもいわなかった。ままあって家康の顔を見つめながら、梅雪は、私《わっち》らは私《わっち》らで別の道で駿河《するが》か甲斐へもどりますでと、別行動をとることにした。

家康は人数ん少ないで、一緒のほうがよかないですかねと誘ったが、梅雪はいや大丈夫ですわと応えた。

家康以下三河衆に全幅の信頼を置いていなかった梅雪は、危急の今、こいつらに伊賀の山中で始末されたらそれっきりで、たちまち駿河の江尻城も領地も盗られると考えたのである。

別行動をとることにし、家康たちに少し遅れて行動した梅雪主従十二名は、ところが、木津川の草内の渡しで土民の襲撃を受けて全員殺された。運が悪かったとしかいいようがない。

一方、なにがなんでも逃げると決めた家康一行は、四条畷《しじょうなわて》から飯盛《いいもり》へ小走りに急いだ。

飯盛からは、尊延寺に出て、宇治田原に向かった。

家康の伊賀越えのはじまりである。

この先の道は細く、かなり急峻《きゅうしゅん》な上り下りが多く、うねりくねって見通しが悪い。

両側にはびっしりと草が生い繁り、木々の葉が繁って空も見えない場所がつづいている。

常日頃人が歩いている幅二尺ほどの路面も草に覆われ、山鳥とすだく虫の声があたりを領しているだけだ。

深い谷や山中の斜面や岩かげや、草のなかに潜伏している一揆の百姓や竹槍を構えた野伏《のぶせり》に不意の攻撃を仕掛けられれば難なく討ちとられてしまう。

あるいは木々の間、枝の上から鉄砲で狙撃されるようなことがあればひとたまりもない。

命にかかわる危険な場所が延々とつづいていると考えなければならなかった。

とにかく身辺は重臣たちを含むわずか三十四名だけで、家康も本能寺にいた上様同様、丸裸同然の身の上であった。

それでも歩きづめに歩いた家康たちは、その夜はなんとか土豪山口甚介の宇治田原城まで急ぎ、泊めてもらうことができた。

この日は明るいうちは空が晴れていたが、黄昏時《たそがれどき》からどっと雨が降りはじめた。

次の日、石原村では一揆数百人に包囲され、行く手をさえぎられた。

本多忠勝、高力清長《こうりききよなが》らが防戦してようやくここを脱出し、一行はほうほうの体《てい》で信楽《しがらき》の小川城に逃げこんだ。

宇治田原城の山口甚介の父親である小川城主多羅尾《たらお》光俊が赤飯を出すと、家康主従はものもいわずこれをむさぼり食った。一揆だけでなく、空腹にも追われてほとんど手づかみで頬張る、という様子であった。

小川城に一泊して力をとりもどした一行は、翌日の朝、寅《とら》の刻ごろ小川城を出て御斎《おとぎ》峠《とうげ》を登り、頂上を越えて伊賀盆地の眺望にひと安心しながら伊賀国に入った。

ここまでくれば、あと一息だ。

さらに、柘植《つげ》を経由して、加太峠《かぶと》を越えた。

加太峠でも一揆勢に襲われたが、小川城を出るときから助っ人に伊賀者がついていた。服部半蔵が差配する伊賀者二百人が家康たちを警固したのだ。

上様は前の年の四月に天正伊賀の乱で伊賀を攻めて殲滅《せんめつ》した。そのとき伊賀の衆の一部が家康の領地へ逃げ込み、家康はこれを匿《かくま》い、優遇したという経緯があったから、伊賀者たちはこれに報いた形である。

一行は森の奥からくりかえし湧き出してくる一揆勢を追い払い、加太峠を無事に下って東海道の関の宿場にたどり着き、伊勢湾に面した白子《しろこ》の港を目ざした。

行く手をさえぎる者には茶屋四郎次郎が持っていた金や銭をばら撒《ま》いたり、褒美を約束したり、伝手《つて》をもって懐柔したり居丈高《いたけだか》に威嚇《いかく》したりし、時には刀や槍を使って行く手を阻む者たちを容赦なく殺した。

こうして家康一行はあらゆる手段を講じて逃げ延び、夕刻、酉《とり》の刻前後にやっとの思いで白子港までたどり着いた。

家康は運が強かった。

白子の港には、幸運にも旧知の伊勢商人角屋《かどや》七郎次郎の柴を積んだ船が錨《いかり》をおろしていた。

日が落ちて暗くなったころ、家康は角屋が手配した船に飛び乗って海に出た。

その風を孕んで帆を丸く膨らませた船は伊勢湾を横切って知多半島の羽豆岬《はずみさき》を迂回し、知多湾を北上して白子から十六里離れた三河大浜の港に無事入港した。

大浜から岡崎城に帰着した家康は軍装を整えて出陣したが、いかにも遅かった。

慎重に構え過ぎた。ちょっと迷いがあったのかもしれない。

十四日には鳴海に向けて出発したが、すでに羽柴軍が前日の十三日に山崎の合戦で日向様を下し、その日のうちに決着がついていた。

家康の先鋒酒井忠次が尾張津島まで進んだものの、十九日に羽柴からの書状を受け取った。

上方は平定されたからお気兼ねなく帰陣されたしという知らせだった。

この知らせを尾張鳴海で受けた家康は、引き返すことにして二十一日には浜松城へ帰着した。

家康が伊賀越えしていたころ、羽柴は早くも天下取りのために迅速に軍を進めて次の一手を考えていた。このときのほんの数日の遅れのために家康は先に羽柴に天下を取られ、今後は羽柴に従属する協力者という立場に甘んじなければならないことになるのではないかと源右衛門は予想していた。

なるほど、そうゆう風になってただなと、十蔵はこたえた。

ほんじゃあ、徳川家中に入れてもらうのも手かもしれんね。

さすがにわれわれは羽柴に勤めるちゅうわけにはいかんら。

この話のあと、女たちが部屋に入ってきて、酒がまわっていつもの通り馬鹿騒ぎになった。

翌朝十蔵が目を覚ましたとき、源右衛門はいなくなっていた。

新しい仕官先が決まったら連絡するという伝言が残されていた。

そして、朝飯のとき十蔵は二日酔いの頭で源右衛門がいったことで印象深いことを思い返した。

源右衛門はひどく真面目な顔でこういった。

あの日の夜、御主《おんしゃ》と一緒に亀山から本能寺に向かって馬を飛ばしていたとき、俺は死んでつめたくなった信長の手からなにもかも奪いとってやりたいと願っていた。

そうできたらどんなに幸福だろうと夢見た。

信長がいるかぎり、この国に住むすべての者が不幸だと思っていた。信長をなぜ殺したいと願うのかといえば、理由はただひとつだ。

信長という、この男ひとりがいなければ万民が安堵する。

この男さえいなければ、誰もがおだやかな気持ちで毎日を過ごすことができる。

あいつが消えれば希望が生まれると思てたんや。

その信長の右脇に俺が槍を付けたことを、誇りに思ってもいる。

にもかかわらずだ。

俺の心はすこしも充たされん。

あいつがいなくなってからの、この寂しい気持ちはなんだろう。

なんちゅうか、すべてのものから輝きというものが消えて色あせてしもたような気がするんや。

薄情ないいかたをするが、日向様が死んでも何とも思わんのだが。

いわれてみれば某《それがし》も同じように思っていたと十蔵はこたえた。だもんで、確かになんか大きな穴があいた、気持ちに。

すると源右衛門はいった。

偉大な男がいるとする。

その偉大な男がどんなに偉大な男でも、その名はいつかみんなの記憶の彼方に遠ざかって薄れて、忘れ去られてゆく。

秀吉か家康か、新しい功名をあげた者に追い越されて、有象無象《うぞうむぞう》といっしょにみんな消えてゆく。

が、織田信長だけは違う。

日に日に気持ちのなかで大きくなっていくんや。

ずうっとそうなのかもしれんな。


それから二日か三日後に十蔵は鈴村の主から雨続きで茶色く濁った淀川を五百以上の屍体が流れていったという噂を聞いた。

明智軍に味方した者は一万人以上が死んだという話も流れているということだった。

午《ひる》さがりに八坂神社の北を通っている道に出た十蔵は、山科経由で琵琶湖に出て瀬田の唐橋《からはし》を渡り、東へ向かう旅人をよそおって、今度は三条粟田口《あわたぐち》に曝《さら》されているという日向様を見に行った。

京から東西南北どこへでも、逐電《ちくでん》すれば身の安全をはかることができることはわかっているのに、十蔵はそうしないで依然として鈴村に流連《いつづけ》ていた。

なぜ京の街にいるかと問われても、これといってなにか明確な理由があったわけではなかった。

ほかにすぐ行かなければならない場所がなかったとでもいうか、ただ漠然とだらしなく京にいて遊び暮らしていたただけだった。

とはいっても、この斜めに降り募る雨をいとわず簑笠《みのかさ》着けてわざわざ三条粟田口まで磔になっている日向様をなぜ見に行くのか。

十蔵は自分でもよくわからなかった。

石工から士に拾い上げてくれて日傭《ひよう》として雇い入れて給禄を払ってもらっていた主に対する忠誠心からであり、作兵衛のおかげで馬廻に加えてもらい、まあまあよくしてもらったからだといえばそんなような気がしないでもなかったけれど、実は日向様に対するそんなに深い感謝の気持ちは十蔵にはなかった。

こちらも日々命を提供してきたのだから、雇い主がそれなりの支払いをするのは当たり前のことで、特段そのことを重く受け止める必要はない。

まあ、強いていえば、好奇心からかもしれなかったが、これというはっきりした理由もなく、何となく磔を見に行ったというのが一番自分のほんとうの気持ちに近い。

本能寺の焼け跡同様、その遥か手前から死骸の腐った臭気が濃くただよっていた。

にもかかわらず、ここでも人だかりがしていた。

夥《おびただ》しい数の磔柱が並んでいたから臭いのは当然のことだった。

子供たちまで遊びに来ていて雨で濡れ鼠になって騒いでいたが、大人はみんな笠を上に傾け、ならんでいる磔柱に曝《さら》されている者の顔をつぎから次へとただ黙って見物していた。

やはり高札を立てられた日向様の前が一番混んでいて、その人ごみに混じり込んで十蔵はどす黒くなっている死骸の顔の、固く閉じられた目のあたりを見つめた。

ここでは頭の禿げた首と喉元が縫いあわされ、胴体に接《つ》がれたみじめったらしい肋骨《あばらぼね》が浮いて見える貧弱な裸の身体が十字の磔柱を背負って立っていた。首まわりには白い蛆がわき、鼻の頭と顎の先から雨の滴が一滴、また一滴としたたり落ちていて口を固く結んだ日向様は本能寺に曝されていたときと同じ顔をしていた。

その脇の草葺きの小屋の軒下で五、六人の見張りの足軽が白い茶碗に賽子《さいころ》を投げ込んで丁半博奕をやっていた。

日向様の右隣の磔柱には、蔵助様がぶらさげられていた。

蔵助様は日向様が勝龍寺城から脱出したとき、ともに脱出して泥田のなかを長男利康と次男甚平とともに匍《は》って逃げ、うまく逃げのびて近江志賀の堅田水軍の猪飼昇貞《いかいのぶさだ》秀貞父子を頼った。

猪飼は蔵助様と息子二人を愛想良く迎え入れ、戦の労をねぎらって酒を酌み交わし、寝所に休ませた。

そして、その深夜、眠っているところを襲って三人を捕縛し、大津の三井寺を本陣にしていた羽柴に突き出した。

蔵助様父子は京の町なかを引き回しにされ、十七日には蔵助様が六条河原で車裂きの刑に処され、二人の息子は首を斬られた。息子らの首も死骸も日向様とともに粟田口に磔にされて曝された。

羽柴はこうして羽柴みずからが一人で本能寺の事件に完璧にけじめをつけたことと、その権勢の正統性を世間に知らしめ、認めさせようとしたのだ。

磔にされている蔵助様は左目を閉じていたけれど、どういうわけか右目を大きく見開いており、口も少し開いていた。いつもそうしていたように、蔵助様が今になってもなお片頬だけで笑っているような顔に見えた。

といっても、十蔵の眼には日向様を見ても、蔵助様を見ても哀しいとは感じなかった。同情したり気の毒だというような気持ちにもならなかった。路傍に捨てられた犬か猫の死骸を眺めているのと変わりがなかった。十蔵の心は少しも動かなかった。

生まれてきた者は死ぬるものだ。死に時が来れば、人は死ぬ。

そういうものだ。俺にも、その時がくる。

まあ、どの道ろくな死に方はしないだろうと覚悟しているが。

せいぜいその短い人生を楽しむことだ。死にたくなければ生まれてこなければよかったのだというしかない。

これで終わりや。

みんな死ぬ。

みんな死んでなにもかも終わりだ。

もうこれ以上ここにとどまっている理由はない。

これでもうええんやないかと、おのれにいいきかせ、うなずいて町なかへもどることを考えながら振り返り、そこから立ち去るために踵《きびす》を返した十蔵は、ここでも自分のうしろの人混みにまじっている鈴女《すずめ》に気がついた。

こいつはまた。

ここへも来とるのか。

鈴村で働いているとばかり思っていたけれども、なんで今日もまたここへ来ているのか。

と思うまもなく目が合い、十蔵に気がついた鈴女も小さくうなずいて少し微笑んだ。

そのときのことだ。

十蔵の顔を真正面から指さして苫野やないか、苫野十蔵やないかと大声を出した奴がいた。

まったく見知らぬ髭面の、五尺にも満たぬ小男で、強い光のこもった二つの金壺眼《かなつぼまなこ》が下から笠のなかの十蔵の顔をまっすぐ、しかと見あげていた。

ちゃうわ。

咄嗟《とっさ》に十蔵はこたえた。

嘘つきいなと、髭面は応じた。

あんた明智のもんや、明智の安田作兵衛の組下のもんやろが。坊主の格好しとるが、たしか苫野《とまの》やあんた、といった。坊主なんかやないやろが。

うっせい、うっせい。うっせいわ。

ちゃうわいと十蔵はいいかえした。

明智や安田なんぞ知らんわい。

わしゃただの坊主や。人違いやと応じたが、その小男は唾をとばしながらなにが坊主や、嘘いいなといい募った。

さっきから見とったんや。

苫野十蔵や。本能寺攻めた奴ちゃとくりかえした。

なにをゆうとんのんや。

ちゃうて。

三度否《みたびいな》んで笠を傾け、人混みの外へ出ようとした十蔵の耳に、どっかから間の抜けたような鶏の鳴き声が聞こえてきた。

十蔵はまわりを見まわして鈴女をさがしたが、人混みに紛れて見つけられなかった。

そして、町場へ帰ろうとした十蔵の両腕が、背後から強く捕まえられた。両側から腕を鷲掴《わしづか》みにした二人の男は処刑された者の曝し場を見回っていた羽柴の足軽で、十蔵は抗《あらが》うこともできないまま引き立てられるわけにはいかぬと思い、右腕を振りほどき、左の腕を摑んでいる奴の顔の正面を殴った。

よろけたそいつの耳の下をもう一度、思いざま殴った。

さらにそいつの顎を一撃すると、口から血まみれの歯を四、五本吐き出しながら倒れ込んだ。

何人かが十蔵に飛びかかり、折り重なるようにして取り押さえた。

動けなくなった十蔵を、足軽たちは存分に殴って蹴り、また殴り、顔がみるみる赤紫に腫れ上がって歪んだ。

引き立てよといった男の顔を一瞥《いちべつ》したと同時に十蔵は額を地べたに押しつけられた。

頭の後ろを槍の石突で前へ突き倒されたためで、顔を歪め、冷たく濡れた土のにおいを嗅ぎながらもうすぐ俺はこの土になるのかと思った。

黒い土になって乾いて風に吹き飛ばされ、舞いあがって大気そのものになるのだろうかと人ごとのように考えていた。

土になる前に罪人として痛い思いを味あわされてから死ななければならず、それは辛いだろうと考えたものの、どういうわけか死ぬことは少しも恐ろしいと感じなかった。

ただ、わけもなく口惜しかった。

こうなったのは、ただの偶然にすぎないのか。

それとも、こうならなければならないからこうなったのか、十蔵にはよくわからなかった。

粟田口の刑場から四条大橋の東詰めに設けられた俄か作りの屯営《とんえい》に引き立てられた十蔵はまずこの屯営で取り調べを受け、それからなになにの刑罰だと宣告されてからなんらかの刑に処せられるのだろうと想像していたが、そんなものはなにもなかった。

どうせ誰になにを訊かれても、ひとこともこたえなかったにちがいない。

こたえるべきなにかが十蔵には何もなかったから。

そこにいた足軽組頭らしい奴が振り返り、肩越しに十蔵をちらと見てこいつは磔にせいやと命じ、もう一度おい、こいつを磔にしてしばらく打棄《うっちゃ》っとけといった。

そして、褌ひとつにされた十蔵はそのまま山積みになっている真新しい杉の磔柱の一本にくくりつけられた。

縛るったって、めんどやな。

掌と足の甲に五寸釘を五、六本打ちつけて止めたらどやという声が聞こえた。

アホ抜かせ。

そんなん釘がもったいないでと誰かがこたえ、嗤《わら》い声が響いた。

十蔵は抵抗しなかった。まったく暴れなかった。

暴れても逃げられはしないと諦めていたから、じっと静かにしていた。

羽柴軍は勝ち戦に乗った勢いでなにをやっても許される状況だった。

そうだ。

戦に勝ったらなにをやっても許されるのだ。

十蔵がくくられた磔柱は三条の橋と四条の橋の間の河原に立てられていた。

あたり一帯にならんでいる何百本のうちの一本にすぎなかった。

だが、それにしても、どこまでが偶然で、どこまでが当然こうあってしかるべきことなのか。

たまたまこうなったのか。

鳴きはじめた蟬の声に包まれてほんとうにどうしてもこうでなくてはならなくてこうなっているのかと、十蔵はくりかえし目にみえぬなにかに問いかけた。

たまたまなのか、こうあるべくしてこうなったことなのか。

その区別はどこでつければよいのか。

それがよくわからないから、見きわめてみたかった。

また、十蔵は胸に充分な息を吸いこもうとして腹の肉を波打たせながら、今となってはそんなことはどうでもよいとも思った。

そうだ。

たとえたまたまでも、なるべくしてなったことでも、かまわんじゃんか。

そんなこたあたいして重要なこんじゃない。

偶然だからなんだというのか。

なるべくしてこうなったから、何だというのか。

そんなことは糞食らえだ。

こうなっているのは、そのどちらでもない。

こんな風に鴨川の河原に磔になって曝されているのは、どこまでも限りなく偶然に近い必然だったのだ。

ただそんだけのこんだわ。

そうか。

ただそれだけのこんだが、もしかすると、それが俺の士としての望ましい死に様なのかもしれない。

息が苦しくなって、そこで十蔵は大きく口を開いて息を吸いこみ、全身に精一杯の力をこめて藻掻《もが》いた。

いくら藻掻いても無駄だとわかっていたが、藻掻きつづけて大きく息を吸い込んだ。といっても全身が釘付けされたみたいになっていたから、下から見上げている者の目には十蔵がちょっと身じろぎしたようにしか映らなかった。

いずれにしても両の手首と両の足首が荒縄で雁字搦《がんじがら》めにきつく縛られているのだからどうあがいても無理だった。

それどころではない。

俺は自由だ、わがまま勝手に好きなことをやっていると思って生きてきたが、身体だけでなく俺が考えてきたことも雁字搦めで、元々これまでしてきたことのすべてがなにかに雁字搦めにされていたのではなかったか。

つまるところ俺はなんらかの意味のあることは何もできなかった屑だが、もしかしたら、あるいは、何からなにまで連中がデウス様とかジェス様とよんでいる奴らが決めていた通りに物事が運ばれてきたのかもしれない。

いや、そんなこたあない。

が、それにしてもと、十蔵は考えた。

いま磔柱の上で餓え渇《かつ》えて死んでゆく苦しみは誰が俺にあたえているのだろう。なぜこんな目にあわせるのか。

いったい誰が俺の命を奪おうというのか。人の命をなぜ弄《もてあそ》ぶのか。裁こうというのか。

十蔵は誰かがおのれに生きる望みをあたえておきながら、命を奪うのはどうしたわけだと空に向かって問いかけた。お前は何様のつもりだ。

それから夜になり、眠りに落ちる前に十蔵は昔のことをいくつも思い出した。

たくましい背中におぶわれて暗い一本道をひたひたと満水寺に向かったときのこと、本能寺へ討ち込んだとき上様の全身が皓《しろ》く輝いていたこと、高山様の屋敷の庭で斫《はっ》った灯籠や安土の石丁場で保坂の頭を玄翁《げんのう》で叩き砕いた瞬間。

黒坊主の焦茶色の膚《はだ》がつややかだったことだの満水寺を出奔するとき父親の胸を刃物で刺したときの手応えや畳に仏像の光背のような形にひろがっていった血の色と、赤楽茶盌の底に溶いた緑色の濃茶。

遠州浜松の、白首屋《ごけや》がならんでいる通りに植えられた柳の木の枝が風に揺れるさまや、奈良の寺へ漆塗りの什器を借りにいったときのこと。

いろんなことを淀みなく話しつづけた作兵衛の笑顔や武田攻めのときに登った岩村城の石段や神父《ばあどれ》ウルガンの青い澄んだ瞳。

そして、顔だけしか思い出せない白首屋の女たちとの交わりの、終わりに果てていくときにもらされる声。

もちろん鈴女の笑顔もべそをかいている顔も、瞼《まぶた》に甦《よみがえ》ってきた。

なぜか勝龍寺城の堀の水に映じて揺れている石垣や白い築地塀がはっきり目に見えた。

ということは、こうした過去の諸々《もろもろ》の出来事や光景や人の顔がとりとめなく思い出されるということは、もうすぐ死ぬからだろうと、十蔵は改めて思い知らされた。


それから五、六日ほど経ってからか。

夜明けにはまだだいぶ間がある丑三《うしみ》ッを過ぎたころのことだ。

誰かが十蔵の足の指先に触れた。

目をさました十蔵を、闇のなかから十様と、息のような声で呼ばった。

わたいだよ。

鈴女だよといい、足の親指を握った。

呻き声をもらした十蔵は真っ黒い闇のなかでもあったかくてやわらかい女の手が足の指に触れていることはわかった。

十様。

十様にはわたいがついてますよって。

十様の子がわたいのお腹《なか》んなかに入ったよ。

この子が産まれたら、白い亜麻の布で包んで育てるからといわれ、十蔵は足の親指を握っている手に強い力がこめられたことを感じとった。

それにこたえて十蔵は、鈴女、と大声で呼んだ。

大声で叫んだ積りだったが、喉の奥でつぶやいただけで、彼女の耳には届かなかった。

両目から涙が出て頬を伝い落ち、のびた顎の鬚の先から滴った。

そして、十蔵が目を醒ますと、ねずみ色の雲の縁からあふれている陽の光が川面に斜めに照りつけ、そこだけ明るい黄金色《こがねいろ》に輝いていた。

東の方角に流れている雲の動きにつれて、陽の光も移動してゆく。

その黄金色《こがねいろ》に燦めいている川の面を小さな黒い鳥影が横切ってゆくのを見失うまいと、いくら目をこらして行方《ゆくえ》を追いつづけても、ふっとかき消えてしまう。

どの鳥も、すべて水の燦《きら》めきに紛れて行方がわからなくなった。

朝からつい先刻まで陰欝な曇り空にとけこんでいた濃いねずみ色の鴨川の水がゆったりとうねりながら幾重もの白い波の列をつくって流れていて、十蔵は時の移ろいとともにその波頭だけを白く暮れ残したように感じられるどんよりと濁った川の流れからしだいに光が失われてゆくのをぼんやりと眺めおろしていた。

しかし、一刻《いっとき》ほど前から暗いねずみ色の雲が風に引き千切られ、ときおり青く澄み切った空っぽの高い空が見えるようになって、今は川面のあちこちがまばゆい黄金色に輝き、燦めいている。

えんや、えんや、えんや。

ああ、えんや。

ああ、えんや、ああ、えんや、ああ、えんや、えんや、えんや。


石を曳く人足どもの声がきこえる。

十蔵の耳には足もとを流れる水の音が、石曳きの掛け声みたいにきこえる。

ああ、えんや、ああ、えんや、ああ、えんやと湧きあがってくるその声は身体のなかを流れている血とおなじように脈打ちながら水の音と溶けあって聞こえ、胸の高鳴りそのものになってあたりに響きわたり、やがては空までふるわせる。


えんや、えんや、えんや。

ああ、えんや。

ああ、えんや、ああ、えんや、ああ、えんや、えんや、えんや。


汗を全身から湯玉《ゆだま》のようにとばしながら、人足たちはあえいで息をつなぎ、声を出して腰を入れ、両の腕に力をこめ、足を踏んばって太い綱を曳く。

石をのせた修羅《しゅら》が止まっておら、おら、おら、おらと宰領《さいりょう》が煽《あお》りたてると、人足たちもおら、おら、おら、なにやってんじゃあと、詰り返して、再びああ、えんや、ああ、えんや、ああ、えんやと声をあわせ、綱を握った手に力を入れる。
最初は小さな声でえんや、えんや、えんやと三回いい、ああと拍子をとってえんや、あ
あ、えんや、ああ、えんや、ああ、えんや、ああとつづけていって次第にその声が大きく
なっていくと、たるんでいた太い綱がのびてぴんと張ってゆき、石がぐらりと動き出す。
曳かれていく大きな石の上に飛び乗った宰領が浄めの塩を八方に向けて撒き散らし、何
本もある綱と綱の間にいる追廻《おいまわし》の長《おさ》が幣《へい》をくくりつけた棒を前後に振って再び勢子《せこ》のよ
うにおら、おら、おら、おらあと気合いをかけると、ああ、えんや、ああ、えんや、あ
あ、えんやの喚声が谷間から高い空に谺《こだま》して響きわたる。
さらに大太鼓で拍子をとって囃したて、宰領と追廻が煽り、人足どもが六尺ふんどしひ
とつで綱を引き、石を曳きつづける。
石が進んでゆく道筋に丸太がならべかえられ、ぬるぬるの荒布《あらめ》が撒きちらされてああ、
えんや、ああ、えんや、ああ、えんやという掛け声がつづく。
すると、よいさ、よいさ、よいさ、ああよいさ、ああ、よいさ、ああ、よいさと威勢よ
くつづく組もあって、谷も山もみっちり繁っている木々も草も、同じように調子をとって
同調し慄え叫んで谺《こだま》するように思われた。
その声に覆いかぶさるように太鼓と鉦《かね》が打ちならされ、塩が撒かれておいさ、よいさ、

おいさ、よいさ、おいさ、よいさと、別の組も石曳きを開始する。

そしていっせいにおらび声をあげ、更にどよめきが沸きあがる。

人足たちの息があがったか、石がなにかに閊《つか》えて動かなくなったためで、どちらが原因でも人足たちが宰領を詰る怒鳴り声であり、宰領も叫び声をあげ、おら、おら、おら、おらあと人足たちを詰《なじ》り返し、煽りたてる。

すると、追廻たちが再び小さな声でえんや、えんや、えんやとい、皆があぁと拍子をとってああえんや、ああ、えんや、ああ、えんやとつづいて塩が撒かれ、太鼓と鉦が拍子をとって、石が動きはじめる。

それはもう十歳の身体のなかでいつもきこえている間のとられた力強い声で、その声に従って息をして、その声の間のとり方に従って生きているような気がしてくることがあるほどだった。

そしてそれは雨の日も風の日も、嵐の日も、昼も夜も、耳のなかに入ってきた瞬間に全身の働きそのものに同化してゆく。

観音寺山の麓に到着した日に切り出された石がまとめて船積みされていて、その声の唱和をはじめて聞いたときからである。

ああ、えんや。

ああ、えんや。

ああ、えんや。

ああ、えんや、えんや、えんや、えんや。

ああ、よいさ。

おら、おら、おら、おら、おらあ。


なにがあってもその声がきこえてくると、みな上機嫌になった。石曳きの掛け声には男たちを奮い立たせる格別な働きがあった。

そうか。

ああやって来る日も来る日も朝から晩まで、重い石を曳っぱりつづけるのが男なのだ。男の一生は日がな一日くるしい石曳きをやり続けることなのだ。重い石を曳いて酒を飲み、飯を食い、女を抱いて眠り、目を覚ませばまた石を曳くのが男なのだ。

やがて陽の位置が変わって空のまだらな雲の間から目の前の風景ぜんたいに明るい光が行きわたり、礫柱の十蔵はまぶしさに顔をしかめた。その光は細めたまぶたをこじあけるようにして瞳の芯に流れこんで十蔵の身体のなかの闇の隅々にまで届くような感じがした。

もはや十蔵の耳にはなにも聞こえなくなっていた。

ついさっきまでは兵たちの声やときには小鳥の声や、駆けていく馬の蹄《ひづめ》の音などがきれぎれに聞こえていたし、頬を掠《かす》めて通り過ぎる川風のなかに聞き覚えのある誰かの声が混じっているような気がしてもいた。

いろんな唄もきこえていたのに、今では全身が深い静寂につつまれていた。

陽の色が変わっていくと、空の色も変わっていった。

空が赤くなっていく。

鴨川の水の色も変わる。

血をぶちまけたような水の流れの色。

小さな舟の黒い影。

かすかな風に水の匂いが混じっていて十蔵は女を思った。

特定の誰かではなく、女というものの匂い。

流れている水の匂いがそのまま女というものの匂いなのだ。

いい匂《にお》いがする。

やさしい匂いだ。

しばらくすると陽が沈んでしまったけれども、青みがかった空には充分な光が残っていて東山の山脈《やまなみ》の輪郭を朱色に染めた。

と思うまもなく、とつぜん空も山も暗くなってすべてが濃い闇につつまれる夜が来た。


それからさらに十五、六日後のことだ。

この何日かのあいだに十蔵は驚くほどやつれていた。筋骨が隆々《りゅうりゅう》としていた肩や胸からは肉が落ち、髭の伸びた頬が痩《こ》けて蒼い隈《くま》ができた目は深くくぼんでいた。

が、それでも十蔵はまだちゃんと生きていた。

あでわかれて
そんでであって
はんるかぶりだと
しんがみついて
あがえて
こがえて
よかっつえ

前の日の朝までの石曳きの声に変わって十蔵の耳には遠く低く打ちよせてはひいて、また打ちよせる白い波みたいにこの唄がきこえていた。

峠で別れて麓で逢って、久しぶりだとしがみついて、ああやってこうやってよかったあとくりかえされていて、この単調な旋律がなにかの拍子に思い出すと、普段でもしばらくのあいだ何回もなんかいもくりかえし耳の奥にきこえてくることがあった。

このときもそうで、十蔵は低くつぶやくように喉の奥でうたってみた。

あがえて　こがえて　よかっつえか　とくりかえして苦笑した。

たしか子供のころ白首屋《ごけや》の布団部屋まで聞こえてきた唄だ。

いや。

どこできいたかはっきりしない。誰がうたっていたのかもわからない。

ただ、幼いころから定かではなかったが卑猥《ひわい》な唄だとちゃんとわかっていて、聞こえてくると不快感に似たものをおぼえた時期もあった。

少なくとも素直にはっきりとは口にできない唄だった。

単純なはずかしさからか、記憶が自分自身の出自につながってゆくことを拒否する気分が働いていたか、それともなにかを明確に思い出すのがおそろしかったのかもしれない。

こんな唄のようなおおらかといえばおおらかで、下卑《げび》ているといえばひどく下卑ている世界からおのれが生まれてきたということが、たとえ事実でも認めたくない気持ちが前に立ち塞がっていたこともたしかである。

だが、もう、今なら大きな声を出して唄うことができる。

この唄をなつかしく思って、十蔵は声に出し、節をつけて唄った。

あででわかれて
そんでであって
はんるかぶりだと
しんがみついて
あがえて
こがえて
よかっつえ

十蔵は考えた。

なにかのために生きる生き方をまっとうできる奴がいる。

誰にも知られることなく、誰にも理解されないままでも、屈することなくおのれの思いを貫き通す。

その思いのために、おのれの身体も心も命までも使い果たす奴がいる。

けれど俺にはそんなことはとてもできなかった。

そもそも貫き通したい確固たるおのれの思いがなかった。

だから、俺が生まれてこの年になるまで生きたことには、なんの意味もなかった。

おのれの欲望に忠実に生きてきただけで、実はおのれがなにをしているのかさえわからないまま生きてきた。

まったくこれといった何もできないまま生きてきて、もうすぐ死んでいく。

生まれた以上、人が何事かをなさなければならぬのならば、何事もなすことができなかった俺は何者でもない。

ただ性根の腐った、人として人に値しないろくでなしでしかない。

それは、ゆるされることじゃない。

おのれ自身が到底ゆるすことできないこんだで。

いや。

どのみち人の一生は七日だというじゃんか。

生まれた日が一日目。二日目に親が子の幸せを祈る。

三日目に嫁をもらって、四日目には病《やまい》にかかり、五日目にはその病が重くなり、六日目には死ぬる身だ。

七日目に土の底に埋められて、一巻の終わりよ。

そうさ。たいしたこたあない。

割り当てられた時は短い。

そんなに長くこの世の、いまいるここに滞在していることはできやへん。

命は束《つか》の間の、かりそめの贈り物《もん》に過ぎんだ。

たいていの男も、女もたいしたことんできんまま消えてく。

絶え間なく、毎日、昼夜を問わず、一人ひとり消えてくだ。

なにごとも、春に芽吹いた木の葉が、秋にゃあ枯れ葉になり、風に吹き飛ばされ、地べたに散り落ちて土のなかへ消えてゆくのと変わらんだで。

となりゃあ、こうやって礫になって誰かに殺《あや》めてもらうのがいちばん楽で、手っとり早い。

おのれ自身をおのれが罰することなんか容易にできるもんじゃないで、葉っぱが枝から風に吹き落とされるように他人の手にかかって死んで土になるのんいちばんいい。

それから十蔵は誰よりも深くおのれがおのれ自身を憎んできたから、俺は俺自身に復讐されているのかもしれないと考え、そんな奴の面が見てみたいもんだと思って苦笑いしたりもした。

というのは、もはや、十蔵の眼《まなこ》にはなにも映らなくなっていたからだ。

盲《めし》いてしまってどちらへ顔を向けても、黒い闇しか見えなくなっていた。

いまが昼なのか、それとも夜になっているのかもわからなかった。

富士の裾野の人穴に入って迷ったときのように分厚い暗闇に視界を閉ざされた十蔵は、喉も舌も唇も渇ききっていたが、あででわかれて　そんでであってというこの唄になんともいえないなつかしさを感じて低いかすれた声で節をつけて唄った。

唄い終えると、もう、これでええわと十蔵は胸のなかでつぶやいた。

さらにもう一度、もう、ええわとくりかえした。

鋭く削った竹槍の尖端を脇に当てられたとき、口を固く結んだ十蔵は昂然と顔をあげ、やるなら早くやれとふてぶてしく居直っているような印象をあたえた。

利《き》き足をうしろへ引いて力を矯《た》めるために少し膝を曲げて竹槍を構えた足軽は白底翳《しろそこひ》を病《や》んで目がよく見えないらしく、何度もその薄白く濁った両目をしばたたかせて自分が構えている槍の尖がちゃんと罪人の脇に触れているかどうかを確かめた。それでも十蔵が平然としているので、こいつは頭が弱い屑やから怖がりもせんでただ単に眩しそうに青い空を見あげとるんやろと思った。

そして、その足軽は力まかせに竹槍を十蔵の右脇に突き刺した。

ゲ、と声をあげた十蔵は、顔を歪めた。

けれども、それは苦痛ではなく快感に耐えているように見えた。

脇に突き刺された竹の槍が引き抜かれ、傷口から噴き出した血が足軽の額や白く濁った両目にふりかかった。

十蔵は天空を仰ぎ、喉仏を動かしながら、俺はいろんな衆に借りんあるだと、誰かに向かって話しかけるようにつぶやいた。

御主《おんしゃ》がそれを、返してやってくりょう。

だが、そのつぶやきは声にならず、竹槍を刺した足軽にも聞きとれなかった。

十蔵はなにも苦痛を感じていなかった。

そのまぶたの裏の闇を一直線に貫くひとすじの光が輝いていた。

太陽の光でも月の光でもなかった。

まばゆく鋭く、それでいてやわらかい優しさそのもののような、ありもしないものに強いてたとえていえば風の光とでもいうべき闇のなかの一本の透徹した光で、それを美しいと十蔵は思った。

そのひとすじの光がさしこんでいる頭のなかが、あと一歩で大きな恍惚《こうこつ》の極点に到達できそうな予感と期待に占められ、おのれがずいぶん前から長い時間のぞんできた本物の士《さむらい》に成りあがる夢がようやくかなえられるような気持ちになって深い満足感をおぼえていた。

とはいえだ。

どこぞで生まれ、白首屋で育てられ、寺へ預けられて坊主になり、父親《てておや》を殺し、出奔して石工になって、士に成りあがりはしたものの、明智屋敷ではじめて鎧を着たとき俺にしかなれない士になるんだと志《こころざ》しても、結局そういう唯一無二の士にはなれなんだ。

あげく、このざまだ。

堕《お》ちて益体《やくたい》もないこんなみっともない惨めったらしい褌一丁《ふんどしいっちょう》でなんの意味もない死に方をするのかよと、不貞腐《ふてくさ》れながらも十蔵は今のおのれが子供のときからずうっとそうなりたいと考えてきた士なのだという達成感も感じていた。

なあに。

これでも士だが、どおせ風に吹かれた塵《ちり》がどこかへ消えていくように行方も定まらぬ身の上だ。

士といっても、俺ははぐれ猿で、どこにでも生えているただの草にすぎん。

ただの草だが、刈られても、引っこ抜かれても、またすぐ生えてくる。必ず新しい根を張って、芽を出してやるで。

磔にされている者は、最後は膝の皿を玄翁で叩き割られることになっていた。

膝の皿が割られると関節が折れて脚が支えている身体の重みが一挙に両腕だけにかかり、首ががっくりと前に折れて喉が塞がれ、息ができなくなって確実に死ぬからだ。

十蔵もそれをやる足軽に両膝の皿を叩き割られるはずだったけれど、その前に竹槍で刺されたことで全身が一尺ほどもずり落ちてすでに絶命していた。

そして、そのとき突然あたりが薄暗くなった。

十蔵のまわりだけが暗くなった。

空をふり仰ぐと、ちょうど黒い雲の塊が流れて陽の光をさえぎり、青々と澄み切った空に浮かんでいるその分厚く黒い雲の塊を陽の光が黄金色に縁どっていた。

河原の砂地に生えている小さな草の実に群れる雀が囀《さえず》っていた。

十蔵の処刑に興味のある者など誰もいなかったから、足軽が竹槍を突き刺したり引き抜いたりしたところを見ていた者は一人もいなかった。陽が翳ったことに怯えてか四条の橋の上で馬子《まご》がひいていた一頭の馬が前足をあげて棒立ちになって嘶《いなな》き、血の匂いに飢えて堤に群れていた鴉が鳴きながら一斉に飛び立った。それから隣の磔柱の骸《むくろ》にたかっていた黒い蝿の群れがわっと飛び散り、またすぐそれまでいた場所へもどって元通り静かになった。

十蔵の脇を刺した足軽は額や白い目に降りかかった血を袖でぬぐうとすぐ隣の罪人の横へ移った。

うしろへ引いた足に力を入れ、ちゃんと目が見える者のように竹槍を構えて力いっぱい斜めに突きあげた。

つづいて、もうひとりの足軽が玄翁で膝の皿を叩き割り、人が死ぬ最期の呻き声を聞いた。

相変わらずにいにい蟬が鳴いていた。

黒い雲の塊が流れ去ると、陽は礫柱の真上の青く澄みきった中空《なかぞら》から川面を照らし、水の流れを燦めかせながら金色に燃え輝いていた。

【著者紹介】
泉　秀樹（いずみ　ひでき）

1943年、静岡県生まれ。慶應義塾大学文学部卒。1973年、小説『剥製博物館』で第５回「新潮新人賞」受賞。『士道の本懐』『歴史を歩く　深掘り神奈川』（PHP研究所）、『一駅一話　江ノ電沿線　歴史さんぽ』『家康という生き方』（有隣堂）ほか、歴史に関する著書多数。J：COMの視聴率トップの人気番組「泉秀樹の歴史を歩く」の原作とMCを担当している。

装丁——Shino
題字——著者
組版——朝日メディアインターナショナル株式会社

士　SAMURAI

2024年10月17日　初版第１刷発行

著　者　泉　秀樹
発行者　松信健太郎
発行所　株式会社　有隣堂
本　社　〒231-8623　横浜市中区伊勢佐木町1-4-1
出版部　〒244-8585　横浜市戸塚区品濃町881-16
電話045-825-5563　振替00230-3-203
印刷所　シナノ印刷株式会社

ISBN 978-4-89660-252-4 C0093